प्रतिनिधि कहानियाँ

रमेशचंद्र शाह

राजकमल पेपरबैक्स

राजकमल पेपरबैक्स में
पहला संस्करण : 1994
चौथा संस्करण : 2024

राजकमल पेपरबैक्स : उत्कृष्ट साहित्य के जनसुलभ संस्करण

राजकमल प्रकाशन प्रा. लि.
1-बी, नेताजी सुभाष मार्ग, दरियागंज
नई दिल्ली-110 002
द्वारा प्रकाशित

शाखाएँ : अशोक राजपथ, साइंस कॉलेज के सामने, पटना-800 006
पहली मंजिल, दरबारी बिल्डिंग, महात्मा गांधी मार्ग, प्रयागराज-211 001
1, अनमोल सोराबजी सन्तुक लेन, धोबी तलाव, मरीन लाइंस, मुम्बई-400 002
वेबसाइट : www.rajkamalprakashan.com
ई-मेल : info@rajkamalprakashan.com

बी.के. ऑफसेट
नवीन शाहदरा, दिल्ली-110 032
द्वारा मुद्रित

मूल्य : ₹199

PRATINIDHI KAHANIYAN
Representative Stories of Ramesh Chandra Shah

ISBN : 978-81-7178-320-5

क्रम

प्रतिनिधि कहानियाँ

रामरिख बाबू

मजा आ गया। रामरिख बाबू को सचमुच मजा आ गया। कछुए की तरह हफ्तों घर में घुसे रहनेवाले रामरिख बाबू का जीवन आज मुद्दत बाद सब्जी मार्केट में घुसते ही सहसा धन्य हो गया। ''...और दो जनता पार्टी को वोट !...और हटाओ इंदिरा को। फिर लेना ककड़ी आठ आने किलो।''...हाथ की ककड़ी हाथ से इस तरह छूटके गिरी कोट-पतलूनवाले के, कि जैसे ततैया ने काट खाया हो। बाप रे बाप ! एक कुँजड़िन का ये हौसला ! क्या कैंड़ेबाज औरत है ! रामरिख बाबू जहाँ के तहाँ खड़े रह गए। दस सेकंड का वह 'सीन' उन्हें लगा, किसी बढ़िया से बढ़िया ड्रामे से ज्यादा याद रहेगा। क्या खाके ऐसा डायलॉग कोई बोलेगा। किस कदर कटा था वो कोट-पतलूनवाला... अरे, उसने उन्हें भले न पहचाना हो—वे खड़े ही ऐसी जगह पर थे—पर उन्होंने तो उसे पहचान ही लिया था। वाह रे वाह हांडू ! अंडर सेक्रेटरी ! पैंतालीस बँगलेवाले ! तू एक कुँजड़िन से पिट गया ? मजा आ जाएगा यार लोगों को...कल दफ्तर में घुसते ही...मुद्दत हो गई कोई चुटकुला सुनाए...। अरे, सारा दफ्तर मय बड़े बाबू के रामरिख के चुटकुलों के लिए तरस रहा है और रामरिख बाबू हैं कि औरों की ही नहीं, खुद अपनी ही नजर में चुटकुला बने जा रहे हैं। साँप ही सूँघ गया है जैसे उनकी विदूषक प्रतिभा को।

दस सेकंड।...रामरिख बाबू अभी और दो-एक सेकंड खड़े रहते, अगर ततैया की तरेरती आँखें उनकी सराहती आँखों से न टकरा गई होतीं। हड़बड़ाकर प्लास्टिक की कंडी झुलाते हुए रामरिख बाबू फौरन आगे बढ़ गए। कहीं मुझे भी कुछ जड़ न दे ! इसका क्या भरोसा ! अभी थोड़ा सब्जी

मार्केट में टहलेंगे···आँख-कान सेंकते हुए उधर सोहागपुरी के यहाँ तक भटकेंगे। फिर लौटते में यहीं इसी कुँजड़िन के पास से लौकी-टिंडे खरीद लेंगे। अभी जल्दी क्या है, अभी तो सात भी नहीं बजे। कितने दिनों बाद ये चहल-पहल देख रहे हैं। पता नहीं क्या हो गया है आजकल रामरिख बाबू को ! न किसी से मिलना-जुलना अच्छा लगता है, न कहीं आना-जाना। बस पड़े-पड़े मोढ़े में बरामदे से जो एक टुकड़ा आसमान दिखाई देता है, उसी को ताकते रहते हैं और सोचते रहते हैं। जाने क्या सोचते रहते हैं···। पूरी जिंदगी इतना नहीं सोचा होगा जितना इन दो महीनों के अंदर सोच डाला। रामरिख बाबू के अपने घर की बोली में वो मुहावरा है ना···'सोच-गुम्म पड़ जाना'···कुछ वैसा ही। गुम्म चोट का ऊपर से कुछ पता नहीं चलता, जिसे लगी होती है, वही जानता है। बल्कि कभी-कभी तो वह भी नहीं जानता। सचमुच इन दिनों कोई लँगोटिया से लँगोटिया भी हाथ में हाथ लेकर और आँख में आँख डालकर पूछे कि रामरिख बाबू किस सोच में पड़े हो, तो रामरिख बाबू—जो यूँ अमूमन अपना जी हल्का कर लेने का कोई मौका नहीं चूकते—कुछ भी नहीं बोल पाएँगे—बस टुकर-टुकर ताकते रह जाएँगे उस हमदर्द दवाखाने को···।

पंद्रह बरस से जो जानते-पहचानते हैं उन्हें, उनकी भी हिम्मत नहीं कि रामरिख बाबू से कुछ कहें, कुछ पूछें। पहले-पहल लोगों को कुछ अजीब भी लगा हो तो अब नहीं लगता। मान लिया है मन-ही-मन लोगों ने इस बात को कि रामरिख बाबू अब चुटकुले नहीं सुना सकते। क्यों नहीं सुना सकते ? उन्हें हुआ क्या है···यह जानने में अब किसी को दिलचस्पी नहीं। रामरिख का मसखरापन भी एक रुटीन था और उसी तरह अब उनके लिए रामरिख की मनहूसियत भी एक रुटीन है। कारकुन से ज्यादा रुटीन कौन समझेगा ! पूछा तो था बड़े बाबू ने एक दिन कि—'अरे यार रामरिख बाबू, बहुत दिनों से कोई डायलॉग नहीं हुआ, क्या बात है'—तो रामरिख बाबू ने बड़े ठंडे लहजे में जवाब दिया था, 'बड़े बाबू, मैं तो खुद चलता-फिरता मोनोलॉग हूँ। डायलॉग क्या बोलूँ !''···कोई समझा हो न समझा हो, मगर उस दिन के बाद किसी ने रामरिख बाबू से डायलॉग की फरमाइश नहीं की।

···वो रहा अंडर सेक्रेटरी। पहुँच गया ना अपनी जगह ? सब्जी मार्केट

के उस परले सिरे पर जो आमने-सामने दो रँगी-चुँगी दुकानें हैं, इनका नाम रामरिख बाबू ने 'चौहत्तर बँगले' रख छोड़ा है। चौहत्तर बँगले—माने सेक्रेटरी और डिप्टी सेक्रेटरी। यूँ इस पैंतालीस बँगलेवाले को भी कई बार अपनी नायलॉन बीवी के साथ इन्हीं दुकानों से सब्जी खरीदते रामरिख ने देखा है। बस में रामरिख बाबू चौदह सौ चौंसठ क्वार्टर्स से चढ़े थे—उसी बस में यह भी पैंतालीस बँगले से चढ़ा था और रामरिख बाबू को थोड़ा अचरज भी हुआ था कि आज यह बस में कैसे चढ़ रहा है। पिटने की शुरुआत भी दरअसल वहीं से हो गई थी कि रामरिख बाबू बैठे थे और पैंतालीस बँगला खड़ा था और काफी मुसीबत से खड़ा था। उससे भी हैरतअंगेज बात यह थी कि उसके हाथ में एक प्लास्टिक का झोला था। देखकर रामरिख बाबू के भीतर अरसा पहले सुना हुआ बड़े बाबू का एक वाक्य बज गया था—'इस महँगाई ने बड़े-बड़ों का पित्ता पानी कर दिया है' और उसी के साथ अपना यह डायलॉग भी···'बस यही सोच-सोच के खुश रहिए बड़े बाबू'···और···'बड़े-बड़ों का पित्ता क्या पानी होगा बड़े बाबू ! अपना जरूर पानी भी पित्त हुआ जा रहा है।'

···अरे ये तो यहाँ ककड़ी ही खरीद रहा है। कुछ सस्ता मिलने के लालच से गया होगा उधर। या फिर उसके यहाँ ज्यादा अच्छी ककड़ियाँ रही होंगी! नहीं जी; जो ककड़ी उसके हाथ में थी उससे ज्यादा हरी और ताजा तो वह कुँजड़िन दिखाई दे रही थी। माथे पर चौड़ी बिंदी, पान रचे होंठ, बड़ी-बड़ी परवल जैसी आँखें···क्या मटक-मटककर बोली थी वो डायलॉग !···भिंडी जैसी उँगलियाँ और लौकी जैसी बाँहें और भटे जैसे—छीः ! मगर आज से पहले तो कभी दिखी नहीं। नई-नई आई है मगर तेवर तो देखो, जैसे पूरी सब्जी मार्केट बस उसी की सल्तनत हो। कैसे घूरके देखा था उसने···पता नहीं शायद उसने समझा हो मैं उसी को घूरने खड़ा हूँ। उसे क्या मालूम, मैं उसके डायलॉग का मारा हूँ।

रामरिख बाबू ठिठककर 'चौहत्तर बँगले' की बहार देखने लगे। पैंतालीस बँगलेवाला ककड़ियाँ ले चुका था और अब परवल खरीद रहा था। क्या भाव होगी परवल ? इस मौसम में एक बार भी परवल खाने को नहीं मिली। रामरिख बाबू को परवल बहुत पसंद है। दही डालकर या फिर टमाटर में।

पूरे बाजार में परवल सिर्फ इसी के पास है। रामरिख बाबू हिसाब लगाने लगे। सौ ग्राम ही सही···ज्यादा से ज्यादा पचास पैसे लेगा, और क्या ! रामरिख बाबू को कुछ याद आ गया और वह मुस्कराने लगे। पता नहीं क्यों, रामरिख बाबू को सब्जी मार्केट में ही अपना बचपन याद आता है। उन्हें लगता है वे आदमियों के नहीं, सब्जियों के बीच ही बड़े हुए थे।

रामरिख बाबू जरा हटकर 'चौहत्तर बँगले' के लड़के के पास खड़े होकर धनियाँ-मिर्च लेने लगे। उधर बाबू लाइन में पाँच-पाँच पैसे की ढेरियाँ लगी रहती हैं। यहाँ उतनी ही धनियाँ-मिर्च तीस पैसे की पड़ती है, फिर भी रामरिख बाबू यहीं से खरीदते हैं। इतना रिश्ता चौहत्तर बँगले के साथ वे जोड़े रहना चाहते हैं। यहाँ बड़ी भीड़ होती है और दस-पाँच मिनट खड़े-खड़े असली बाजार की चहल-पहल देखी जा सकती है। यह उनका रामझरोखा है। करीने से सजी सदाबहार सब्जियों का मेला वे निहारते रह सकते हैं। उनकी ठंडक और तरावट उनकी आत्मा में उतर जाती है। यह सब्जियों का त्यौहार है। ओलगी संगरात है···क्या मजा आता था उन दिनों ! रामरिख बाबू के घर की दो दुकानें थीं। एक सब्जियों की और दूसरी पान की। उनके बचपन ने यहाँ से वहाँ तक हरा ही हरा देखा। उसमें सब्जियाँ ही सब्जियाँ रहीं। कौन जानता था कि कभी ऐसा भी वक्त आएगा जब बरसों तक रामरिख बाबू को एक सब्जी से चलाना पड़ेगा और उसके बाद फिर ऐसा भी वक्त आएगा जब हफ्ते-हफ्ते तक सिर्फ आलू-प्याज के पानी में रोटी भिगोनी पड़ेगी।···रामरिख बाबू जो मुस्कराए जा रहे हैं, उसकी भी वजह है। वहाँ सारी सब्जियाँ मिलती थीं, बस एक परवल नहीं होती थी वहाँ। मगर कभी-कभी गर्मियों में पान की टोकरी खोलने पर उसमें तोहफे के तौर पर रखे दस-बारा परवल मिल जाते थे तो मजा आ जाता था। रामरिख बाबू के चाचा ने उन्हें बताया था कि परवल यूँ तो पान की बेल में ही लगनेवाला फल है, मगर इतना नाजुक और ऊँची जात का फल है कि उसी बेल में लगता है, जिसकी जड़ों में पानी के साथ-साथ थोड़ा घी भी पिलाया गया हो। रामरिख बाबू ग्रेजुएट भी हो गए, तब तक भी उनका यह पैदाइशी इल्म खोटा नहीं पड़ा था। आज भी—जबकि सारी पोल खुल चुकी है—रामरिख बाबू को परवल की सब्जी में घी की खुशबू आती है।

लो धनियाँ-मिर्च भी मिल गई। मगर रामरिख बाबू अभी जहाँ के तहाँ खड़े सब्जियाँ निहार रहे हैं। यह कैसी भीड़ है जो छँटने में ही नहीं आती ! पता नहीं, इतनी सब्जी लोग क्या करते हैं। रामरिख बाबू के कान उधर ही लगे हैं। वह परवल के भाव जानना चाहते हैं, मगर कोई पूछ ही नहीं रहा है। परवल ही क्यों, किसी भी चीज का भाव कोई नहीं पूछ रहा है। रामरिख बाबू को सौ ग्राम परवल लेनी है···भाव पूछके क्या करना है। 'देना भाई सौ ग्राम परवल'···और नोट बढ़ा दो। जो रेजगारी वापस आए उसे बिना देखे जेब में डाल लो···। रामरिख बाबू निश्चिंत होकर आगे बढ़े और दो बॉब-कट मछलियों से चौहत्तर बँगलेवाले के निपटने का इंतजार करते हुए नीचे टोकरी में रक्खी ककड़ियों के रोएँ सहलाने लगे। एकदम फ्रैश ! जैसे अभी-अभी तोड़ी हों···। अफसोस कि रामरिख बाबू गैया न हुए कि एक मुँह तो मार ही देते ! माल तो असली यहीं आता है। छँटा-छँटाया, बासी-तूसी, कचरा-मचरा भर उधर बिकने जाता है। जैसे भिखमंगे बैठे रहते हैं ना, ठीक उसी तरह दस-पाँच गाँववाले वहाँ कद्दू और बैंगन-चौलाई लेके बैठे रहते हैं। कभी-कभी कोई बनिया बासी गोभियों के बोरे खोलके बैठ जाता है। ककड़ियाँ मिलती भी हैं तो ऐसी बदरंग, बेडौल और चीमड़, जैसे कद्दू के यहाँ पैदा हुई हों और भटे के संग ब्याही गई हों।

"कहिए बाबू जी !"

रामरिख बाबू चौंक पड़े। इस साले को कैसे पता चल गया, मैं बाबू हूँ। महिलाएँ पर्स खोल रही हैं। "परवल कैसे लगा रहे हो ?" रामरिख बाबू ने डपटकर पूछा और खुद ही झेंप गए। चौहत्तर बँगलेवाला रेजगारी गिन रहा है। रामरिख बाबू का जी चाहा, फौरन यहाँ से फूट निकलें···इसके पहले कि वह उन्हें भाव बताए, वे उसे ताव बता दें। इस बीच उन्होंने परवल छोड़के ककड़ी खरीदने का फैसला कर लिया था। अब कैसे होगा ? एक ही चीज ले सकते हैं। दरअसल, यहाँ आना ही नहीं था—बुरे फँसे। "कहिए बाबू जी"···चौहत्तर बँगलेवाला इस तरह मुस्करा क्यों रहा है ? क्या उसने सुना नहीं ? सुना होगा, तभी तो हँस रहा है। इसमें हँसने की क्या बात है ? रामरिख बाबू ने झोला आगे करते हुए लापरवाही से कहा—"सौ ग्राम परवल दो।" और चौहत्तर बँगलेवाला बजाय परवल तोलने के उन्हें ताके जा रहा

है। 'क्या बात है बे ?'···रामरिख बाबू के होंठों पर बुरी तरह फड़फड़ाया। "सौ ग्राम परवल क्या करोगे बाबू जी ! ढाई सौ ग्राम कहो तो तोल दूँ···"

"सुनो···अच्छा रहने दो। ककड़ी तोल दो ढाई सौ ग्राम।"

"लाओ, दो"—चौहत्तरवाले ने उकताकर डलिया आगे खिसका दी। रामरिख बाबू ने तीनेक छोटी-छोटी ककड़ियाँ उठाके डलिया में डाल दीं। "लीजिए, तीन सौ ग्राम हैं। पचहत्तर पैसे।"···रामरिख बाबू सकपका गए। पचहत्तर पैसे ?···कहाँ आ फँसे !···उन्होंने दो का नोट जेब से निकालकर यूँ बढ़ाया जैसे कलेजा निकालके दे रहे हों। अब ले लो सवा रुपए में, खरीद लो सारी मंडी। इतने में तीन दिन आराम से कद्दू खाते। बीवी देखेगी तो कहेगी—यह क्या ले आए ?

रामरिख बाबू का चेहरा घाम लगे कद्दू के कौंले पत्तों की तरह कुम्हला गया। ठीक तो कहा था उसने···और दो वोट जनता पार्टी को। और हटाओ इंदिरा को।···कहाँ गईं वो जनसंघर्ष समितियाँ और कहाँ गए वे समाजवादी, जो दावा करते थे कि महीने-भर के अंदर इन व्यापारियों की अक्ल ठिकाने लगा देंगे। मूँगफली का तेल बारह रुपए किलो हो गया है। इन हरामियों को जनता ही ठीक कर सकती है। अगर बारह सौ पचास और चौदह सौ चौंसठ क्वार्टरों के सारे लोग धरना देके बैठ जाएँ और तय कर लें कि ककड़ी एक रुपए किलो से आगे नहीं जाएगी, तो किसकी मजाल है जो चूँ भी कर जाए। सिर्फ इतना ही ये लोग करें कि चौहत्तर बँगलेवालों और पैंतालीस बँगलेवालों को मार्केट में घुसने ही न दें। कह दें, 'आप लोग आलू-प्याज खाइए। हमें इनसे निपट लेने दीजिए जिन्हें आपने आसमान पै चढ़ा रक्खा है।' फिर देखो तीसरे ही दिन भाव जमीन पर आते हैं कि नहीं। रहीं बाकी चीजें, तो···खरीदना ही बंद कर दो एक महीना, दो महीना।···पीने दो इन चौहत्तर बँगलेवालों को 'ग्रीन लेबल' और 'सुप्रीम'। अगर हर शहर के बारह सौ पचास और चौदह सौ चौंसठवाले मिलके ये तय कर लें कि चाय पीनी ही नहीं, खरीदनी ही नहीं, तो झख मारके भाव गिरेंगे कि नहीं ! अरे, जब कोई पूछेगा ही नहीं तो चीजें अपनी औकात में खुद-ब-खुद आ जाएँगी। अंग्रेजी राज में जैसे शराब की दुकानों पर लोग धरना देते थे वैसे ही अब हर चीज की दुकान पर धरना क्यों नहीं देते ? समझ में नहीं आता इतनी

जरा-सी बात इन लोगों के जेहन में क्यों नहीं घुसती। रामरिख बाबू की चाल एकाएक तेज हो गई। जनता पार्टी भी बेचारी क्या करेगी ! वो क्या कहा था मोरारजी भाई ने—जिसे लेकर बड़ा तूफान मचा था—फ़ज़ल भाई खामखाह लाल-पीले हो रहे थे। अरे, ठीक तो कहा, क्या गलत कहा मोरारजी भाई ने कि अमीर ही गरीबों का शोषण नहीं करते। मौका हाथ लगने पर गरीब भी अमीरों का और दूसरे गरीबों का शोषण करते हैं। मानना पड़ेगा भाई, झख मारके मानना पड़ेगा। रामरिख बाबू की बीवी के बच्चा होनेवाला है। महीने-भर से महरी की तलाश हो रही है मगर महरी नहीं मिलती। दस के रामरिख बाबू बीस देने को तैयार हैं, मगर कोई तैयार नहीं है। क्यों नहीं है ? इसलिए नहीं है कि रामरिख के यहाँ गैस का चूल्हा नहीं है, मिट्टी का चूल्हा है और उसके बरतन रगड़कर माँजने पड़ते हैं, जबकि उतनी देर में गैसवाले तीन घर निपटाए जा सकते हैं। साठ सीधे किए जा सकते हैं। बमुश्किल एक महरी तैयार हुई भी, तो पहले ही दिन खटक गई क्योंकि उसने सर्फ की माँग की और रामरिख बाबू की बीवी ने कह दिया कि क्या तुम अपने घर में भी सर्फ से बरतन माँजती हो ? इतना कहना था कि वो सीधे चल दी और लौटके नहीं आई। ये तो हाल हैं ! महरियों को भी क्या दोष दें। महरियों को भी तो उन्होंने बिगाड़ा है जो चौदह सौ चौंसठ से लगी अरेरा कॉलोनी में रहते हैं और पचास रुपया महीना देकर 'सर्फ' से बरतन मँजवाते हैं। फिर कामवाले अकड़ेंगे क्यों नहीं ? लालच की तमीज भी तो दूसरों को देख-देख के ही आती है !

रामरिख बाबू के पाँव अब उन्हें उस जगह ले आए थे, जिसका सपना उन्होंने कल रात देखा था। सच में रामरिख बाबू ने कल सपना देखा था कि वे सोहागपुरी पान खा रहे हैं। पूरे भोपाल में सिर्फ यही तो एक दुकान है, जहाँ सोहागपुरी मिलता है। पानवाले का अपना बगीचा है पान का। उसने वादा किया है कि वह एक दिन जरूर रामरिख बाबू को अपना बगीचा दिखाने ले जाएगा। रामरिख बाबू के जीवन की परम जिज्ञासाओं में एक यह भी है कि पान की खेती आखिर होती कैसे है। वैसे भी रामरिख बाबू को पनवाड़ियों और कुँजड़ों से कुछ ज्यादा ही लगाव है। उन्हें लगता है उनका वर्ग-चरित्र वही है, हालाँकि उनके पुरखे खेती-बाड़ी करते थे। दुकानदारी तो मजबूरी

का नाम महात्मा गांधी था और एक ही पीढ़ी चल पाया था। रामरिख बाबू भी जब कभी अपनी बाबूगिरी से अकुला जाते हैं, पान का ठेला लगाने की सोचते हैं। सोहागपुरी की दोस्ती ने इस मंसूबे पर धार चढ़ा दी है। पान थोक पै वो सप्लाई करेगा। और लगा के बेचेंगे रामरिख बाबू।...'रामरिख के पान...लबों की शान...'। पूरे भोपाल में अपने ढंग की वह एक ही दुकान होगी, जिस पर लोग मक्खियों की तरह टूटेंगे। इस शहर के लोगों को तो न पान लगाने की तमीज है, न खाने की। वो तो इन्हें यू. पी. वाले ही सिखा सकते हैं।

रामरिख बाबू का बीड़ा लग गया है। आज महीने-भर बाद पान खाएँगे। मगर इसे तो जैसे कोई मतलब ही नहीं...इसे तो जैसे कोई फर्क ही नहीं पड़ता कि रामरिख बाबू इतने दिन तक क्यों नहीं आए...चल निकली है ना दुकान, इसलिए पट्ठे का दिमाग भी चल निकला है।

"क्यों भई ?"—चवन्नी में से दस के बजाय पाँच पैसे का सिक्का पाकर रामरिख बाबू हैरत में आ गए।

"बाबू जी, अब बीस कर दिए हैं। पंदरा में पड़ता नहीं खाता।"

"लूट साले, तू भी लूट"...रामरिख बाबू सिक्का जेब में डालते हुए जिस रास्ते से आये थे, उसी रास्ते तेजी से मुड़ चले। गया, ये चौरसिया भी गया। सबके सब चोर और लुटेरे हैं। उन्होंने मुड़कर देखा। चौरसिया उसी तरह व्यस्त था। मेरी नाराजगी इसके लिए बेमानी है। पर ऐसा कौन है, जिसके लिए रामरिख बाबू की नाराजगी कोई माने रखती हो। मनहर आया था। वह कह रहा था, क्या बात है, भाभी कह रही थी तुम्हारे भाई साहब आजकल बेहद चिड़चिड़े हो गए हैं। जरा-जरा-सी बात में झल्ला पड़ते हैं। बात रामरिख बाबू के कलेजे में उतर गई थी। सचमुच क्या वे इतने चिड़चिड़े हो गए हैं ? मनहर नहीं बताता तो वे इस तरह सोचते भी नहीं। पहली बार ही जैसे उनको सूझा कि हाँ, यह सच तो है। वे चिड़चिड़े तो हो ही गए हैं। पत्नी जब भी बाजार करके लौटती है, घर में एक 'सीन' क्रिएट हो जाता है। हर बार पत्नी वही एक जुमला दुहरा देती है, 'तुम तो जाने किस दुनिया में रहते हो।' सचमुच रामरिख बाबू की समझ में नहीं आता कि दुनिया क्यों बदलती है। जब वे नहीं बदले तो दुनिया को क्यों बदलना चाहिए। मगर

जिस दिन से मनहर ने वो बात कही, रामरिख बाबू सोच में पड़ गए हैं। उन्हें यह मानने में बड़ी तकलीफ हो रही है पर मानना पड़ रहा है कि नहीं, वे भी बदल रहे हैं—बुरी तरह बदल रहे हैं और सारी दुनिया इसी पर तुली हुई है कि रामरिख बाबू का दिमाग खराब हो जाए। अगर कोई जादुई मशीन हो जो मोढ़े पर पड़े-पड़े एक टुकड़ा आसमान को तकते रामरिख बाबू के भीतर चल रहे मोनोलॉग को ज्यों-का-त्यों छापता चले तो खासा उपन्यास बन सकता है। वह पूरा उपन्यास एक लंबी चिट्ठी की शक्ल ले लेगा और वह चिट्ठी उस एक टुकड़ा आसमान को ही संबोधित होगी। कहते हैं एक उपन्यास छपा है जिस पै नोबुल पुरस्कार भी मिला है और उसमें ऐसी कई चिट्ठियाँ हैं। रामरिख बाबू के घर जो अखबार आता है 'नई दुनिया'—उसी से उन्हें उस उपन्यास का पता लगा है। बड़ी कुलबुलाहट होती है रामरिख बाबू को कि काश ! वह उपन्यास वे भी पढ़ सकते। देखते तो सही, उसका हीरो ऐसा कैसे है ! मगर रामरिख बाबू को इतनी अंग्रेजी कहाँ आती है। रामरिख बाबू के लिए वह सिर्फ एक अफवाह है। मगर कितनी प्यारी अफवाह ! वे उस पर सौ फीसदी यकीन करते हैं। यह आइडिया ही कितना गजब है कि उपन्यास का हीरो और कुछ न करे, बस चिट्ठियाँ लिखता रहे—कभी प्रधान मंत्री को, कभी एक दिवंगत संत को, कभी भगवान को। ज्यादातर चिट्ठियाँ उसमें भगवान के नाम की हैं—अखबार में यही लिखा था और वे ही सबसे ग्रेट हैं। रामरिख बाबू को तब से यही लग रहा है कि ऐसे एक हिंदी उपन्यास का हीरो बनने के सारे के सारे लक्षण उनमें मौजूद हैं। फर्क अगर पड़ेगा तो सिर्फ इतना पड़ेगा कि जहाँ उस अंग्रेजी उपन्यास का हीरो उन सारी चिट्ठियों को मन-ही-मन लिखता और मन-ही-मन छोड़ता है, वहाँ रामरिख बाबू का हिंदी हीरो कुछ चिट्ठियाँ सचमुच लेटर बॉक्स में छोड़ देगा। रामरिख बाबू के पास जो सर्वोदयवालों की डायरी है, उसमें उन्होंने प्रमुख-प्रमुख नेताओं के घर के पते टीप रक्खे हैं। उसमें कदम कुआँ का नंबर सबसे पहला है। अभी चौहत्तर बँगले के यहाँ से ककड़ी खरीद के जब रामरिख बाबू सोहागपुरी की तरफ बढ़ रहे थे तो उनके दिमाग में एक पक्का इरादा बना था कि अब कदम कुआँ को बस आज ही रात बैठके लंबी चिट्ठी लिख डालनी है। सुनते हैं वहाँ सबकी सुनवाई होती है। रामरिख की भी होगी। अच्छा तो ये होता

कि रामरिख खुद वहाँ जा के मिलते और मुखा-मुखी बात करते। पर इतने बड़े नेता के पास इतना वक्त कहाँ ?···और मिलना भी हो जाए तो उनके सामने मारे श्रद्धा और भक्ति के रामरिख बाबू की घिग्घी ही बँध जाएगी। यह भी हो सकता है कि बजाय बोलने के वे रोना ही शुरू कर दें। नहीं-नहीं, इससे तो पहले चिट्ठी लिख के डाल दे—वो ज्यादा अच्छा होगा। उस चिट्ठी में वे अपना दिल और दिमाग दोनों उँड़ेल देंगे। वह उनका नैवेद्य होगा। वह उनके भावों की बाढ़ होगी। ऐसी बाढ़ जो खुद अपना बाँध बना लेगी और रामरिख को डूबने से बचा लेगी।

रामरिख बाबू फिर उसी सब्जी मार्केट से गुजर रहे हैं, पर अब उनकी आँखें कुछ भी नहीं देख रही हैं। कान कुछ भी नहीं सुन रहे हैं। वे भीतर ही भीतर डबडबा रहे हैं···उन्हें एकाएक एक कविता याद आई है जो फजल भाई ने सुनाई थी।···फजल भाई खुद कितनी बढ़िया शायरी करते हैं। पर एक ही ऐब है उनमें···वे अब भी इंदिरा गाँधी को छोड़ नहीं पा रहे हैं। जब देखो तब, जनता पार्टी की बुराई करते हैं। रामरिख बाबू को इससे बहुत डर लगता है···वे बहस नहीं कर सकते···कभी-कभी उन्हें फजल भाई की बातें ठीक-ठाक लगने लगती हैं जिससे अकुलाकर वे और जोर-जोर से 'नहीं-नहीं' करने लगते हैं। उन्हें अपने चारों ओर फजल भाई ही फजल भाई दिखाई देने लगते हैं। अब देखो ना, वो औरत भी तो यही कह रही थी। क्या फर्क है उसमें और फजल भाई में ? अगर फजल भाई से लगाकर उस कुँजड़िन तक सारे लोग इसी तरह सोचने और बोलने लगें तो क्या होगा ? अंधेर हो जाएगा अंधेर !···"और दो भोट जनता पारटी को। और हटाओ इंदिरा को !"

···बाप रे बार ! इससे बड़ा अपशकुन क्या होगा कि जिनके सुबह के बाद शाम के खाने का भी भरोसा नहीं है, वे ही लोग इस तरह मखौल उड़ाने लगें अपनी ही करनी का। अपनी ही बुद्धि का। यह मखौल नहीं तो क्या है।···मगर ये लोग कर भी तो ऐसा ही रहे हैं।···लक्षण अच्छे नहीं हैं···रामरिख बाबू के कानों में कोई फिर से चिल्लाने लगा। 'और दो जनता पारटी को भोट'···! नहीं ! कुँजड़िन नहीं !···मैंने भी जनता पारटी को ही भोट दिया था। उस दिन मैं सुबह पाँच बजे ही उठ गया था और छः बजे नहा-धोके

तैयार हो गया था। पत्नी बोली थी,'तुम तो ऐसे तैयार हो रहे हो जैसे पूजा करने जा रहे हो।' मैंने कहा था, 'तो और क्या ! पूजा करने तो जा ही रहा हूँ। चलो, तुम भी चलो। पहली बेलपत्री हमीं दोनों चढ़ा आएँ।' उसकी समझ में क्या आता। उसमें और इस कुँजड़िन में फर्क ही क्या है !…नहीं ! वह नहीं आई सो नहीं आई और मैं ही अकेला गया और सबसे पहला भोट मेरा ही पड़ा।

रामरिख बाबू ठिठक गए। आलू-प्याज तो ले ही लें, फिर उस ततैया के यहाँ से लौकी-कद्दू ले लेंगे। लौकी यूँ महँगी है पर उसकी लौकियाँ बासी दिख रही थीं। क्या पता दे ही दे। तीस पैसे बचेंगे, उसमें पाव-भर भी मिल जाय तो चलेगा। वह आइडिया बढ़िया आया। कदम कुआँ की चिट्ठी की इससे बढ़िया शुरूआत क्या होगी ?…'नर जिसकी अनझिप आँखों में, नारायण की व्यथा भरी है'…सबसे ऊपर टॉप पर इन्वर्टेड कॉमा में इसे जड़ दूँगा।…जैसे उन्हीं पै लिखी गई हो। नाम भी हू-ब-हू मिल जाता है और काम भी। उन्हीं की मूरत है बिल्कुल। समझ ही जाएँगे। पढ़ ही लेंगे आगे मेरी सारी बकवास।…मेरे परम पूज्य या परम आत्मीय नेता !…नहीं, यह तो नहीं जमा।…बाबूजी कहो, बाबूजी। डाक्टर राजेंद्र प्रसाद भी बाबूजी ही कहलाते थे। इस देश की जनता की पुरानी आदत है, जिसे सबसे ज्यादा प्यार करती है उसे बापू या बाबूजी कहने लगती है। ठीक भी है।…तो यही तै रहा।

रामरिख बाबू ने घड़ी पर नजर डाली। अभी नौ बजे। नौ बजते-बजते घर पहुँच ही जाएँगे। पत्नी को आजकल घबराने का रोग लगा है। चौदह सौ चौंसठ में इधर आए दिन चोरियाँ हो रही हैं। सुना है बड़े घरों के लड़के भी इसमें शामिल हैं। तो क्या वे तफरीहन चोरियाँ करते हैं ? वैसे भी घर में रखा क्या है जो चोर आएँगे। चोर इतने उल्लू के पट्ठे नहीं होते कि फूटे बर्तन-भाँड़े और चिथड़े उठाने आएँ। दो-चार गहने जो थे, सो भी बबलू को इस साल पोलीटेकनिक में दाखिल करवाने में उठ गए। अब बचा क्या। खाक ?

पत्नी जरूर बिगड़ेगी कि बारह आने पैसे क्यों ककड़ियों में फूँक आए। अरे फूँक दिए तो फूँक दिए। क्या मैं इतना गया-बीता हो गया कि एक ककड़ी तक नहीं खा सकता ? बहुत ही कुढ़ी तो कह दूँगा, चलो, आज

सब्जी मत बनाओ, रायता ही बना डालो। वह सचमुच इनका रायता बना डालेगी। उसका बस चले तो वह मेरा भी रायता बनाके रख दे। बस-स्टॉप पर जाने कितनी देर खड़ा रहना पड़े। अपने हिस्से की ककड़ी क्यों न वहीं खड़े-खड़े टूँग लूँ। फिर बने बाकी का रायता। मेरी बला से।

कुँजड़िन अपनी ओर आते हुए रामरिख बाबू को बड़े गौर से देख रही है। यह वही आदमी है जो अभी थोड़ी देर पहले मुझे खड़ा-खड़ा घूर रहा था। उसके चेहरे पर रामरिख बाबू को यही लिखा मिला। उन्होंने जेब में पड़ी अठन्नी को फिर से छूके टटोला। कहीं ऐसा तो नहीं कि वह चवन्नी ही हो। नहीं, वह अठन्नी ही थी। आश्वस्त होकर रामरिख बाबू जमीन पर बैठ गए और दो मरगिल्ली लौकियों पर नाखून गड़ाते हुए उनके स्वाद और भाव को इकट्ठा भाँपने लगे। तभी उनके काम में एक कर्कश आवाज पड़ी, "ऐ बाबू ! ये क्या कर रहे हो ? लेना हो तो लो, नहीं तो जाओ।" रामरिख बाबू मुस्कुराने लगे। उनकी समझ में नहीं आया, वे क्यों मुस्कुरा रहे हैं। "ये कटेगी भी ?" उन्होंने मुस्कुराते हुए पूछा, "क्या भाव दे रही हो ?" कुँजड़िन ने झटके से लौकी उनके हाथ से छीन ली और छन्न से उसके दो टुकड़े कर दिए। "क्या हुआ है इसको ? बोलो।"..."पाव भर दे दो"—रामरिख बाबू बोले—"क्या भाव लगा रही हो ?"..."पाव-भर का भाव क्या पूछते हो ? अच्छी पूरी लौकी कटवा दी। आधी तो ले जाओ कम-से-कम !...ये लो तीन पाव है, चलो बारह आने दे दो। तुम भी क्या कहोगे।" "...अरे ! कहाँ है भई तीन पाव ? लो अठन्नी रखो"—झोला आगे करते हुए रामरिख बाबू बोले। अठन्नी उन्होंने कुंजड़िन के आगे फेंक दी।

मगर कुँजड़िन ने लौकी वापस टोकरी में डाल ली और अठन्नी जोर से रामरिख बाबू के झोले में फेंकती हुई बोली—"अठन्नी में बाजार ही खरीद लो ना !"...रामरिख बाबू झम्म से उठे और चल दिए। पीछे से सुनाई दिया—"लौकी खाएँगे ! कद्दू खाओ, कद्दू !"

पक्ष

कुछ भी अच्छा नहीं लगता। कुछ भी। वह आँखें मूँदे चारपाई पर पड़ा है खाना खाने के बाद। उसने कहा था, उसे भूख नहीं है और फिर खा लिया था चुपचाप। पत्नी का चेहरा देखकर। एक तो अपनी इच्छा क्या है, इसी का निश्चय मुश्किल से होता है। दूसरे हो भी, तो दूसरे की इच्छा के आगे अपनी इच्छा को चुपचाप झुक जाने देना जैसे उसकी मजबूरी है। अजीब अरुचि और झल्लाहट के बीच निगले गए वे कौर···और इसके पहले भी !···किसने चाहा था नहाए। किसने चाहा था दाढ़ी बनाए ?—पत्नी नहीं टोकती तो वह सारा दिन वहीं छत पर लेटे-लेटे बिताना चाहता था। जब अंदर से कोई इच्छा ही नहीं, प्रेरणा ही नहीं किसी काम को करने की, तो उसे आखिर किया ही क्यों जाय किसी के कहने से ! मैं तो नहीं कहता तुम ऐसे नहीं, ऐसे रहो, ऐसे उठो, ऐसे बैठो। फिर मुझी को क्यों नहीं अपने ढंग से जीने दिया जाता।

ढंग ! जीने का ढंग !!···एक कड़वाहट धीरे-धीरे उसके भीतर फैलने लगी। ढंग तो वही है जो वह मुझे सिखाना चाहती है। बेढंगा तो मैं हूँ कि मुझे कुछ भी अच्छा नहीं लगता। कुछ भी। पर मैं उसे कैसे समझाऊँ कि फिलहाल मुझे नहाना, खाना, दाढ़ी बनाना, गपशप, बाजार करना कुछ भी अच्छा नहीं लगता। तुम मुझे एक हफ्ते बिल्कुल मेरे हाल पर छोड़ दो, किसी चीज के लिए रोको-टोको नहीं। जैसे मैं रहूँ वैसे रहने दो। इससे तुम्हारा कुछ नहीं बिगड़ता और मैं अपने-आप अपने ढंग से सही हो जाऊँगा। इत्ती-सी बात है। समझ लो तो कुछ नहीं है। न समझो तो पहाड़ है।

बगल के कमरे से बर्तन माँजने की एकरस आवाजें···नीचे मकान मालिक

का रेडियो भी आज पता नहीं कैसे चुप है। ऐसा ही सुनसान रोज मिले तो ? किसी को यकीन ही नहीं होता कि मेरे पास रेडियो नहीं है और मैं अखबार भी नहीं पढ़ता। क्यों पढ़ूँ ? किसके पास इतनी फुरसत है ? मुझे जिस चीज की जरूरत ही महसूस नहीं होती, क्यों खरीदूँ उसे। महज रद्दी बढ़ाने के लिए, महज दूसरों जैसा दिखने को, दिखाने को कि हाँ, मेरे पास भी रेडियो है, मैं भी अखबार पढ़ता हूँ !

अब तो खैर, खरीदना ही पड़ेगा। अब तो मन्नो ने भी कह दिया, बहुत बोर होती हूँ मैं दिन-भर, जब तुम दफ्तर चले जाते हो। और पैसों का जुगाड़ भी उसी ने कर दिया है। वो बोर भी हो सकती है, इसका पता आज ही चला।

झाँय···झाँय···झाँय···आँखें मूँद लेने पर, जब चारों ओर सन्नाटा हो, कानों के पास यह क्या लगातार बजता रहता है ? चीड़ के जंगल में दोपहर को खासतौर से जैसी झाँय-झाँय होती रहती है, वैसी ही। सच, कैसा अजब साम्य है ! ऐसे ही लेटे-लेटे चुपचाप यही झाँय-झाँय सुनते रहना अच्छा लगता है। यतीन को लगता है जैसे यह निहायत बेसिर-पैर की सृष्टि जो चारों ओर फैली हुई है···उसी के भीतर का वाहियात खालीपन ही है जो इस तरह बज रहा है। कहीं ऐसा तो नहीं—उसके मन में आया—कहीं ऐसा तो नहीं—कि यह आवाज और किसी को नहीं, सिर्फ मुझी को सुनाई पड़ती हो। नहीं ! सुनाई तो सभी को देती होगी, पर उस पर इस तरह ध्यान शायद ही कोई देता होगा जैसे मैं दे रहा हूँ—उसने सोचा। कहीं ऐसा तो नहीं कि यह आवाज मेरे ही भीतर से, मेरे ही दिमाग की खोखल से आ रही हो।

एकाएक उसे महसूस हुआ कि उसे चाय पीने की इच्छा हो आई है बेतरह और वह रसोई में घुसकर स्टोव जलाने लगा। "तुम क्या कर रहे हो ?" बाथरूम से पत्नी की आवाज आई। "मैं चाय बना रहा हूँ। तुम्हारे लिए भी बनाऊँ ?"···"नहीं भई। यह कोई चाय पीने का वक्त है ?" ये लो, इसे वक्त की पड़ी है। एक दो कौड़ी की इच्छा भी मेरी इसको नहीं पचती। वह अपनी झल्लाहट पर काबू पाने की कोशिश में चाय का सामान उठाकर जोर-जोर से पटकने लगता है। "सुनो, मैंने कहारिन की छुट्टी कर दी है", पत्नी निचोड़े हुए कपड़े हाथ में लिये उसके पास खड़ी है, "कोई दूसरी ढूँढ़ो।"

वह चुप रहता है। पत्नी पर बेहद गुस्सा आ रहा है। क्यों कर दी लगी-लगाई कहारिन की छुट्टी ? यह एक और समस्या है। अब कहाँ जाऊँ दूसरी ढूँढ़ने ? मेरा क्या और कोई काम ही नहीं है ?

पत्नी उसे गौर से देखती है। पढ़ लेती है उसके चेहरे की सिलवटों को एक-एक करके। दस साल कम नहीं होते। वह उसकी नस-नस पहचानती है।

"तुम्हें कुछ पता भी रहता है, कितनी चीजें चुराई हैं उसने ?"

'अरे ! यह तो"बड़ी आफत है। क्या चुराया साली ने ?' वह पूछने-पूछने को होता है। पर मुँह फाड़े हैरत का भाव काफी है। कुछ भी चुराया हो, अब जानने-सुनने से क्या फायदा है ? चुराया तो चुराया। सामान तो जो गया सो गया। और अब तो उसकी छुट्टी भी हो गई। मगर दूसरी नौकरानी ? यह तो बड़ा चक्कर है। कहाँ से लाऊँ ढूँढ़कर ? वह तो बिचारे शुक्ला जी ने लगवा दी थी। तिस पर यहाँ तो कहारिनों का खासा यूनियन बना हुआ है। एक को छुड़ाओ तो बाकी सब सत्याग्रह कर देती हैं। कौन आएगी दूसरी ऐसे में काम करने ?

मनोरमा सोचती है, आज अभी वह सिर्फ इतना कह दे कि तुम फिक्र मत करो। मैं सब चला लूँगी, तो तुरंत इस आदमी की सारी झुँझलाहट गायब हो सकती है और ढेर-सा प्यार भी इसके मन में मेरे प्रति उमड़ आ सकता है। उसके दिमाग में बरसों पहले पढ़ी हुई कोर्स की हिंदी की किताब का एक वाक्य गूँजने लगता है—'स्त्रियों को उनकी आर्थिक पराधीनता के कारण ही हम प्यार करने को विवश करते हैं। इसीलिए उनके भीतर-ही-भीतर विद्रोह उमड़ता रहता है।'

मनोरमा अब इस विद्रोह का अर्थ कुछ-कुछ समझने लगी है। विवाह से पहले माँ-बाप के घर जो ट्रेनिंग उसे दी गई थी, उसे वह अपनी ओर से पूरा-पूरा निभाती आई है। एक-एक कर अपनी सारी उमंगें उसने बुझ जाने दी हैं। यतीन की आदर्श पत्नी और यतीन के माँ-बाप की आदर्श बहू बनने की कोशिश में। उसे आखिर क्या मिला ? क्या यतीन के कुटुंब में उसे अपने माता-पिता के यहाँ का जैसा सहज अपनाव मिला ? नहीं। क्या यतीन के लिए ही उसके किए-धरे की कभी कोई कीमत बनी ? नहीं ! नहीं !...

मनोरमा सब समझती है। समझने लगी है अच्छी तरह, कि इस घर में उसकी हैसियत क्या है। नहीं ! यहाँ उसकी भावनाओं का कोई मूल्य नहीं है ! वह एक छाया है केवल, उसका कोई अपना व्यक्तित्व नहीं है, कोई पसंद नहीं है, कोई इच्छा नहीं है।...एक नौकरानी से भी बदतर हालत है उसकी। नौकरानी भी अपनी बात मनवा लेती है। देखा नहीं, किस कदर धौंस दे रही थी। एक तो चोरी उस पर सीनाजोरी।...और वह इस घर की मालकिन कहलाती है, जबकि सभी उस पर रौब गाँठते हैं। बच्चे तक। यतीन को कब उसकी परवाह रही ? आज दस साल हो गए, यतीन लगातार हर माह अपनी तनख्वाह का आधा हिस्सा अपने घर को भेज देता है। मनोरमा से उसने कभी कुछ पूछने की जरूरत नहीं समझी। मनोरमा ने कभी कुछ कहा ? साल में एक बार मायके जाती है, वहाँ से दो-चार साड़ियाँ मिल जाती हैं, उन्हीं से पूरे साल गुजारा करती है। यतीन ने कभी उसे कोई साड़ी खरीदकर नहीं दी अपने मन से।

ठीक है, यतीन खुद अपने लिए भी कभी कुछ नहीं खरीदता। न तो उसे कुछ खाने-पीने का शौक है, न पहनने का। बस दिन-भर अपने-आप में खोया रहता है। यह भी सच है कि उसने कभी मनोरमा से कोई कड़वा लफ्ज नहीं बोला। पर क्या इतना ही काफी है ? क्या यतीन की जिम्मेदारी सिर्फ अपने माता-पिता और भाई-बहनों के प्रति ही है ? मनोरमा पहले यह सब नहीं सोचती थी। आजकल, पता नहीं क्यों, बहुत सोचने लगी है। जब से यतीन का छोटा भाई प्रशांत मेडिकल कालेज में पढ़ने लगा है, तब से और भी। आखिर और भी तो कमानेवाले हैं। क्या उनकी कोई जिम्मेदारी नहीं ?...

सोचते-सोचते मनोरमा की आँखों में आँसू आ जाते हैं। यतीन कहाँ गया ? शायद चाय का गिलास लेके ऊपर छत पर चला गया है। छुट्टी के दिन भी दो मिनट मनोरमा के पास बैठने की फुर्सत नहीं है उसे। एक रेडियो खरीदने को कहा, उसमें भी इतनी कट-कट हुई। क्या फायदा ऐसी जिंदगी से ?

मनोरमा फूट-फूटकर रोने लगती है। धीरज का बाँध बुरी तरह टूट पड़ता है। जीवन असह्य लगने लगता है। माँ थीं, वह भी चली गई। बाबू बीमार ही रहते हैं। एक भाई है, वह भी जब से शादी हुई, बदलता जा रहा है।

कभी खबर भी नहीं लेता। मनोरमा सहसा अपने को बिल्कुल अरक्षित और अनाथ महसूस करने लगती है।

अभी परसों की ही तो बात है। दफ्तर से लौटकर घर में घुसते ही यतीन ने कहा था, 'मन्नो ! कुछ प्राइमरी स्कूल की अध्यापिकाओं की वांट निकली है। मैं चाहता हूँ तुम भी अर्जी भर दो।'

बाद में मनोरमा को खुद ही अपनी प्रतिक्रिया पर हैरत हुई। थोड़ा पछतावा भी हुआ यतीन का चेहरा देखकर। पर बात मुँह से निकल चुकी थी और भीतर की जिस घुटन से निकली थी, उसे कैसे कोई समझ सकता है ! और अब तो उस सारे किस्से की याद आते ही लगता है, जो किया ठीक ही किया। कमजोर आदमी ही मारा जाता है। जो जितना झुकता है, उसे उतना ही ज्यादा झुकाया जाता है। फिर तो आदत पड़ जाती है।

उसने कुढ़कर जवाब दिया था, ''तुम तो, खैर, चाहोगे ही। तुम क्यों नहीं चाहोगे। मगर कभी यह सोचा है कि मैं भी कुछ चाह सकती हूँ। मेरा भी कोई मन होगा। मेरी भी कोई इच्छा होगी ?''

यतीन अवाक् जहाँ-का-तहाँ खड़ा रह गया था। फिर कहा था उसने, 'अरे भाई, तुम्हारी इच्छा न हो तो रहने दो। तुम्हीं ने तो कहा था एक दिन, मेरा मन नहीं लगता घर में बैठे-बैठे। कोई काम मिल जाता तो अच्छा होगा। अब तुम्हीं…'

मनोरमा बीच ही में बुरी तरह भड़क उठी थी, 'मैंने जब कहा था, तब कहा था। अब मेरा मन नहीं है, बस। तब मैं अपने मन से करना चाहती थी तो तुम नहीं चाहते थे। अब मैं नहीं चाहती तो तुम्हारे चाहने से मैं क्यों करूँ ?'

क्या-क्या तो नहीं कह डाला था मनोरमा ने झोंक में आकर, 'तुम्हें आज मुझे नौकरी कराने की सूझ रही है। आखिर क्यों ? इसीलिए न, कि भाई को भेजने के लिए पैसे कम पड़ रहे हैं और मैं तुम्हारे लिए आमदनी का एक जरिया बन सकती हूँ ? उस वक्त तुम कहाँ गए थे जब मैंने अपनी तरफ से इच्छा जाहिर की थी ? याद है उस वक्त तुमने क्या कहा था, क्या बहाना बनाया था ? मैं क्या नहीं समझती, तुम्हें मेरी सेहत की नहीं, अपने सुभीते की चिंता थी; अपने स्वाभिमान की चिंता थी। अब क्यों नहीं होती ? मुझे

नहीं करनी नौकरी-फौकरी। सबका ठेका क्या मैंने ही ले रखा है?'

क्या हो गया था मनोरमा को उस वक्त ? जीवन-भर का सहा-भुगता सब एक ही दिन में निकल गया ? उसे बाद में पछतावा भी हुआ। पर एक अजीब बात है। मनोरमा पछताना चाहती है, सचमुच पछताना चाहती है उस बात को लेकर। पर पाती है कि पछतावा बहुत गहरा नहीं है। उल्टे कहीं गहरे में एक राहत है, एक सुकून है, जैसे कोई काँटा बहुत दिन का गड़ा निकल आया हो। यों उसे तत्काल महसूस हो गया था कि वह बड़ी ओछी बात कह गई है। पर रात तक वह इस ग्लानि से भी अपने-आप उबर आई थी और उसे पहली बार अपने 'कुछ' होने का सुखद अहसास हुआ था। और इसी विजय के अहसास में से एक करुणा भी उपजी थी अपने पति के प्रति। पर जाने कैसी उदासीनता है यह, जिसे भेदना उसके बस की बात नहीं रह गई है। कुछ भी नहीं घटित हुआ जैसे उसके लिए। वह सब पचा गया और मनोरमा एक अचंभे में बंद पड़ी-पड़ी करवट बदलती रही। अपनी करुणा भी कुछ देर बाद उसे स्वयं ही अतिरिक्त लगने लगी थी।

दूसरे दिन सुबह खाना खाते वक्त उसने यतीन से कहा था कि वह दफ्तर से लौटते हुए फार्म ले आए, वह भर देगी। तो यतीन 'अरे हटाओ, रहने दो। जब तुम्हारी इच्छा नहीं तो जबरदस्ती क्या फायदा' कहके चला गया था। क्या वह नाराज है ? क्या वह उपेक्षा करके बदला ले रहा है ? ऐसा भी तो नहीं लगता। इस आदमी के साथ यही तो मुश्किल है। निश्चय ही वह समझ गया है और समझकर चुपचाप स्वीकार भी कर लिया है उसने। पर मनोरमा तब से मन ही मन और कुढ़ी जा रही है। अपने भीतर आ रहे बदलाव को वह जितना ही मजबूती के साथ महसूस करना चाहती है, उसे उतना ही असहज लग रहा है। जिसे सबसे पहले महसूस होना चाहिए था, उसे ही नहीं हुआ तो वह अपनी इस नई अनुभूति का क्या करे, उसकी समझ में नहीं आ रहा है।

यतीन को लेटे-लेटे झपकी-सी आ गई थी क्या ? धूप कित्ती सिमट आई है ! सोने और जागने के बीच की सीमारेखा ही जैसे मिट गई है उसके लिए।

कुछ भी अच्छा नहीं लगता। कुछ भी। अभी दोनों बच्चे स्कूल से लौट आएँगे और बस्ता फेंककर 'पापा-पापा' चिल्लाते हुए ऊपर आ धमकेंगे। सच, उसे लगता ही नहीं, वह दो बच्चों का पिता है। घर छूटा, इस परदेस में आए भी सालों गुजर गए पर वह जैसे वहीं का वहीं है। क्यों नहीं वह औरों की तरह सहज हो सकता। क्यों नहीं ढाल सकता स्वयं को परिस्थिति के मुताबिक। अजीब असहायता और बेचारगी मन पर घिरी रहती है। जीवन जैसे वहीं बीस साल दूर छूटा रह गया है। यतीन को आज भी अच्छी तरह याद है, जब यूनिवर्सिटी पढ़ने गया था, वहाँ भी होस्टल में महीनों माँ की याद कर-करके रोता रहता था। माँ के हाथ के बनाए शकरपारे एक-एक, दो-दो करके महीने-भर चलाता था, जिससे वहाँ से जुड़ा रहे।

अब भी साल में एक बार वह लंबी छुट्टी लेकर घर जाता ही है। उसे लगता है वह ग्यारह महीने नौकरी इसीलिए करता है कि वह महीना घर पर रह सके। घर, याने जहाँ उसकी माँ है। कितनी वाहियात बात है मगर कितनी सच। ऐसा सच जिसे औरों से तो क्या, अपने से ही कबूल नहीं किया जा सकता। पर जो इसके बावजूद उससे चिपटा हुआ है और उसे कहीं भी पूरी तरह होने नहीं देता। वहाँ उसे यहाँ का सबकुछ भूल जाता है: यह नौकरी, ये संगी-साथी, ये शहर, यह दिनचर्या सबकुछ एक दुःस्वप्न की तरह झड़ जाता है। और...जब छुट्टियाँ खत्म होने लगती हैं तो कैसी तकलीफ होती है ! कोई नहीं समझ सकता। कोई नहीं।

छोटा था तभी से सोचा करता था—माँ को अपने पास ही रखूँगा, हमेशा। वैसा भी नहीं हो पाया। वह सपना पूरा होने की नौबत ही नहीं आई। अब तो असंभव ही है। अब तो माँ भी बहुत बूढ़ी हो गई। आँखों में जाने क्या हो गया है, बिल्कुल दिखाई नहीं देता। आपरेशन के बाद भी हालत जरा भी नहीं सुधरी। कि सी दिन माँ भी...! यतीन की आँखों के आगे अँधेरा छा जाता है।

हठात् यतीन को वह दिन याद आता है जिस दिन उसकी बारात घर से चली थी। एक दूर के रिशते की दीदी ने कहा था उससे, 'अपनी माँ के गले मिलो। यह रस्म है। इसका मतलब यह होता है कि तुम्हारी माँ ने तुम्हें आज से एक दूसरी स्त्री को सौंप दिया।' यतीन को कैसा-कैसा तो लगा था। वह

बात उसके भीतर गहरे कहीं भिद गई थी। मन्नो को उसने एक बार बताया भी थी। मन्नो ने क्या जवाब दिया था ? मन्नो ने कहा था, 'क्या वाहियात रस्म है ! कितनी बेकार की बात है।' और यह सुनकर यतीन को मन ही मन बुरा लगा था। क्यों लगा था ? शायद उसे ऐसी प्रतिक्रिया की कल्पना नहीं थी। फिर उसने उससे कहा ही क्यों था ? किस उम्मीद से कहा था ?

...बच्चे क्या अभी तक आए न होंगे...? यतीन एकाएक हड़बड़ाकर उठ खड़ा होता है। छत पर नीचे की आवाजें मुश्किल से पहुँच पाती हैं। यह छत यतीन को बहुत प्रिय है। घर का हिस्सा होते हुए भी घर से अलग और निरपेक्ष...। यहाँ वह अक्सर बैठता है जब कोई काम नहीं होता। सीढ़ियाँ उतरते हुए वह मन्नो का सामना करने के लिए ठिठककर सोचने लगता है; फिर एक नजर घड़ी पर डालता है। अभी समय है और वह मन्नो को पिक्चर दिखाने ले जा सकता है। पर क्या वह यह प्रस्ताव सहज ढंग से मन्नो के सामने रख सकेगा ? और क्या वह सहज ढंग से उसे स्वीकार कर लेगी ? पता नहीं वह किस मूड में हो। बच्चे शायद इसमें मददगार हों। ...और वह जोर-जोर से बच्चों को पुकारता हुआ सीढ़ियाँ उतर जाता है।

अतलांतिक

एकाएक वह हड़बड़ाकर उठ बैठा। पसीने से तर-ब-तर। पलँग की पाटी को उसने कसकर पकड़ लिया। आँखें सीमेंट के फर्श पर गड़ा दीं, जहाँ से अभी-अभी चार दीवालें उगती हुई देखी थीं। क्या वह अब भी...? नहीं, नहीं।...उसने गरदन को दो-तीन बार झटकारा और एक जोर की जमुहाई लेते हुए कोई आवाज निकाली। निश्चय ही यह उसी की आवाज थी। फिर भी उसे वह अजीब—बिना गले की लगी। वह उठा और रसोईघर में जाकर एक गिलास पानी गटक आया। वापस कमरे में आकर उसने एक उड़ती नजर सोई हुई पत्नी और दोनों बच्चों पर डाली। अनायास ही उसका हाथ स्विच बोर्ड तक गया और बीच ही में रुक गया। उसकी इच्छा नहीं हुई। वह अब भी डरा हुआ था और रोशनी में उस डर को बहा देना चाहता था पर...। उसके भीतर अब भी धड़धड़ हो रही थी...सहसा उसने पाया, वह उबरना नहीं चाहता। कतई नहीं। उसने ठीक-ठीक क्या देखा था ? क्या अनुभव किया था ? वह गिर रहा था लगातार, एक बहुत ऊँची जगह से गिर रहा था, और नीचे ? नीचे कुछ भी नहीं था...और पता नहीं कैसे वह सहसा जग पड़ा था। उसने आँखें मूँद लीं और उस दृश्य को याद करने की कोशिश करने लगा। कैसा दृश्य ? क्या कोई दृश्य भी इस गिरने के साथ जुड़ा हुआ था ? उसे कुछ भी याद नहीं आया और उसे झुंझलाहट होने लगी। हल्के अँधेरे में कमरे के बीचोंबीच वह खड़ा था। अच्छा ही हुआ जो रोशनी नहीं की। नहीं तो कोई जग जाता और मैं बुरी तरह खो जाता। कितना अजीब है ? यंत्रचालित-सा वह मुड़ा और पलँग पर पसर गया। बाहर चाँदनी छिटकी हुई थी और खिड़की के पर्दों से छनकर कमरे में भी

झिलमिला रही थी। उसका मन हुआ, उठकर घड़ी देखे क्या बजा है। उसका हाथ अपने आप मेज की ओर बढ़ा और तुरंत ही लौट आया। नहीं, वह समय नहीं जानना चाहता। ऐसे ही पड़ा रहना चाहता है। क्या यह संभव है ? उसने पाया वह सोने जा रहा है। उसने आँखें जबरन खोल दीं और सामने खिड़की पर गड़ा दीं। नहीं ! वह सोना नहीं चाहता। जागते रहना चाहता है। क्या उसी डर से ?

एक क्षण···हठात् उसे लगा वह अपने पलँग समेत नीचे जा रहा है···कमरे का फर्श सहसा गायब हो गया है और वह धँसा जा रहा है। उसने आँखें मींच लीं और इस अनुभूति को जाने न देने की, कसकर पकड़े रहने की ठान ली···कितना हल्कापन !···और पहले की तरह धड़धड़ाहट भी नहीं !···बस इसी तरह वह गिरता चला जाए, धँसता चला जाए अपने-आप से, सब कुछ से दूर, बहुत दूर, जहाँ कोई न हो। कहीं कुछ भी न हो। मगर यह क्या ? वह अटक क्यों गया ? उसकी आँख खुल गई और वह मुस्कुराया। उसे अपने अंगों में एक अद्‌भुत स्फूर्ति का अनुभव हुआ, जिसे पकड़े रहने के लिए उसने अपने आपको एकदम ढीला छोड़ दिया।

पता नहीं कितने बजे होंगे, यह सवाल उभरते न उभरते उसके भीतर दब गया। घड़ी देखने का उसे साहस नहीं हुआ। उसने मनाया कि पाँच बज चुके हों और सुबह बहुत दूर न हो। उसने खिड़की का पर्दा उठाकर बाहर झाँका। उसे कुछ सूझा नहीं, मगर विचार आया कि क्या पता दो या तीन ही बजा हो। इस संभावना से उसे घबराहट होने लगी। उसकी समझ में नहीं आया कि वह पूरी नींद ले चुका है या नहीं। वह नींद में नहीं लौटना चाहता, यह तय है; मगर यदि सचमुच अभी आधी रात ही हो तो वह क्या करेगा ? उसके हाथ घड़ी टटोलने को मचल उठे, पर वह विपरीत दिशा में चलकर आँगन में आ गया और आसमान ताकने लगा। उसे लगा, सचमुच अभी रात आधी से ज्यादा बाकी है। कमरे में वापस लौटने को उसका मन नहीं हुआ। वह वहीं आँगन में नंगे फर्श पर पसर गया। तारों भरा आसमान उसकी आँखों में डबडबाने लगा। उसने उसे खींचकर ओढ़ लिया। उसे लगा, बरसों से उसके अंदर मरी पड़ी कोई चीज हरकत कर रही है, छटपटा रही है। गले में उसे कुछ फँसावट महसूस हुई। वह रो रहा है, यह तथ्य उसे

एक साथ अत्यंत पवित्र और अत्यंत हास्यास्पद मालूम हुआ। पर उसे एक राहत मिली। 'कैसी अजीब राहत !' वह बुदबुदाया और यकायक उसके मुँह से निकल पड़ा 'सचमुच ! यह कोई स्वाँग नहीं। यह मैं हूँ मैं। नितांत मैं। यह राहत···यह···'अपनी शब्दहीनता से वह भीतर तक छक आया। उसने सहसा अपने बालों को पकड़कर एक जोर का झटका दिया। 'मैं कुछ भी नहीं सोचना चाहता। कुछ भी।' उसने सोचा और अपने को बिखरता महसूस किया। 'पूरे होश में बेहोश होने का इससे अच्छा मौका नहीं मिलेगा'—जैसे किसी ने फुसफुसाकर कहा उसके कान में। वह चौंका और उठकर पालथी मारकर बैठ गया। उसे आसमान का रंग-रूप कुछ बदलता नजर आया और उसे लगा, अब सवेरा होने ही वाला है। उसे अपने ऊपर शर्म-सी आई कि उसे इस बात से तसल्ली क्यों हो रही है कि अब सवेरा होने ही वाला है। जबकि उसे बरसों से, युगों से इसी खास एकांत की तलाश रही है, जबकि वह इसी के लिए लगातार तरसता रहा है और आज ही उसकी समझ में यह बात आई भी है।

क्या मुझे अपने आपसे भय लगता है ? उसने पूछा जोर से। वह खुद को एक विदूषक, घटिया विदूषक लगने लगा। उसका अपनापन बुरी तरह सिकुड़ गया। उसने चाहा कोई उसे मारे, इतना मारे, फर्श पर घसीटे और सड़ासड़ कोड़ों से इस कदर छलनी कर दे कि वह सोचना भूलकर सचमुच अपने पूरे होशहवास में अपने-आपको महसूस कर सके। मशीन के फेंटे की तरह उसका दिमाग फिर चालू हो गया था और वह इस चालूपन को किसी तरह चुप कर देना चाहता था। वह एक झटके से उठा और चप्पल डालकर चुपचाप दरवाजा खोलकर आँगन से बाहर हो गया। अब वह सड़क पर था। और बहुत बेचैनी महसूस कर रहा था। दो-चार कदम तेज-तेज चलने के बाद वह बदहवास की तरह दौड़ने लगा। चट···चट···चट। चप्पलों की आवाज उसे बहुत बुरी लगी। बौखलाकर उसने चप्पलें उतारीं और पूरी ताकत से उठाकर फेंक दीं।···दूसरे ही क्षण वह देखने लगा कि चप्पलें कहाँ गिरीं। तब तक वे गिर चुकी थीं और उसकी समझ में नहीं आया कि वह उन्हें कहाँ ढूँढ़े। अकबकाकर उसने फिर दौड़ना शुरू कर दिया तेज-तेज और तेज···। उसे अपने ही ऊपर आश्चर्य होने लगा कि वह इतना तेज भी दौड़

सकता है। उसने अपने को खूब फुर्तीला अनुभव किया और भागता ही चला गया। एकाएक उसे निकट ही कहीं कुत्ते के भौंकने का स्वर सुनाई पड़ा और वह जहाँ का तहाँ जम गया। उसे डर लगा। सामने कोई सौ गज की ही दूरी पर ठिठके उस मकान को उसने पहचाना। तो क्या वह सचमुच इतनी दूर निकल आया है ? वह उलटे पाँव लौट पड़ा। इतनी देर बाद उसका ध्यान अपनी साँस की ओर गया। वह बुरी तरह हाँफ रहा था। कुछेक कदम वह धीरे-धीरे चला। फिर उसने चाल बढ़ा दी और लगभग दौड़ने लगा। एक जगह वह ठिठका और अपनी चप्पल ढूँढ़ने लगा। वे नहीं मिलीं। वह वैसे ही नंगे पाँव अपने घर की ओर बढ़ चला। चप्पल इस तरह खो देने का उसे अफसोस भी हुआ, पर अपनी उस हरकत पर उसे हँसी आने लगी।

घर पहुँचकर उसने दरवाजा चुपचाप उसी तरह भेड़ दिया और दबे-पाँव कमरे में घुसा। पत्नी और दोनों बच्चे उसी तरह उसी करवट सोए थे। उसे अजब लगा कि उसके साथ इस बीच कितना कुछ घट गया और यहाँ कुछ भी नहीं बदला। पर इस विचार से वह आश्वस्त ही हुआ। अब ? वह फिर घड़ी की ओर झुका और फिर रुक गया। स्विच की ओर बढ़ते हुए हाथ को उसने देखा और उसे भी रुक जाने दिया। क्या फायदा, उसने सोचा। अब क्या किया जाय ? कमरे से निकलकर वह फिर आँगन में आ गया और बैठकर एक कोने में फिर अपने को अपने भीतर ठेलने की कोशिश करने लगा। दस मिनट···और उसे लगा वह बदल रहा है। अब उसका जीवन एक नये सिरे से शुरू होगा। सारा बासीपन झड़ गया है। एक-एक कर उसकी सारी कमजोरियाँ, सारी असफलताएँ उसके आगे आने लगीं और वह उन्हें सामने से गुजरते देखता रहा। वह अपने-आपके प्रति बेहद अपनापे से भर गया। 'अजीत, यू डोंट रैस्पैक्ट योरसेल्फ़ इनफ़'···बरसों पहले सुना एक वाक्य उसके कान में गूँजने लगा। कितनी सही बात कही थी हुकेन्स ने ! तब तो उसने हँसी-हँसी में बात उड़ा दी थी। आज वह कितनी सच लग रही है। सचमुच यही मेरी सारी परेशानियों की जड़ है—उसने सोचा।

उत्तेजना से उठकर वह फिर कमरे में आ गया। झुटपुटे में कमरे की चीजों पर उसकी निगाह कुछ देर फिरती रही। आज का दिन इन्हें व्यवस्थित करने में लगाऊँगा, उसने निश्चय किया। पत्नी दिन-भर खटती रहती है। आई

थी, तब कितने शौक थे उसके। सब एक-एक कर इस घर की बलि चढ़ गए। तब भी वह उसी को कोसता रहता है कि सारी अव्यवस्था उसी के कारण है। दरअसल दोषी मैं ही हूँ, उसने सोचा और पिछली रात की घटना उसके सामने कौंध गई। 'तुम खुदगर्ज हो', पत्नी ने कहा था और वह सन्न रह गया था। बड़ी देर तक वह उस चाँटे की मार से तिलमिलाता रहा था और…और फिर…उसके बाद…

वह ग्लानि से छटपटा उठा। क्या यह भी महज एक क्षणिक भावुकता ही नहीं ? नहीं ? उसके संकल्पों में कोई दम नहीं। वह हमेशा इसी तरह पछताता रहेगा और बार-बार उन्हीं-उन्हीं कमजोरियों को समर्पित होता रहेगा। 'यू डोंट रैस्पैक्ट योरसेल्फ़ इनफ़'—हुकेंस ने योंही नहीं कहा था। जब तक वह अपने जीने का कोई कारण नहीं खोज लेता, कोई अर्थ नहीं पा लेता तब तक वह इसी तरह अधूरा और विकलांग रहेगा।

उसे अपना स्वप्न याद आया। वह गिर रहा था लगातार…लगातार गिर रहा था और कहीं टिकता न था। वह डर गया था बुरी तरह और जग पड़ा था। मगर फिर वह अनुभूति एक राहत की, एक अजीब सुख की अनुभूति क्यों बन गई थी ? क्या यह उसके भीतर की ही कोई हकीकत नहीं थी जो कभी उसके हाथ नहीं आ सकी आज तक, और जिसका ज्ञान उसे इसी तरह होना था ? आज के पहले उसने कब ऐसी संपूर्णता जानी है। वह सुख था—नितांत मेरा, नितांत अपना सुख ! वह बुदबुदाया और उसे अचरज हुआ कि 'सुख' शब्द उसे इतना घटिया, इतना सस्ता नहीं लग रहा जैसा कि अमूमन लगता रहा है। जैसे वह अभी-अभी उसके इस ताजे-ताजे अनुभव में से ही बना हो और उसने अपनी आँखों के सामने उसे बनते देखा हो।

उसका हाथ इस बार घड़ी को ढूँढ़ ही लाया। वह बुरी तरह चौंक गया। अभी चार भी नहीं बजे थे। वह चुपचाप लेटने को हुआ पर सचमुच कहीं नींद न आ जाए, इस विचार से घबड़ाकर वह फिर आँगन में आ गया और टहलने लगा। उसे कुछ थकान-सी महसूस हो रही थी। और नींद भी आ रही थी। पर वह सोना नहीं चाहता था ! उसे लग रहा था कि उस वक्त अगर वह सो गया तो कोई चीज हमेशा के लिए उससे छूट जाएगी। वह उसे अपनी मुट्ठी में कसकर पकड़े रहना चाहता था।

उसका दिमाग फिर इधर-उधर भागने लगा। बेचैनी में उठकर वह दूसरे कमरे में चला गया और रोशनी कर दी। सुनसान रोशनी में खड़ा वह खुद को बेहूदा लगने लगा। उसने चाहा, वह इस वाहियात रोशनी को बुझा दे और आरामकुर्सी पर पसरकर अपने को चारों ओर से बटोरने की, एकाग्र होने की कोशिश करे।

एकाएक उसे खयाल आया कि पाँच बजते ही होंगे। अभी थोड़ी देर में सुबह हो जाएगी। बच्चे उठ जाएँगे, संसार शुरू हो जाएगा और वह इस अनुभूति से—अपने-आपसे—बिछुड़ जायगा···फिर से उसी रोजमर्रापन में जकड़ जाएगा जिसने उसे बरसों से मार रखा है। वह जाकर अपनी डायरी उठा लाया और सपाटे से लिखने लगा—'आज मैंने अपने-आपसे मुलाकात की···।' लिखने के साथ ही उसे अपने वाक्य पर खीज होने लगी। उसे वह सस्ता और नाटकीय लगा। वाहियात ! उसने कहा और उस वाक्य को चीर दिया। अनमना होकर वह डायरी को उलटने-पुलटने लगा। वह चार साल पहले शुरू की हुई डायरी थी और उसमें धोबी का हिसाब, किताबों के उद्धरण, दोस्तों के पते और न जाने क्या-क्या भरा हुआ था। उसे अपने-आपसे बेहद वितृष्णा हो आई। वह आज तक उसी डायरी का इस्तेमाल करता आ रहा था। उसके कई पृष्ठ उखड़े हुए थे। एक जगह वह रुक गया। तीन-चार पन्ने एक साथ रँगे हुए थे और तीन साल पहले की कोई तारीख पड़ी हुई थी। उसने उसे पढ़ना शुरू कर दिया। वही सदिच्छा, वही संकल्प ! उसे यह अपने साथ किया गया एक बेहद भोंडा और अश्लील मजाक लगा। यकायक वह उन्मत्त की तरह उस डायरी को फाड़ने लगा।

अब वह फिर अपने कमरे में था। कमरे की हर चीज अपनी बेतरतीबी और बदहाली में उसे अपना मखौल उड़ाती लगी। आज इन दोनों कमरों को ठीक करना है, उसने सोचा। मगर यह सोचने के साथ ही ढेर सारी थकान उसके भीतर समा गई। उसे लगा, यह निश्चय वह पहले भी कई बार कर चुका था। एक गहरी हताशा ने उसे धर दबोचा।

बड़ी देर तक वह अपने साथ जूझता रहा। फिर थककर कुर्सी में धँस गया। यंत्रचालित की तरह एक किताब उसके हाथ आ गई और वह उसी में डूब गया। कहारिन ने दरवाजे पर दस्तक दी तो उसका ध्यान भंग हुआ

और उसे फिर ग्लानि ने धर दबोचा। दूसरे के विचारों में वह कैसे इतनी आसानी से पैठ जाता है ? बड़ी मुश्किल से उसे आज अपने साथ अकेले होने का, अपने आपको अनुभव करने का एक मौका मिला था। उसने उसे भी खो दिया। अपनी स्वतंत्रता फिर बेच दी। नहीं, वह स्वतंत्र नहीं हो सकता। कभी नहीं। वह इस लायक है ही नहीं। वह हमेशा दूसरों के आवेगों के बल पर ही अपने-आपको जीवित महसूस करता आया है। उसका अपना कोई अंतर्जीवन नहीं है। अपनी कोई हैसियत और हकीकत नहीं है।

यह मैं क्या सोचने लगा—उसने सोचा और किताब पटक दी और गुसलखाने में घुस गया। बरसों से वह इतनी सुबह-सुबह नहीं नहाया था। उसे ताजगी महसूस हुई। ठंडे पानी का स्पर्श उसे इतना अच्छा कभी नहीं लगा था। फिर उसने दो प्याले कॉफी बनाई और अपनी पत्नी को जगाया। पत्नी क्षण-भर हैरत से उसे देखती रही। फिर बोली, "अरे, आज इतनी जल्दी कैसे उठ गए ?" उसने हँसते हुए प्याला उसके होंठों से लगा दिया। "मुँह तो धो लेने दो", वह बोली। "आज ऐसे ही पी लो मेरे कहने से", वह बोला। पत्नी चुपचाप कॉफी पीती रही। उसकी समझ में कुछ नहीं आया।

हीरा आदमी

बहुत दिनों की बात है, बच्चो !
बूढ़ा एक शहर था—
उसके बीचों बीच हमारा
फटा - पुराना घर था।

वह एक कस्बा था, जहाँ न बिजली थी, न सिनेमा। सिवा हवा-पानी के वहाँ रखा ही क्या था और इसीलिए वहाँ के लोग अक्सर कहा करते थे कि जो यहाँ से निकला, वह आदमी बन गया।

बात यों उनकी बहुत गलत भी नहीं थी, क्योंकि हवा-पानी में पौधे भले पनप जाएँ, आदमी कैसे पनप सकते हैं ? पर ऐसे निकले हुए और पनपे हुए आदमी भी जब वहाँ लौटकर आते थे, यह देखकर चकित रह जाते थे कि वे, दरअसल, वहाँ से कभी निकले ही नहीं थे। सैकड़ों मील दूर छिटककर भी वे जिंदगी-भर भीतर ही भीतर परिक्रमा करते रहे थे—उसी अपने कस्बे की और उसी अपने मुहल्ले की, जहाँ पर वे कभी उगे थे।

मैंने आपको कहा न कि वहाँ न बिजली थी, न सिनेमा ! फिर भी, वह जाने कैसे इतना जगर-मगर रहता था और हँसी-ठट्टे से बारहों मास लहलहाता हुआ। लोग ऐसे भड़भड़िए कि अनेक होली-दिवालियाँ भी उनकी मस्ती निकालने को पूरी नहीं पड़ती थीं। लिहाजा लीला चलती रहती थी आठों याम, रोजमर्रा। और सभी को लपेटती रहती थी। उस सर्वव्यापी थिएटर से निकलना असंभव था।

वे दोनों भाई मेरे लिए रम्मू कका, लच्छू कका थे। बाकी पूरे मुहल्ले के लिए वे रमुवा भाइू और लछुवा भाइू थे।

हमारे कस्बे में ज्यादातर लोगों के दो नाम हुआ करते थे : एक तो वह जो उनके माँ-बाप और कुल-पुरोहित की मिली-भगत से उपजता था और पूरी तरह व्यक्तिगत होता था। और दूसरा वह जो मुहल्ले की कृपा से मिलता था और पूरी तरह सामाजिक होता था। इस दूसरे नामकरण की कोई नियत घड़ी नहीं होती थी। न कोई एक आदमी उसका श्रेय उड़ा सकता था। हवा में उछलते ही वह लोकोक्ति और लोकगीत की तरह अजर-अमर हो जाता था। शायद ही कभी कोई इस पुनर्जन्म से बचा हो। खुद हमारे एक नजदीकी रिश्तेदार लाखा लखनलाल और उनके नाती-पोते पीढ़ी-दर-पीढ़ी अगर 'गाजर' कहलाते रहे, तो इसलिए नहीं कि उनकी तंदुरुस्ती का राज कोई नहीं हथिया सका, बल्कि सिर्फ इसलिए कि एक दिन किसी मसखरे को उनमें 'गाजर' दिखाई दे गया और उसे दिखाई दे गया, तो सबको दिखाई देने लगा।

तो मैंने उन्हें जब भी देखा 'भाडू' ही देखा और 'भाडू' ही सुना। और तो और, घर के अंदर भी 'आज भाडू लोगों के यहाँ कथा हो रही है'…'अरे भाडू होरों के यहाँ मिठाई नहीं भेजी ?'…जैसे अक्सर कान में पड़नेवाले जुमलों की बदौलत मैं अरसे तक इसी भ्रम में रहा कि यही उनका गोत्र है और जैसे हम लोग बिष्ट हैं, वैसे ही वे भाडू हैं। भाडू एक गाली है, कोई जात या पदवी नहीं, यह जब मुझे पता चल गया, उसके बाद भी इस जानकारी का अपने उन बिरादरों से सही रिश्ता जोड़ने में मुझे काफी समय लगा था।

लच्छू कका छोटे थे और चाट की दूकान करते थे। चाट भी क्या, कहना चाहिए—मटर बेचते थे। मटर के अलावा वह और भी कुछ बना सकते हैं, इसकी कल्पना ही नहीं होती थी। और रम्मू कका क्या करते थे, यह बता पाना मुश्किल है। वह अक्सर पिए रहते थे और लोगों का कहना था, जहरीली स्पिरिट पीते हैं और चाहे जितनी पी लेते हैं, उन्हें कभी कुछ नहीं होता।

खैर, वह जितनी जैसी पिए हों, इतना तय था कि भाडू कहलाए जाने से वह बेतरह चिढ़ते थे और चिढ़कर हर दिशा को माँ की गाली देते थे। जैसे उनके छोटे भाई को मटर के अलावा और कोई चाट बनानी नहीं आती थी, वैसे ही उन्हें भी माँ-बहन के अलावा और कुछ सूझता न था। हाँ, अब याद आया कि वह गैस के हंडे ठीक किया करते थे और शादी-ब्याह के मौकों

पर ऐसा खाना बनाते थे कि लोग होंठ चाटते ही रह जाते थे। जहाँ तक मैं समझता हूँ, यह जैसा भी हुनर हो, ऐसा तो नहीं ही होगा जिसकी बदौलत आदमी रोज शराब पी सके। फिर भी, वह अपने भाई से ज्यादा साफ-सूफ रहते थे और नशे के बावजूद एक गैरमामूली आदमी होने का असर डालते थे।

मुहल्लेवालों के लिए इससे ज्यादा मनोरंजक और क्या हो सकता था कि एक ऐसा शख्स, जो न पढ़ा-लिखा है, न कमाईदार है, सूबेदार-मेजर जैसे लटके दिखाए और इतने प्यार से दिए गए नाम को चुपचाप स्वीकार लेने के बजाय उस पर लाल-पीला होता रहे। जो छोटा भाई पचा गया, उस पर बड़ा भाई ऐतराज करे—यह जरा अनहोनी बात थी न ! इसलिए बाजार में पैर पड़ा नहीं कि कभी इस कोने से, कभी उस कोने से 'भाडू है !'...'भाडू है !' के छर्रे छूटने लगते थे और जब रम्मू कका आपे से बाहर होकर माँ-बहन पर आ जाते थे, तो पूरा मुहल्ला एक कोरस में बदल जाता था और रम्मू कका उससे छलनी होते हुए चुपचाप सिर नीचा किए अपने घर की ओर बढ़ जाते थे। कोरस धीमा पड़ा नहीं कि वे पीछे पलट के अपने फेफड़ों का पूरा जोर लगाकर वही मारण मंत्र चिंघाड़ते और धीरे से अपने घर में दाखिल हो जाते।

पर लच्छू कका की बात और थी। उन्होंने मान लिया था कि वह लक्ष्मीलाल नहीं, सिर्फ भाडू हैं और बिना इसे शिरोधार्य किए मुहल्ले में जीना मुश्किल है। दिन में कई बार मेरे कानों से आकर टकराता, 'भाडू चचा मटर खिलाओ'...'भाडू एक चाय।'...और याद नहीं पड़ता, कभी किसी के साथ उनकी ठनी हो। बाद-बाद में तो यहाँ तक नौबत आ गई कि 'भाडू' कान में पड़ते ही रम्मू कका पत्थर उठाकर सीधे आवाज की तरफ रवाना कर देते थे। जाहिर है, ऐसे में उनकी कई बार ठुकाई भी हो जाती थी।

जब तक मैं इस खेल में शरीक होने लायक हुआ, तब तक रम्मू कका का यह पाषाण-युग शुरू हो गया था। बंटू, मोहन, घंटू, लालू जिस वक्त आसपास बैठे बड़ों की मूक सहमति से अपना भाडू-अभियान चालू करते, मैं एक कोने में दुबक जाता और वहीं से लीला देखता। देखते-देखते रम्मू कका का चेहरा फोकस में आते ही मेरा जी करता, उनमें से हरेक के सिर पर पत्थर

पड़े। पर जाने कैसे हर बार रम्मू कका अपना लक्ष्य चूक जाते थे। दो-चार बार यह भी हुआ कि रम्मू कका पत्थर की जगह खुद ही दौड़कर लड़के को पकड़ लेते और अनाप-सनाप हाथ चला देते। तब बड़े लोग अचानक उस दृश्य में कूद पड़ते। तभी चिल्लाते हुए लच्छू कका अपनी दूकान से भागते हुए आते और अपने भाई की जमानत बतौर खुद को पेश करते हुए उन्हें छुड़ा ले जाते।

लच्छू कका छोटे थे और रम्मू कका बड़े। पर दीखने में रम्मू कका लच्छू कका से कम उम्र के लगते थे। वह ठिंगने, काले और अड़ियल थे, जबकि लच्छू कका काफी लंबे कद के और गोरे थे। लोग कहते थे कि लच्छू अपने बाप पर गया है और रम्मू अपनी माँ पर। उनके पिता की तो मुझे याद नहीं है—शायद उनकी मृत्यु बहुत पहले हो गई थी—पर माँ की मुझे याद है। वह अक्सर हमारे घर आया करती थीं और अपने लड़के की गिरस्ती न बसा पाने की कचोट को लेकर जब-तब मेरी माँ के सामने फूट-फूटकर रो देती थीं। माँ से ही मैंने सुना था कि इनके पिता की हालत बड़े लड़के के वक्त बहुत खराब थी और बाद में दस-पंद्रह साल बहुत अच्छी रहकर फिर एकदम चौपट हो गई थी, जिससे रम्मू कका का स्कूल नवीं के बाद छुड़ा देना पड़ा था। लच्छू कका तो बिचारे मिडिल पास भी नहीं हो पाए थे। यह भी पता चला था कि रम्मू कका अपनी मर्जी से ही मिलिटरी में भरती हुए थे और फिर साल-दो साल में ही वापस भाग आए थे।

मुझे बड़ा अचरज हुआ था, क्योंकि छमाही-सालाना इम्तहान के दिनों में मैं जब भी परचे देकर घर वापस लौट रहा होता, रम्मू कका को वहीं दूकान के चबूतरे पर अपना इंतजार करते पाता। आधे घंटे से पहले मेरी छुट्टी नहीं होती थी। मैंने कौन-से सवाल किए, यह क्यों किया, वह क्यों नहीं किया, कैसा किया, कितना किया—इसका पूरा हिसाब दिए बगैर मेरा छुटकारा नहीं था। वहाँ लच्छू कका भी होते, पर वह अपने काम में मशगूल रहते। पूरी जाँच-पड़ताल के बाद रम्मू कका अपने अंदाज से जितने नंबर मुझे मिलने चाहिए, सब अलग-अलग और फिर टोटल करके लाल स्याही से लिख देते। तभी परचा वापस मिलता। गणित, हिंदी और अंग्रेजी में मुझे उतने ही नंबर मिलते, जितने रम्मू कका ने लगाए होते। बाकी विषयों में उनकी कोई गति

नहीं थी, पर वह उन पर भी उतनी ही बारीकबीनी करते। कहना न होगा कि लच्छू कका जब भी उन्हें टोकते थे—ऐसे ही मौकों पर टोकते थे। पर रम्मू कका के पास भी इसका तगड़ा जवाब था। वह परचा उठाकर भाई के सामने पटक देते और कहते, "तू ही क्यों नहीं लगा लेता ? तू भी तो उस जमाने का मिडिल है; कोई मजाक है।"

इस पर लच्छू काका थोड़ा खिसिया जाते और परचा वापस भाई को पकड़ा देते, "हाँ ! मुझे तो तुम्हारी तरह फुर्सत ही फुर्सत है ना !"

कभी-कभी वह झल्ला जाते और सुना भी देते, "परचे कराने का इतना ही शौक था, तो उस समय कहाँ मर गए थे जब···!···अरे, मटर ही मुझे बेचने हैं, ऐसा मुझे मालूम होता, तो तुम करमकोढ़ियों का इतना भी अहसान मैं क्यों उठाता ! तुम्हीं अच्छे होते और तुम्हीं हिम्मत बाँधते, तो आज मेरी ये गत होती ?" जैसे अपनी ही झल्लाहट से चौंककर वह सहसा चुप हो जाते और जल्दी-जल्दी मटर हिलाने लगते। रम्मू कका गुस्से से उन्हें घूरते रहते···उनके होंठ बुरी तरह फड़फड़ाने लगते। उनका चेहरा भी कुछ और काला पड़ जाता···फिर वह मुझसे कुछ नहीं पूछ पाते। चुपचाप परचे पर जल्दी-जल्दी नंबर घसीटते और टोटल लगाके मुझे वापस पकड़ा देते।

दोनों की आकृतियों के बीच इतना कम साम्य था कि उन्हें सगे भाई मानना मुश्किल ही लगता था। पर एक चीज दोनों में समान रूप से सगी थी और वह उनके होंठों, बल्कि आँखों की, एक खास तरह की ऐंठी हुई, बहुत ही विलक्षण मुस्कुराहट।

आँखों में एक खास तरह की चमक—जैसी बहुत कम देखने में आती है—आँखें, जो आपके आर-पार हो जाती लगती हैं—जिनसे जैसे कुछ भी नहीं छुपा रह सकता और जिनमें आप कोशिश करके भी सीधे नहीं झाँक सकते। होंठ एक-दूसरे को एक खास कोण से ढाँपे—जैसे सुनते ही किसी को भी पानी-पानी करके रख देंगे—मगर कोई जरूरत नहीं। बड़े की मुस्कुराहट—समझ लीजिए—उनकी उम्र के बराबर उम्र के तहखाने में पड़ी शराब थी—अपने भाई से उतनी और ज्यादा पकी हुई। अपनी बौखलाहट के चरम पर भी वह बिखरती नहीं थी और शायद यही कारण होगा कि उन्हें पिटते देखकर अपने साथियों की खुशी का संक्रामक मुझे लगकर भी नहीं

लगता था। क्या मैं कुछ भूल रहा हूँ ? आखिर, याददाश्त के सहारे कितनी दूर जाया जा सकता है। चूँकि मुहल्ला बहुत चटोर था, लच्छू कका के मटर खूब बिकते थे और चाय भी। मेरी जो छोटी-सी कोठरी थी—बाजार से सटी हुई—उसमें छुट्टी की दोपहर, मैं रह-रहकर 'भाडू ! भाडू !' की गुहार सुनता था और उसके जवाब में एक दूसरी आवाज भी—'अच्छा भइया ! अभी भेजता हूँ।' तब मैं मन-ही-मन उन भाडू कहनेवालों को रम्मू कका के हाथ से खूब कुटते देखा करता था।

पर उस दिन तो गजब हो गया। हम गेंद-बल्ला खेल रहे थे—वहीं घर के सामने बाजार में। बल्ला मैंने घुमाया ही था कि गेंद सामने से आते हुए रम्मू कका के माथे पर लगी और तभी एक लड़का, जो ठीक उनके पीछे था, जोर से 'भाडू है !' चिल्लाया और भागकर एक दूकान में छिप गया। वही क्यों, अचानक मैंने पाया कि सभी लड़के गायब हैं। एक मैं ही बल्ला हाथ में लिये रम्मू कका की चोट के सामने खड़ा रहा हूँ। निश्चय ही मैं भी भागना चाहता हूँगा पर···जब तक मैं कुछ सोचता-करता, रम्मू कका का भरपूर तमाचा गाल पर पड़ चुका था—और उसके साथ गाली भी।

तमाचे तक तो ठीक था। पर गाली ? गाली गाली थी और उसकी लपेट में, रोज रम्मू कका के लिए भले पूरी दुनिया आती हो, मैं कैसे आ सकता था !···दूसरे ही क्षण मैं अपने दुमंजिले की कोठरी से मुँह निकालकर पूरी ताकत के साथ चीख रहा था, 'भाडू है ! भाडू है !' और मेरी आवाज के साथ एक पूरा अदृश्य कोरस गूँज उठा था, 'भाडू है ! भाडू है !···'

रम्मू कका अब भी ठीक उसी जगह खड़े थे, जहाँ उन्होंने मुझे तमाचा मारा था। वह एकटक मुझे ताक रहे थे···एक मिनट, दो मिनट, पाँच मिनट···वह कोरस भी डूब गया···वह वहीं खड़े-खड़े मुझे घूरते रहे !···घूरते रहे !···खिड़की पर पड़ी चिक के पार मैं भी उन्हें देखता रहा।

विस्मय ! हाँ, विस्मय ही तो ! मुहल्ले का सबसे सीधा, दस-दिनिया बिरादर का लड़का ! पढ़ने में होशियार लड़का।···लड़कों में अलग लड़का ! उसने उन्हें गेंद मारी ! निश्चय ही जान-बूझकर मारी। और ऊपर से भाडू कहा !

पर बरसों तक गाढ़ी होते-होते तेजाब बन गई स्पिरिट में इस छोटे-से अचरज को घुलते कितनी देर लगती ! रम्मू कका लड़खड़ाए और धीरे-धीरे

रोज की तरह सिर झुकाकर बढ़ लिये। ठीक है। चलो तुम भी सही।

कहना अनावश्यक है कि इसके बाद महीनों तक जब भी रम्मू कका हमारे सामने से गुजरते, लड़कों के कोरस में मेरा अपना स्वर भी शामिल होता।

इतने में छमाही इम्तहान शुरू हो गए। पहले दिन ही गणित का परचा करके लौटा, तो सौ गज की दूरी से ही रम्मू कका हमेशा की तरह अपनी दुकान के चबूतरे पर डटे दिखाई दे गए। मैं उनको देखकर एक दूसरी चक्करदार गली की तरफ मुड़ ही रहा था कि नागपाश की तरह बिछलती एक पुकार मुझसे आकर लिपट गई, "बदरीनाथ ! ओ बदरीनाथ !"

नागपाश में जकड़ा मैं चबूतरे की ओर घिसट रहा था और मन-ही-मन सोच रहा था कि हमेशा का 'बद्रिया' मैं आज बदरीनाथ कैसे हो गया ! बिना उनकी ओर देखे, मैंने परचा आगे बढ़ा दिया और अपने घर की ओर ताकने लगा।

रम्मू कका ने एक निगाह से परचे को और दूसरी निगाह से मेरी परेशानी को तौलते हुए कहा, "तुझे देर तो नहीं हो रही है ?"

'पहले तो कभी नहीं पूछते थे। अब क्यों पूछ रहे हो ?'...मैं कहना चाहता था, पर कहा कुछ नहीं। चुपचाप उसी तरह अपने घर की ओर ताकता खड़ा रहा।

"बैठ, यार," रम्मू कका अपनी बेंच पर थोड़ा खिसक गए और परचा हल करने लगे। इतने में लच्छू कका भीतर से निकले और बारी-बारी से हमें अचरज से देखते रहे। फिर बैठकर विरक्त भाव से मटर हिलाने लगे। रम्मू कका ने, सवाल लगाते-लगाते एकाएक जैसे कुछ याद आ गया हो, जेब में हाथ डाला और कुछ टटोलते हुए भाई से कहा, "पक गए क्या तेरे मटर ? एक प्लेट इसको भी दे दे। भूख लग रही होगी।"

"नहीं, मुझे भूख नहीं है !" मेरे मुँह से निकला और उसके साथ ही, "मुझे देर हो रही है।"

"बस एक मिनट और बेटा !" रम्मू कका जल्दी-जल्दी आखिरी सवाल लगा रहे थे। सहसा उनके हाथ ढीले पड़ गए और उन्होंने "ठीक तो है, बस", कहते हुए सवाल अधूरा छोड़कर परचा मेरे हाथ में थमा दिया, "जा, तुझे देर हो रही है।"

घर पहुँचकर मैंने देखा, परचे पर नंबर नहीं लगे थे। अजीब अकुलाहट हुई। मन किया वापस जाऊँ; कहूँ—नंबर तो लगा दो। पर फिर रह ही गया। उस दिन के बाद मुझे रम्मू कका कभी भी स्कूल से लौटते वक्त अपने चबूतरे पर नहीं दिखाई पड़े।

हफ्ते-भर से लगातार मूसलाधार बारिश हो रही थी और आज जन्माष्टमी का दिन था। लच्छू कका अपना चाट का ठेला लेकर कृष्ण मंदिर के प्रांगण में जमे हुए थे। रात के बारह-एक बजे तक वहाँ खासी चहल-पहल रहती थी। मुहल्ले के सारे लड़के कृष्ण-जन्म की रोमांचकारी प्रतीक्षा में ठीक पौने बारह बजे आकर डट गए थे। मुरादाबाद की एक मशहूर कीर्तन-मंडली इस बार आई थी और खराब मौसम के बावजूद मंदिर खचाखच भरा हुआ था।

ठीक बारह बजे कृष्ण-जन्म हुआ और हम सारे लड़के पुजारी जी पर टूट पड़े। थोड़ा-थोड़ा मोहनभोग सभी को मिला। पर मेरे हिस्से में पिताजी की बदौलत एक पूरा मालपुवा आ गया। प्रसाद पाकर भीड़ तेजी से छँटने लगी, पर हम लोग वहीं डटे रहे। कीर्तन फिर से जमने लगा। इतने में बड़े जोरों की आँधी चलने लगी और बाकी बचे लोगों में भी भगदड़ मच गई। पलक मारते आँगन एकदम खाली हो गया।

तभी बड़े जोरों की बिजली कड़की और उसकी कौंध में मंदिर के फाटक के पास एक आकृति दिखाई दी। "लछुआ ! लछुआ !" चिल्लाते हुए रम्मू कका चले आ रहे थे, लड़खड़ाते-से। बाबूजी ने लपककर उनकी बाँह थामी और मंदिर के अंदर लाकर पूछा, "क्या हुआ, रामी, तुझे ? क्यों चिल्ला रहा है ? काका ! इधर तो आओ जरा !"

"क्या हुआ मेरे रमिया को ? क्या हुआ ?" चिल्लाती हुई माँ मंदिर के भीतर से निकली। रम्मू कका अपनी माँ को देखते ही उससे जा लिपटे और पागलों की तरह ठठाकर हँसने लगे। "अरे तू जिंदा है ! हमारी बुढ़िया जिंदा है। मैं तो समझ रहा था, तेरी वहीं कबर बन गई। और लछुआ, तू कहाँ है, रे ? बोलता क्यों नहीं ?"

"लच्छू कका तो आँधी आने से पहले ही चल दिए थे।" लड़कों की भीड़

से ही एक आवाज आई।

तभी सामने से बदहवास लच्छू कका दौड़ते हुए आए और अपने भाई से लिपट गए। फूलों की जगह वहाँ अब स्पिरिट की महक फैली थी।

"भैया ! मकान गिर गया !" मेरे पिता से लिपटकर लच्छू कका रो पड़े।

अब जाकर लोगों की समझ में आया कि माजरा क्या है। हमारे मुहल्ले के वहाँ सिर्फ हम कुछ लड़के और दो-चार बड़े ही बचे थे। बाकी लोग कभी के जा चुके थे।

"अरे, गिर गया साला, तो रोता काहे कूँ है ?" रम्मू कका की जबान बुरी तरह लड़खड़ा रही थी और उनकी माँ घुटनों में मुँह डाले सिसक रही थी। रम्मू कका खिलखिलाए जा रहे थे, "अरे भाड़ू का घर गिर गया, रे ! मोहल्लेवालो जिंदाबाद ! बोलो, किशन महाराज की…जै !"

मेरी माँ उनकी माँ को और पिता जी दोनों भाइयों को घेर-घारकर हमारे घर ले गए। गिरे हुए मकान का दृश्य हमने अगली सुबह देखा। वहाँ पूरा मुहल्ला इकट्ठा था। वहीं उसी समय तय हुआ कि मुहल्ले का हर सदस्य तीनों के भरण-पोषण का जिम्मा लेता है, जब तक मकान फिर से नहीं खड़ा हो जाता। और मकान बनाने की जिम्मेदारी भी मुहल्ले की ही है।

"रमिया का तो कुछ नहीं, मगर लछुआ ने तो कुछ जोड़-जाड़ के रक्खा ही होगा।" सिंगडुवा लाला मेरे पिता के कान में फुसफुसाए।

लड़के मलबे की छान-बीन में जुटे थे। पाँच-छह संदूकों में कुल जमा डेढ़ सौ रुपये निकले। "सब पूरन चाटवाले की मेहरबानी है," लच्छू कका बार-बार यही जुमला दुहरा देते। पता चला कि साल-भर से, यानी जब से काशीपुर के पूरन तेवाड़ी की दूकान जरूरी बाजार में खुली है, लच्छू का धंधा ठप्प पड़ा है और, बस, किसी तरह चल रहा था।

सामूहिक फैसला हो गया, पर जब पूरा पखवाड़ा गुजर जाने के बाद भी उस पर कोई कार्रवाई नहीं दिखलाई दी, तो मुहल्ले के लड़कों ने आपस में ही मिलकर एक बैठक की, जिसमें यह तय हुआ कि मलबा हटाने का काम फौरन शुरू कर दिया जाए। बड़ों का रास्ता देखना बेकार है। घंटू, जिसने रम्मू कका की सबसे ज्यादा गालियाँ खाई थीं, उसने यह सुझाया कि बड़ों से सिर्फ चंदा उगाहा जाए और मिस्त्री लगाकर बाकी सारा मजूरी का काम लड़के

लोग ही करें। देखते-देखते मलबा साफ हो गया और दूसरे मुहल्लों के भी बड़े-छोटे लड़के इस अभियान में शामिल हो गए। रम्मू कका की तबियत कुछ गड़बड़ चल रही थी। जब भी लच्छू कका काम में हाथ बँटाने आते, बड़े-बूढ़े लोग कहते, "तू यहाँ की फिकर मत कर। अपना काम देख। अपने भाई को सँभाल। हम यहाँ किसलिए हैं ?"

काम इस तेजी से चला कि दो महीने के अंदर मकान फिर से खड़ा हो गया—पहले से कहीं बेहतर। किसी ने उस पर पैरोडी भी जड़ दी, जिसे लड़के अक्सर गुनगुनाते पाए जाते—'कै वह टूटी-सी छानी हुती, श्रमदान बदौलत धाम सुहाए।'

मेरे सामने-सामने की ही बात है, घंटू और मोहन हमारे यहाँ से रम्मू कका को दोनों बाँहों से थामकर नये मकान के सामने ले गए और बोले, "देखो कका ! तुम्हारी इमारत का हमने क्या बढ़िया नाम रक्खा है !"

रम्मू कका उतने चलने में ही हाँफने लगे थे। कमर पर हाथ रखकर उन्होंने जेब से चश्मा निकालकर आँखों पर चढ़ाया और ऊपर आँख गड़ाई, तो वहाँ दुमंजिले की पट्टी पर 'भाड़ू-भवन' खुदा देखकर उनका हाथ फौरन ऊपर उठा और मुँह से बेसाख्ता निकल पड़ा "तुम्हारी माँ की…।" पर अगले ही क्षण उन्होंने घंटू को छाती से लगा लिया और फूट-फूटकर रोने लगे।

उस दिन के बाद रम्मू कका के मुँह से फिर माँ की गाली कभी नहीं सुनी गई। 'भाड़ू-भवन' में प्रवेश करने के पहले ही उन्हें अस्पताल में प्रविष्ट होना पड़ा और वहाँ से कुल अड़तालीस घंटों के अंदर ही उन्होंने सीधी उड़ान भर ली। उन्हें पहुँचाकर जब मुहल्ले के लोग लौटे, तो घंटू के पिता ने ऐन 'भाड़ू-भवन' के सामने मेरे पिता से कहा—

"वह तो उसी दिन चला गया था जिस दिन उसका मकान गिरा। लौंडों का मन रखने को उसने प्राण अटका के रखे थे। कितने दिन चलता आखिर ? स्पिरिट से गली आँतें कब तक साथ देतीं।"

मुहल्ले के लोग बहुत बाद-बाद तक भी छोटे भाई के सामने बड़े भाई का गुणगान करते नहीं थकते थे, "हीरा आदमी था। नसीब का मारा था—नहीं तो हाथ में उसके वो हुनर था, जो या तो सिर्फ उसके बाप में था या फिर सिर्फ उसी में।"

अब तो छोटा भाई भी नहीं रहा। और चूँकि दोनों अविवाहित थे—मेरा खयाल है—अब भाड़ू-भवन में जो भी रहता होगा, उसने वह शिलालेख जरूर मिटा दिया होगा। निरे सीमेंट का लेख मिटाना क्या मुश्किल है ! पर कुछ चीजें ऐसी होती हैं जिन्हें, लगता है, काल भी नहीं मिटा पाता। जैसे, मिसाल के तौर पर, यह सवाल ही कि कोई भी आदमी अपने मुहल्ले या कस्बे से बड़ा हो सकता है या नहीं ?

मुहल्ले का रावण

नाम उनका कादिर मियाँ था, पर पूरे टिकुरिया मुहल्ले में उन्हें कोई इस नाम से नहीं पुकारता था। चिचंडे के अलावा भी कोई नाम उनका हो सकता है, यह हमें शायद ही कभी सूझा हो। चिचंडे एक सब्जी का नाम है, जो तोरई से ज्यादा लंबी और चमकीली होती है। अगर तोरई पर रंदा फेरके सपाट कर दिया जाए और रबड़ की तरह खेंच दिया जाए तो वह चिचंडे की बहन बन जाएगी।

इस नामकरण की शुरुआत कैसे हुई, क्यों हुई और चिचंडे नामक सब्जी तथा कादर मियाँ की शख्सियत के बीच पुल किसने बाँधा, यह शोध का विषय है और मेरे बस का नहीं है। जहाँ तक इस सब्जी का सवाल है, उसका स्वाद मैं भी नहीं जानता और न जानने की इच्छा रखता हूँ। शुरू से ही मेरे दिमाग में यह बात बैठ गई है कि इससे ज्यादा रद्दी और नामाकूल सब्जी सब्जियों की दुनिया में और कोई नहीं होगी। उसमें एक साबुनी चिकनाई होती है, जो तोरई में नहीं होती। रूप-रंग भी उसका जरा बिदकानेवाला होता है। पर शाम होते-होते उसका तोरई की आधी कीमत पर भी बिक पाना मुश्किल हो जाता है। मैं ये ब्यौरे आपको एक 'इनसाइडर' की हैसियत से बता रहा हूँ, क्योंकि हमारे यहाँ सब्जियों का ही धंधा होता था और चिचंडों की दुर्दशा का मैं चश्मदीद गवाह रहा हूँ।

पर जाने क्यों मुझे लगता है कि अगर इस अभागी सब्जी का नाम चिचंडे नहीं होता, तो इसकी यह दशा न होती। अगर तोरई के ही वजन पर ओरई या गोरई जैसा नाम इसका होता तो सारी चिकनाई और सफेद धारियों के बावजूद लोग इसे उतने ही चाव से खाते जैसे तोरई-लौकी खाते हैं। चिचंडे

में अंडे की, और जाने किस-किसकी बू आती है।

तो टिकुरिया मुहल्ले में ही हम लोग भी रहते थे और चिचंडे, यानी कादिर मियाँ भी। टिकुरिया मुहल्ले के तल्ले सिरे का मुआयना अगर आप पिछवाड़े की तरफ से करें, तो आपको हर दरवाजे पर एक टाट लटका मिलेगा। पूरे बाजार में, जो आधा मील लंबा और औसतन समझ लीजिए दस फुट चौड़ा है और कुल नौ मुहल्लों से मिलके बना है, इस तरह के टाट-घर तो आपको इक्के-दुक्के दूसरी जगह भी दिखाई दे जाएँगे। पर एक साथ डेढ़ दर्जन टाटों की इतनी लंबी कतार आपको नहीं मिलेगी। कारण इसका ये कि हमारे टिकुरिया मुहल्ले से लगा हुआ जो नाई बाजार है, वहाँ सिर्फ दुकानें ही दुकानें हैं और उन दुकानों के दुकानदार इन्हीं टाट-घरों में रहते हैं। और मुहल्लों में आपको टाट नहीं, चिकें मिलेंगी। टाट और चिक का फर्क आप समझते ही होंगे। अगर आप बाल काटने, बाल ढकने या खाल उतारने का धंधा करते हैं तो आप टाट ही लटका सकते हैं और अगर आपके पास पासिंग शो या विल्स की एजेंसी हो तो जाहिर है, कि आपकी दुकान के ऊपर जो मकान है, वह आपका ही होगा और उसके खिड़की-दरवाजों पर चिकें जरूर पड़ी होंगी। चिकें तो यूँ वहाँ भी हो सकती थीं, जहाँ दरवाजा गली से सटा हुआ है; पर वहाँ थोड़ी बेमेल पड़ जाएँगी, क्योंकि टाट का रंग जमीन के रंग से जरा भी अलग नहीं दीखता। फिर सँकरी गली से सटे हुए दड़बों पर चिक ठोक के आप करेंगे भी क्या ! बाजार की तरफ मुँह हो, कुछ देखने लायक चीजें हों तो चिक का कोई तुक भी है।

तो हमारे कादिर मियाँ भी शायद इन्हीं टाटों में से किसी एक के पीछे रहते होंगे। होंगे इसलिए कहना पड़ रहा है कि हालाँकि हमारा नकान उनकी दुकान की बगल में ही था, वह दुकान यानी मकान किसी और का था और उसका पिछवाड़ा भी टाटवाला नहीं था; तो यह भी तो मुमकिन है कि चिचंडे महाशय अपनी छहवर्षीय पुत्री सूफिया के साथ उसी दुकान के अंदर रहते हों और इस तरह रहते हों कि टाट की भी गुंजाइश न हो।

और सचमुच कादिर मियाँ से जुड़ी जो भी आवाजें मेरे कानों में आज भी गूँजती हैं, वे सब उसी दुकान के भीतर से आती थीं और सुबह पाँच बजे से लेकर रात ग्यारह-बारह बजे तक आती थीं यानी वह दुकान कभी बंद नहीं

होती थी और यह तभी संभव है, जब दुकान ही मकान भी हो।

"सूफिया ! ऐ सूफिया ! कहाँ मर गई। हरामजादी ! दो मिनट दुकान में बैठते जान निकलती है। मार-मार के भुरता बना दूँगा। कहाँ गई थी बदजात !"

"बेटा सूफी ! चल खाना खा ले। अरे मेरी रानी बेटी गुस्सा हो गई क्या ? अब अब्बा की खैर नहीं। अब अब्बा की शामत आ गई। रानी बेटी सूफिया अपने अब्बा को पीटेगी। फिर ये गुलाबजामन कौन खाएगा ? और ये रबड़ी कौन खाएगा ? मेरा बेटा खाएगा। मेरा बेटा गरमागरम गुलाबजामन खाएगा। ये देखो आई हँसी, आई हँसी, आई हँसी आई…"

और इसके तुरंत बाद अगल-बगल के घरों में सूफिया के सचमुच खिलखिलाकर हँसने की आवाज का—कादिर मियाँ के बड़ी देर तक गूँजते अट्टहास का सुनाई पड़ना लाजिमी था।

अब आप शायद यह जानने को उत्सुक होंगे कि हमारे कादिर मियाँ काहे की दुकान करते थे। आपने सवाल पूछा और मेरी आँखों के आगे मुहल्ले का नक्शा झूलने लगा। भैरवथान और हमारे नेपाली घर के बीच भिंचा एक दुमंजिला दड़बा और तीन हाथ ऊँची कादिर मियाँ की दुकान, जिसकी छत से पाँच-छह रस्सियाँ लटकी हुईं…और उन रस्सियों पर झूलती लाल, हरी, सफेद, पीली रंग-बिरंगी टोपियाँ और नीचे कई चौकोर पेटियों में खुँपी सस्ती अँगूठियों की बहार…

जी हाँ, कादिर मियाँ टोपियाँ बनाते थे। सिवा उन गिने-चुने मौकों के, जब वे सूफिया संवाद में निमग्न रहते या जब वे हाथ पीछे बाँधे हुए चूड़ीदार पाजामे और चुन्नटदार हरे कुरते में तेज-तेज कदमों टिकुरिया मुहल्ले की लंबाई नाप रहे होते—कौतुक-भरी आँखों से सबकी गतिविधियाँ भाँपते हुए और टिप्पणियाँ जड़ते हुए—वे हमेशा टोपियाँ सिलते दिखाई देते थे। उनकी सिलाई मशीन शायद ही कभी चुप बैठती। उसे आराम तभी मिलता जब गले की मशीन चालू हो जाती। दिन में कम-से-कम दो शो इस दूसरी मशीन के होने लाजिमी थे। मैटिनी फटकार शो और ईवनिंग पुचकार शो। ऐसा नहीं कि कादिर मियाँ टोपियों के अलावा और कुछ बनाना ही न जानते हों। हमने अपने बड़ों के मुँह से सुना है कि एक जमाना ऐसा था जब हमारा कस्बा

अपने थिएटर के लिए मशहूर था और साल में कम-से-कम साठ-सत्तर नाटक होते थे और उन नाटकों के लिए पोशाक बनाने का जिम्मा कस्बे में सिर्फ कादिर मियाँ का था। यह तो कादिर मियाँ की, बल्कि हमारे कस्बे की ही बदकिस्मती कहिए कि कोढ़ीखाने के पादरी के साले ने सन 1931 में आके हमारे हनुमना में 'दरबार' सिनेमा क्या खोला, देखते-ही-देखते हमारे शहर के पचास साल पुराने थिएटर का पटरा बिठा दिया और कादिर मियाँ धीरे-धीरे बेरोजगार होते गए। बेरोजगारी भी दोतरफा। नाटकों के पात्रों की पोशाक सिलने के अलावा वे उनमें माइनर रोल भी अक्सर ही, सुना, कर लिया करते थे। मुझसे एक बार खुद कादिर मियाँ ने कहा था कि 'बाणासुर' नाटक में वे खुद बाणासुर बने थे। हाँ, याद आया, जब 'बाणासुर' फिल्म लगी थी और मैं स्कूल की तरफ से देखने आया था, तब मुझी से उसकी कहानी सुनके फिल्मवालों की माँ-बहन को याद करते हुए उन्होंने यह जानकारी, अपने अतीत की, मुझे दी थी, जो न तो तब मुझे अतिरंजित लगी थी और न आज—इतने बरसों बाद। मेरे बड़े भाई का तो यहाँ तक कहना था कि अगर कादिर मियाँ फिल्म में गए होते तो चंद्रमोहन को पीट के धर देते।

मुझे याद है, हमारे मुहल्ले का कोई आदमी जब पहले दाँव में कादिर मियाँ को चिढ़ाने में असफल हो जाता तो उसका दूसरा दाँव इस तरह का होता था—

"यार चिचंडे ! चल रहा है 'दरबार' में ? 'लैला-मजनूँ' लगी है।"

"लैला-मजनूँ की···" चिचंडे एकदम बिफर जाते।

"अरे मैं दिखाऊँगा यार ! तेरी गाँठ ढीली नहीं होगी। तुझे पता है उसमें तेरी सुरैया का डांस है। सहगल के गाने हैं।" कादिर मियाँ नकली हैरत से अपने 'शैतान' को घूरते और सुरैया और सहगल को भी उसी बुलंदी से कोसते हुए आगे बढ़ जाते। सभी को मालूम था कि सामने-सामने कादिर मियाँ चाहे जितनी नफरत थूकते हों, रात के सेकंड शो में वे अपनी पसंद की फिल्में चुपचाप देख आते थे। जब मुहल्ले का कोई उन्हें देख लेता और अगले दिन पूछता—'क्यों चिचंडे ! मजा आया ?' तो वे तिलमिलाकर कहते—'तूने अपने बाप को देखा होगा। मैं और फिल्म ! तेरी शामत आ गई क्या ?'

मुहल्ले में कादिर मियाँ की इस रात्रिचर्या का पता सबसे पहले हमीं को चलता था। जिस रात देर तक सूफिया के सिसकने की आवाज आती, हम समझ जाते कि अब्बा फिल्म देखने गए। जिस दिन ऐसा होता, उसकी अगली सुबह और दोपहर कादिर मियाँ के चीखने-चिल्लाने की आवाज बिलकुल नहीं सुनाई देती।

मुहल्ले में जो सबसे बड़ी दुकान थी—वह जिस आदमी की थी, वह हमारा ही बिरादर था। हालाँकि हमारी उससे बोलचाल तक नहीं थी। वह पूरा खानदान अपनी बदतमीजी के लिए मशहूर था और फटफटुवा के नाम से जाना जाता था। लगभग एक-तिहाई सदी से कादिर मियाँ अपना राशन-पानी इसी दुकान से खरीदते आए थे। माहवारी हिसाब चलता था। जरूरत की सारी चीजें उस एक दुकान में सुलभ थीं।

खाने-पीने की दुकान से उधार लेना तो समझ में आता है, पर दर्जी से भी उधारी चल सकती है, यह आपने नहीं सुना होगा। मैंने आपको बताया कि कादिर मियाँ टोपियाँ बनाते थे। ठंडी, गरम, दुपलिया, सफेद-लाल-पीली-नीली हर तरह की टोपियाँ बनाते थे और मुहल्ले ही क्यों, शहर-भर के नरमुंडों को कादिर मियाँ ही ढकते थे। उस जमाने में नंगे सिर रहना बदतमीजी समझी जाती थी। यह बारहमासी धंधा भी था और मौसमी भी। मुझे याद है एक बार उनकी दुकान सफेद टोपियों से पटी रही थी लगातार कई महीनों तक। वह स्वतंत्र भारत का पहला चुनाव था और हनुमना का गढ़ कांग्रेस ने ही जीता था। फिर दुकान धीरे-धीरे तिरंगी हो चली थी। पर लाली के नीचे बाकी सारे रंग दब गए थे और सचमुच उस साल हमारे यहाँ से जो जीता था वह सोशलिस्ट उम्मीदवार ही था। उससे अगली बार मैं लखनऊ से छुट्टियों में घर लौट के आया तो क्या देखता हूँ कि कादिर मियाँ की दुकान एकदम केसरिया हो गई है। शायद इसी को देखते हुए, लोगों ने और कादिर मियाँ ने भी डंके की चोट पर भविष्यवाणी कर दी थी कि देखना अबकी दीपकवाला जीतेगा और सचमुच वैसा ही हुआ।

और फिर भी इस मौसमी और सदाबहार धंधे के बावजूद कादिर मियाँ हमेशा खस्ताहाल ही नजर आते थे। लोगों का कहना था कि चिचंडे के पास

बहुत रकम है और वह सारा खजाना उसने अपनी बेटी के ब्याह के लिए जमा किया है। बीवी कभी की अल्लाह मियाँ को प्यारी हो चुकी थी और सूफिया ही कादिर मियाँ का सर्वस्व थी। पर कादिर मियाँ के लंगोटिया यार लालू सेठ का कहना था—और मेरी राय भी यही थी—कि चिचंडे बहुत चटोर है और जो कुछ कमाते हैं सब पेट के गड्ढे में डाल देते हैं। पैसे आए नहीं कि फूँके। मिठाई के बगैर उनसे रहा नहीं जाता था। खड़े-खड़े आधा सेर रबड़ी चाट जाते थे। कड़की के दिनों में भी—उधारी जिंदाबाद—उनका वही ढंग रहता था। शराब वे पीते थे या नहीं, मैं कह नहीं सकता। पर पैसे उन्होंने किसी के मारे हों, ऐसा कभी नहीं सुना गया।

मुहर्रम के दिनों में कादिर मियाँ टोपियाँ सिलना बंद कर देते थे और मिठाई का खोमचा लगाते थे। जन्माष्टमी के दिनों में जो पंजीरी का प्रसाद बनता था, वह मुझे बेहद पसंद था और वह मुहर्रमवाली मिठाई भी मुझे वैसा ही स्वाद देती थी—बल्कि कादिर मियाँ के हाथ की बनी वह ज्यादा ही स्वादिष्ट होती थी। पंजीरी में मेवे का तो सवाल ही नहीं; और कादिर मियाँ अपनी उस खास मिठाई के अंदर ऐसे-ऐसे मेवे डालते थे कि दूसरे खोमचेवाले उनका सपना भी नहीं देख सकते थे। इस खोमचे से उनकी क्या आमदनी होती होगी यह तो वही जानें, पर जिस तरह खोमचा लगते ही हम बच्चे उन पर टूट पड़ते थे और आधा घंटे के अंदर सब साफ कर देते थे और एक हाथ की मुट्ठी में हमारे अधन्ने बटोर के जेब में डालते हुए कादिर मियाँ जिस उल्लास के साथ 'खेल खतम पैसा हजम' कहते हुए खोमचा समेटते थे, उसे देखते हुए हमें यही लगता था कि वे मदारी हैं। पूरे बाजार में सबसे बढ़िया ताजिया हमारे मुहल्ले में बनता था और दशहरे के दिन जो नौ रथों का जुलूस निकलता था, उसमें भी हर साल पहला नंबर हमारे मुहल्ले के रावण का ही होता था। कई रातों की मेहनत इसके पीछे हुआ करती थी और आखिरी रात को कादिर मियाँ हम लोगों को जरा जल्दी ही खिसका देते थे। हम सबका यही खयाल था कि हमारे रावण के पहले नंबर का राज उस आखिरी रात की उस आखिरी कारगुजारी में ही निहित था। पूरा हनुमना कादिर मियाँ के इस हुनर का कायल था और खुद कादिर मियाँ को भी इसका पूरा अहसास था।

मामूली कहा-सुनी तो फटफटुवा और कादिर मियाँ के बीच पहले भी होती रही होगी। कौन यकीन करेगा कि जो आदमी अपनी बदमिजाजी के लिए मुहल्लेभर में बदनाम हो और आधे से ज्यादा लोगों को फूटी आँखों भी न सुहाता हो, ऐसे आदमी के साथ कादिर मियाँ जैसे चुहलबाज और नेकनीयत आदमी की एक-तिहाई सदी के दौरान कभी खटकी ही न होगी। पर उस दिन जो कुछ हुआ, वह कल्पनातीत था।

मुहल्ले में फटफटुवा की गिरी हुई साख का इससे बड़ा प्रमाण और क्या हो सकता है कि सबसे बड़ी दुकान होते हुए भी सिवाय एक कादिर मियाँ के कोई उसके यहाँ फटकता तक नहीं था। बदमिजाजी के अलावा उसके हिसाब की गड़बड़ियाँ भी आम चर्चा का विषय थीं। इसके बावजूद उसके यहाँ ग्राहकों की भीड़ लगी रहती थी। ये ग्राहक कुछ तो दूसरे मुहल्लों के लोग होते थे, पर ज्यादातर आसपास और दूर-दराज के गाँवों के, जिन्हें लाला फटफटुवा की विशेषताओं के बारे में कोई खास इल्म नहीं हो सकता था।

वह इतवार का दिन था और मैं अपनी दुकान पर बैठा हुआ था। कोई बारह-एक का समय होगा। कादिर मियाँ ऊपर टेढ़ी बाजार से आते दिखाई दिए। पीछे से किसी ने चिढ़ाया—'चिचंडे !' कादिर मियाँ ने पलट के देखा और जिधर से आवाज आई थी उस तरफ मुँह करके चिल्लाए—'कौन कम्बख्त सुबे-सुबे अपने बाप को रो रिया है ?'...और मुस्कुराते हुए आगे बढ़ गए। इतने में मेरे सामने की दुकान के लाला भीकम सिंह ने भी अरहर तोलते हुए कादिर मियाँ को सुनाते हुए मुझे आवाज लगाई—"लल्ला, जरा दो चिचंडे तो तोलना।" इस पर कादिर मियाँ ने कनखियों में मुस्कुराते हुए मुझे देखा और लाला के पास जाकर जैसे पुचकारते हुए फुसफुसाए—"दो क्या करेगा लाला ? उससे काहे रो रिया है ? मुझसे बोल—मेरा चिचंडा हाजिर है तेरी खिदमत के लिए ! निकालूँ ?"...इससे पहले कि भीकम सिंह कोई जवाब लौटाए, खिलखिलाते हुए कादिर मियाँ अपना क़ुरता लहराते हुए आगे बढ़ लिये। और दिन वे बिना हमारी दुकान पर रुके आगे नहीं बढ़ते थे। चाहे दुकान पर मैं ही क्यों न बैठा होऊँ। पर उस दिन वे सीधे चले गए। एक मिनट बाद ही मेरे कानों में कादिर मियाँ की आवाज पड़ी—"चोप कद्दू की औलाद !"...मेरी समझ में नहीं आया कि इस रोजमर्रा के नाटक में

मुहल्लेवालों को ज्यादा मजा आता है कि कादिर मियाँ को ? टोपियाँ सिलते-सिलते वे कम-से-कम तीन-चार बार मुहल्ले के चक्कर जो लगाते हैं, वह क्या सिर्फ इसलिए कि लोग उन्हें चिढ़ाएँ और उन्हें भी हर बार एक नई गाली ईजाद करने का सुख मिले ? उन्हें ऊब भी नहीं होती इस रोजमर्रा के थिएटर से ?...अगर किसी एक दिन सहसा मुहल्ले के लोग तय कर लें कि उन्हें कादिर मियाँ को चिढ़ाना बंद कर देना चाहिए, तो कादिर मियाँ क्या करेंगे ?

थिएटर की बात से कहीं आप ऐसा न समझ लें कि कादिर मियाँ कभी सचमुच चिढ़ते ही नहीं थे। चिढ़ते न होते तो चिढ़ाए कैसे जाते। किसी-किसी मूड में उनका लीलाभाव भी बुझ जाता था। खासकर तब, जब कोई ऐसा आदमी उन्हें 'चिचंडे' कहे जिससे वे सचमुच नाराज हों या तब, जब वे सूफिया की खोज कर रहे हों या जब उनकी जेब बिलकुल ही खाली हो। ऐसे मौकों पर उन्हें चिढ़ानेवाले की काफी बुरी गत बन सकती थी।

पर उस दिन तो उनका मूड काफी अच्छा लग रहा था और उक्त तीनों कारणों में से एक भी मौजूद नहीं था। उन दिनों एक बार फिर से कादिर मियाँ की दुकान सफेद टोपियों की फैक्टरी बनी हुई थी और शाम के वक्त बिला नागा उन्हें—बाप-बेटी दोनों को—किसना हलवाई के यहाँ दूध-जलेबी उड़ाते हुए कोई भी देख सकता था।

मेरे पास से गुजरे उन्हें पाँच मिनट भी नहीं हुए होंगे कि जोरों का एक हल्ला सुनाई दिया और कादिर मियाँ का चीखना। मैं उस वक्त सचमुच चिचंडे तोल रहा था। एक सेकंड में मेरी समझ में आ गया कि चिचंडे और फटफटुवा के बीच जोरों की ठन गई है। ग्राहक को निपटाकर मैं दुकान से कूदा तो क्या देखता हूँ कि दोनों फटफटुवा ब्रदर्स कादिर मियाँ पर पिले हुए हैं और तड़ातड़ उन्हें मारे जा रहे हैं और कादिर मियाँ अपने को सँभालने की कोशिश करते हुए गालियाँ बके जा रहे हैं।...अगले ही क्षण मैंने देखा, कादिर मियाँ चीखते हुए अपनी दुकान की ओर भागे जा रहे हैं और एक फटफटुवा थोड़ी दूर तक उनका पीछा करके वापस लौट रहा है। मुहल्ले के सारे दुकानदार अपनी दुकानों के आगे खड़े तमाशा देख रहे हैं। सुरेंद्र की दुकान के आगे चार-पाँच लोग जोर-जोर से बहस कर रहे थे। मैं भी नजदीक जाके उनकी

बातचीत सुनने लगा—

"देखो, साले दो-दो चिपटे हुए थे हरामजादे !"

"गाली पहले चिचंडे ने दी।"

"क्या गाली दी ? फटफटुवा कहा होगा और क्या ?"

"नहीं। चीनी लेने गया था। कहा, अरे फटफटुवा ! डंडी तो मत मार। इस पर छोटे फटफटुवा ने कहा—जबान सँभाल के बोल बे चिचंडे !"

"फिर ?"

"फिर चिचंडे ने कहा—चिचंडे तेरा बाप होगा। इतने में बड़ा भाई भीतर से निकलकर आया और बोला—साले का सौदा बंद कर दो। चल साले, अभी इसी वक्त हमारा दो महीने का हिसाब चुकता कर।"

"अच्छा तो फिर चिचंडे क्या बोला ?"

"चिचंडे सारे मुहल्ले को सुनाते हुए चीखने लगा—देखो, साले कल के छोकरे मुझे धौंस बता रहे हैं। अरे सालो, तुम्हारे बाप के जमाने से सौदा खा रहा हूँ। कभी एक पैसा भी, तुम्हारा बकाया रक्खा हो, कोई कहके तो देखे जरा।"

"बड़े फटफटुवा से तो इसकी बहुत ही पटती थी।"

"फिर चिचंडे ने चीनी का पूड़ा 'ऐसी की तैसी इस फटफटुवे की' कहते हुए दुकान में फेंक मारा। बस, बड़ा भाई आपे से बाहर हो गया और बाहर निकल के उसने चिचंडे को कालर पकड़ के इतनी जोर का धक्का मारा कि चिचंडे जमीन पर गिर पड़ा। उसने उठके उसे माँ की गाली दी और एकाध हाथ भी रसीद कर दिया। बस, फिर दोनों भाई चिचंडे पर टूट पड़े।"

"नाक से खून बह रहा था। तुमने देखा ?"

"इतने सारे लोग खड़े तमाशा देख रहे थे ? जब फटफटुवा ने धक्का दिया तो तुमने रोका क्यों नहीं ?"

"मैं क्यों बीच में पड़ूँ ? गाली खानी थी क्या ?"

आँखों देखा, कानों सुना हाल इतना ही है। सुना, बाद में लोग एक-एक करके कादिर मियाँ के पास जमा हुए और हरेक ने उन्हें यही राय दी कि थाने में रपट कर दो। फटफटुवा के मारे मुहल्ले में जीना हराम हो गया है। कुछ तो सबक मिले उसको।

सुना, सबकी सलाह सुनने के बाद कादिर मियाँ ने लोगों से कहा—"ठीक है मैं रपट लिखाता हूँ, आप लोग भी जिनने देखा है, मेरे साथ चलिए।"

"हाँ-हाँ, क्यों नहीं···क्यों नहीं" करते हुए सुरेन, महेन, भीकमसिंह, टीकम सिंह और सारे शुभचिंतक खाना खाने चले गए। कादिर मियाँ ने सफेद टोपियों का गट्ठर बाँधा और घंटा-दो घंटा इंतजार करके निकल पड़े। दिन-भर सूफिया अकेली सिसकती रही। रात काफी देर में कादिर मियाँ लौट के आए और फटफटुवा को नींद से बाहर निकाल के उसका हिसाब चुकता कर दिया।

सुबह पूरे मुहल्ले ने आश्चर्यचकित होकर देखा—कादिर मियाँ की दुकान खाली पड़ी है और बाप-बेटी दोनों का कहीं पता नहीं है।

पता चला, इस्माइल अलीगढ़वालों ने अपनी कोठी में एक कमरा खाली करके कादिर मियाँ को दे दिया है। इस्माइल अलीगढ़वाले हमारे कस्बे के रईसों में हैं। 'पासिंग शो' की एजेंसी है उनके पास।

उसके बाद हफ्तों तक कादिर मियाँ हमारे मुहल्ले में नहीं दिखाई दिए और एक दिन सबने सुना, वे अपनी सूफिया को ले के शहर छोड़ के चले गए।

इस्माइल साहब का कहना था कि कादिर मियाँ को उनके किसी रिश्तेदार ने काशीपुर में दुकान खुलवा दी है। पर मुहल्ले के लोगों का, खासकर लालू सेठ का, कहना था कि इस्माइल अलीगढ़वालों से कादिर मियाँ की कभी पट ही नहीं सकती थी। कादिर मियाँ उस हादसे के बाद न तो मुहल्ले में रहना चाहते थे, न इस्माइल खाँ साहब का अहसान उठाना चाहते थे। लिहाजा उन्होंने शहर ही छोड़ दिया।

भगवान जाने सच्ची बात क्या थी। मुझे सिर्फ इतना याद है कि उस साल दशहरे में हमारे मुहल्ले का रावण नहीं बना। नौ की जगह सिर्फ आठ रावणों का जुलूस निकला।

आशा की कहानी

आखिरकार वह दिन आ ही गया, जिसका परमेश्वरी को इंतजार था। आशा की दुकान पर परमेश्वरी का कब्जा हो गया! क्या ही नाच नचाया था आशा ने परमेश्वरी को ! मुहल्लेवाले दंग थे। पर किसकी मजाल थी कि टोके परमेश्वरी को, और पूछे कि यह क्या कर रहे हो—तुम्हें कमी किस बात की है ? अरे, हम सब क्या मर गए जो इस कोढ़ी के पीछे लगे हो ? तुम्हें दुकान ही तो चाहिए ना—हमसे क्यों नहीं बोलते ? सारी कमाई फूँकने को ये गड्ढा ही मिला तुम्हें ?

मन में चाहे सभी के यह बात थी पर मुँह खोल के सीधे परमेश्वरी से कोई कुछ नहीं कह सकता था। क्यों नहीं कह सकता था ? पहले की बात और थी। पर अब तो परमेश्वरी भी वह परमेश्वरी नहीं रह गया था, जो एक जबर्दस्त चुंबक था और बिजली का नंगा तार भी—जो कभी भी अचानक कोई गुल खिला सकता था—और फिर भी जिसके नजदीक फटकना किसी के लिए आसान नहीं था। जो कभी भी प्रकट हो सकता था और कभी भी अंतर्धान। और इसीलिए जो मायावी लगता था : आदमी से कहीं ज्यादा एक किंवदंती।

पर अब वह किंवदंती भी कहाँ रह गया था ! वह तो सार्वजनिक रूप से नंगा और सपाट हो चला था। कोई मुनि तो वह था नहीं कि कहे चातुर्मास कर रहा है। बिजली की कौंध की तरह प्रकट और विलीन हो जानेवाला यह मायावी करिश्मा आज पाँच महीनों से इस कस्बे मे चिपका बैठा था। कस्बे से भी क्या, एक मुहल्ले से; और मुहल्ले के अंदर भी सिर्फ एक आदमी से, जिसका नाम आशा था और इस मुहल्ले और इस शहर में आधी सदी

गुजारकर भी इस मुहल्ले और इस शहर का नहीं था—कहीं और से आया था और वहीं वापस लौटनेवाला था। कैसी-कैसी तो बीमारियाँ उसकी जान को लगी हुई थीं, जो उससे हमदर्दी रखनेवालों को भी बहुत पास नहीं फटकने देती थीं। वह शराबी-कबाबी और जाने क्या-क्या हो गया था—मुहल्ले के लिए एक बला। और जैसे ही मुहल्लेवालों को लगा कि यह बला अब बस टला ही चाहती है, वैसे ही जाने कहाँ से यह हीरो आसमान से आ टपका और उसके साथ लिथड़ गया। दो-चार दिन नाक-भौं सिकोड़ते-सिकोड़ते भी लोग यही उम्मीद करते रहे कि चलो शायद इस बहुरूपिए की एक सनक यह भी है और जल्द ही मिट जाएगी। मगर जब महीने पे महीने चढ़ते गए और परमेश्वरी ने अपने घर से भी ज्यादा आशा की दुकान में ही अड्डा जमा लिया तो पूरे मुहल्ले को जैसे साँप सूँघ गया।

परमेश्वरी का यह हश्र होगा—किसी ने भी नहीं सोचा था। हममें से प्रत्येक लुटा-पिटा अनुभव कर रहा था। हमारा परमेश्वरी खुद हमारी ही नजरों में इस कदर गिर जाएगा, यह किसने सोचा था ! मगर अब, जब उसकी पोल-पट्टी उधड़ गई थी, हमारी घृणा का कोई पारावार न था। और उस पारावार में सिर्फ परमेश्वरी ही नहीं, खुद हम भी गले-गले तक डूबे हुए थे। आखिर हमीं ने उसे चढ़ाया था, हमीं ने उसे उछाला था। हमीं उससे खौफ खाते थे—हमीं उसके भाग्य से जल मरते थे। हमीं ने—हम जो कुछ भी अपनी करमजली जिंदगी में करने को छटपटाते थे और कभी नहीं कर पाते थे—वह सब कर गुजरने की कुव्वत उसमें देखी थी।

…आखिर यह वही परमेश्वरी न था जो जरा-सी बात पर रूठकर अपने पिता से झगड़के लड़कपन में ही भाग गया था और तब वापस लौटा था जब सबकुछ खत्म हो गया था। यह वही परमेश्वरी था जिसकी अकड़ और ऐंठ का कोई हिसाब ही न था—जो सीधे मुँह किसी से बात ही नहीं करता था और भूले से भी जिस किसी पर मुस्कुरा देता था उसी की बाँछें खिल जाती थीं। जो चार-पाँच बरस में बस एकाध बार अवतरित होता था और ऐसी-ऐसी चीजें लेकर, जो मुहल्ले तो मुहल्ले, पूरे कस्बे के लिए सनसनी बन जाती थीं। जो आता था तो जब तक रहता था, सनसनी बनके रहता था और जाता था तो फिर से लौट के आने तक अफवाहों में धड़कता रहता

था। कभी वह मिलिटरी में होता था तो कभी रेडियो-मिकेनिक। कभी पता चलता था, वह तो बड़ा भारी एक अखबार निकालता है और हमारे-तुम्हारे जैसे बीसियों पर सवारी गाँठता है। एक दिन उसके किसी एस्टेट का मैनेजर होने की खबर फैली तो एक बार सुनने में आया कि वह स्मग्लिंग के धंधे में पकड़ा गया है और जेल की हवा खा रहा है। मुझे अच्छी तरह याद है जब यह खबर फैली थी और उसके काफी अरसे बाद वह अचानक प्रकट हुआ था तो मुहल्ले के कई जवाँमर्दों ने बारी-बारी से बीड़ा उठाया था कि वे सच्ची बात पता करके ही दम लेंगे। मगर वह जैसे प्रकट हुआ था, वैसे ही अंतर्धान भी हो गया और जवाँमर्दों की जवाँमर्दी का सिर्फ़ इतना ही सबूत देखने में आया कि किसी की कलाई में नई घड़ी बँधी हुई है तो किसी की जेब में नया फाउंटेन पेन चमक रहा है और कोई मलेसिया के पाजामे की जगह फलालैन की पैंट में फिट है।

ऐसा हमारा जलवागर अब आशा पनवाड़ी के दड़बे में धूनी रमाए बैठा था और शर्म-हया सब ताक पर रखके। इतना बुरा तो लोगों को तब भी नहीं लगा था, जब मुहल्ले और खुद अपने मुँह पर दिन-दहाड़े कालिख पोतते हुए हमारे आशा भगत एक नाचने-गानेवाली डोमनी के साथ लापता हो गए थे और सारी कमाई-धमाई उस पै निछावर कर चुकने के बाद एक दिन नशे में धुत्त गालियाँ बकते हुए वापस इसी दड़बे में दाखिल हुए थे। ऐसे आदमी से भला किसकी सहानुभूति हो सकती थी ! सिवा इस बहुरूपिए के, जो मानो इसी मौके की तलाश में था और अपना सबकुछ दाँव पै लगा देने पर तुला हुआ था। वह भी एक हारे हुए जुआड़ी के साथ, इस बगुलाभगत आशा के साथ, जिसने अपनी जिंदगी-भर की साख मिनटों में चौपट करके रख दी थी। सोचने की बात है—जब हम उस आशा को ही क्षमा करने में स्वयं को असमर्थ अनुभव कर रहे थे, जिसने कि एक बाहरी आदमी होते हुए भी जिंदगी-भर हमारे सुख-दुःख में बराबर साझा किया था और जिसे हम अपनों से कहीं ज्यादा इज़्ज़त देते रहे—जब उस आशा को ही हमने नहीं बख्शा, तो फिर इस परमेश्वरी को ही हम कैसे बख्श देते जो हमारा होकर भी हमारा नहीं था, जो परदेसी की तरह हमारे साथ सलूक करता था, और सिर्फ हमें तरसाने को, हमारी छाती पे मूँग दलने को ही कभी-कभार प्रकट होता था।

खैर, चलो जैसा भी था, जो कुछ भी था, कम से कम कहने को तो था कि हमारे मुहल्ले का लड़का बाहर धूम मचा रहा है, नाम कमा रहा है। खाने का नहीं तो कम से कम दिखाने का दाँत तो था। मगर इसने तो अपने साथ हमारी भी लुटिया डुबो दी। पहले तो आए ही क्यों ? किसने कहा था ? वहीं गुलछर्रे उड़ाते, जहाँ थे। हमारा भरम ही कायम रखते। और जब आ ही गए थे अपना थूका हुआ चाटने, तो रहते उसी ठसके से। कौन तुम्हें रोक रहा था ! अगर वो सब मदारीगिरी थी तो हमसे आके बतलाते। हम क्या मर गए थे जो उस अपाहिज को पकड़ के बैठ गए ? दरद हो तो हमको हो। तुम्हारा वो क्या लगता है ? तुम उसे क्या जानते हो। अपना किया भुगत रहा है तो तुम्हीं को ऐसी क्या पड़ी है ? जैसे इन्होंने ठेका ले रक्खा हो मुहल्ले-भर का। चोरमुख-चाण्डालमुख, जैसे भी भर रहे थे उस पापी का गड्ढा हम भर ही तो रहे थे। ये हमारे-उसके बीच की बात थी। खुद का तो ठिकाना नहीं और चले हैं बड़े पुण्यात्मा पतितपावन बनने !

तरह-तरह की बातें। मुहल्ले के सयानों की नाक में दम कर रक्खा था परमेश्वरी बहुरूपिए ने। जहाँ तक हमारा सवाल है, हम भी आखिर थे तो उन्हीं के लड़के; और सयानों की दुनिया में बहुत दिलचस्पी न लेते हुए भी उसमें कहीं न कहीं तो शरीक थे ही। मगर हमारी राय के बदलने में और सयानों की राय बदलने में फर्क तो कुछ न कुछ होता ही। आखिर परमेश्वरी का लड़का हमारा नया-नया दोस्त बना था और इस नाते परमेश्वरी को हमारा चचा बन जाने से भला कौन रोक सकता था ! इतना जरूर था कि पहले के परमेश्वरी हमारे लिए मुहल्ले के एक परदेस में बस गए चचा-भर नहीं थे—एक उड़नतश्तरी या कहिए, चलता-फिरता सरकस थे। उनका सचमुच चचा बनकर मुहल्ले के निहायत बासी दृश्यों के साथ एकाकार हो जाना हम लड़कों के लिए भी शुरू-शुरू में एक अजूबे से कम नहीं था। फिर भी अगर हम सयानों की तरह छी-छी, थू-थू नहीं कर पा रहे थे, तो इसकी भी कुछ वजह थी। एक वजह तो यही कि सयानों के लिए भले ही परमेश्वरी दाता से भिखारी बन गए हों, हमारे लिए अभी उनकी हैसियत भिखमंगे - जैसी नहीं बन पाई थी। वे अब भी हमें आश्चर्यचकित कर दे सकते थे और बिना कुछ खास लिए-दिए ही।

पर इससे भी जबर्दस्त एक और वजह थी, जो हमें परमेश्वरी के बारे में सयानों की तरह राय बना लेने में दिक्क़त पेश कर रही थी और वह यह कि परमेश्वरी आखिर आशा की खिदमत में जुटकर ही अपना परमेश्वरीपन घटा रहे थे। और परमेश्वरी के बारे में हमारी और सयानों की राय में जितना फर्क था, उससे कहीं ज्यादा फर्क आशा के बारे में था। दरअसल मैं जब यह किस्सा सुनाने बैठा था, मेरे दिमाग में आशा ही आशा था। परमेश्वरी का दखल तो क्या मेरी कहानी में, और क्या मेरी याददाश्त में, बस नाम-भर को ही था। आखिर परमेश्वरी को हम जानते ही कितना थे। परमेश्वरी तो हमारे बचपन की दुनिया में सिर्फ एक अफवाह थे। मगर आशाराम तो क्या हमारे बचपन की, और क्या हमारे मुहल्ले की, जान और शान दोनों थे। मैं अभी अपनी उम्र के पैंतालीसवें साल की इस शाम को बंद आँखों के भीतर परमेश्वरी चचा की शक्ल हूबहू नहीं उतार पा रहा हूँ, हालाँकि वे अभी जिंदा हैं और हर तीसरे-चौथे साल उनसे मेरी भेंट भी होती रहती है, जबकि आशा कभी के मर-खप चुके—उन्हें मरे-खपे भी कम-से-कम तीस साल गुजर गए होंगे और मेरी खुली आँखों के सामने वे अपनी सैकड़ों मुद्राओं और हजारों हरकतों के साथ उतने ही उजागर हैं। बल्कि पहले से कहीं ज्यादा। आखिर क्या वजह है कि मुहल्ले का कोई और आदमी मुझे इस तरह नहीं घेरता, मुझसे इस तरह नहीं बोलता ?

परमेश्वरी से मुझे इसलिए भी सहानुभूति थी कि मैं अपने लड़कपन के दिनों में जरा ज्यादा ही भावुक था और उन्हें आशा को कंधों पर लादके हनुमान मंदिर की ओर लपकते देखकर मुझे श्रवणकुमार की याद आती थी। दूसरे, बाकी सारे लड़कों में सबसे ज्यादा कौतुकी, कुतूहली शायद मैं ही था और परमेश्वरी को भी अपनी बदहाली के दिनों में एक ऐसे ही श्रोता की तलाश थी जो न तो सयानों की तरह हो, न बच्चों की तरह। और जो न तो बहुत तेज हो, न एकदम ही घोंघा बसंत। अब भी जब कभी मैं अपने शहर जाता हूँ, परमेश्वरी चचा मेरी आवाज सुनके ही अपने दो तल्ले की बैठक से नीचे दुक़ान में उतर आते हैं और दुनिया-जहान की बातें पूछने लगते हैं। वो जमाना तो गया जब वे खुद मेरे लिए दुनिया-जहान की तसवीर बनाते थे : तब की बात और थी। अब तो वे बुढ़ा गए हैं—दिखाई-सुनाई भी उन्हें

बहुत कम देता है और उनके पास बैठके यही लगता है कि खुद अपने कारनामे भी उन्हें, पता नहीं, याद होंगे कि नहीं। हाँ, अगर मेरे जैसा चिपकू कोई उन्हें खूँदने पर ही तुल जाय तो शायद उनके भीतर मरी पड़ी चीजों में भी कोई हरकत हो। वर्ना तो वे रोजमर्रा की सतह से चिपटी हुई एक झिल्ली-भर रह गए हैं : लगभग जीवन्मृत। और वह भी अपने लड़के की बदौलत, जो उन्हें खिला-पिला जरूर देता है पर किसी भी मामले में उन्हें नहीं पूछता—मनमाने ढंग से रहता है और किसी तरह की टोका-टोकी कारोबार को लेकर—बिलकुल पसंद नहीं करता। परमेश्वरी चचा के लिए भी क्या इतना काफी नहीं है कि उनका लड़का उनकी अपनी जमीन पर कायम है और मनमाने ढंग से ही सही, पुरखों की लीक थामे हुए है। कम-से-कम खूँटा तुड़ाके तो नहीं भागा जैसे कि वे खुद एक दिन भागे थे। नहीं, उन दिनों को तो अब परमेश्वरी याद भी नहीं करना चाहते होंगे। मगर एकदम भी मैं कैसे कहूँ ? जाने कितने किस्से अपने लड़कपन और जवानी के उन्होंने मुझे सुनाए हैं—इसी दुकान में या उसके ऊपर दोतल्ले की बैठक में। हाँ, मेरे अलावा भी किसी और को उन्होंने यह सब सुनाया होगा—मुझे भरोसा नहीं होता। तो क्या मैं ही उनकी याददाश्त हूँ ?

बहरहाल, परमेश्वरी की याददाश्त मैं हूँ—ऐसी खुशफहमी के लिए तो मेरे पास कुछ वजह भी है। मगर आशा ? आशा के बारे में सच पूछो, तो यही कहना होगा कि आशा ही पूरे मुहल्ले की याददाश्त थे। विडंबना देखिए कि कहानी मुझे परमेश्वरी की नहीं, आशा की ही लिखनी है और इससे भी बड़ी विडंबना यह कि आशा की यह कहानी भी मुझे काफी-कुछ मुहल्ले की याददाश्त से नहीं—परमेश्वरी की याददाश्त से ही निकालनी पड़ रही है, जबकि मुहल्ला अभी बरकरार है। कहीं से भी उजड़ा नहीं है और अब भी कई सारे लोग मौजूद हैं जो मुझसे कई गुना बेहतर आशा को जानते रहे होंगे। जो आशा के साथ खेले-कूदे, गाए-बजाए भी होंगे। फिर मुझसे किसने कहा कि तुम आशा की कहानी लिखो ?

सचमुच मैं कहना चाहता हूँ अपने मुहल्ले और कस्बे के लोगों से कि देखो आशा मुझे तंग कर रहा है। आज दस-पंद्रह साल से वह हाथ धोके मेरे पीछे पड़ा हुआ है कि "मेरी कहानी लिखो—मेरी मुक्ति तभी होगी। देखो, तुम्हारे

मुहल्लेवालों ने मेरे लिए कुछ नहीं किया। मैंने जो कुछ बिगाड़ा था, अपना बिगाड़ा था—उनका मैंने क्या बिगाड़ा था ? अरे जब नारद जैसे ऋषि-मुनि भी मोहनी माया के पीछे पागल होके दौड़ गए तो आशा भगत तो महज हाड़-मांस का ही पुतला था। और ठोकर खाकर भी आखिर में लौटा तो तुम्हारी ही शरण में था। वो मुझे नहीं छोड़ती तो भी तुम्हारे सिवा मेरे लिए और कहाँ ठौर थी ! उसके पीछे मैं पागल हुआ तो क्या तुम्हारे लिए मैं अछूत हो गया ?''

मैं मुहल्ले को जगाता हूँ, अपने कस्बे को जगाता हूँ—कहो, आशा की कहानी कहो—अपने आशा भगत की कहानी कहो। पर वे मुझे कुछ नहीं बताते। यह भी नहीं कि वे आशा को एकदम ही भूल गए हों। कम से कम मुझे तो ऐसा नहीं लगता। मैं जब भी वहाँ जाता हूँ, हर बार मुझे यही लगता है कि आशा की रूह वहाँ भटक रही है और उन्हें वक्त-बेवक्त सताती भी है। पर वे नहीं जानते कि यह आशा की रूह ही है जो उन्हें चैन से नहीं सोने दे रही है। मैं आशा की बात पूछता हूँ और वे परमेश्वरी की बात करने लगते हैं। उस परमेश्वरी की नहीं, जो अब उनके मुहल्ले के ही नहीं, अपनी जिंदगी के भी किनारे बैठा हुआ है—बल्कि उस परमेश्वरी की, जिसने उनकी नाक काट दी थी—अपनी लुटिया डुबो दी थी—बेशक, आशा की बदौलत।

··· हाँ, तो कोई छै महीने गुजर चुके थे परमेश्वरी को—आशा की खिदमत बजाते हुए, और मुहल्लेवालों के लिए अब बस एक ही इंतजार बचा था : आशा की मौत का और परमेश्वरी के ठगे जाने का। पर परमेश्वरी था कि उसी निर्लज्ज निष्ठा से जुटा हुआ था और हार ही नहीं मान रहा था। यों सभी को मालूम था, कि वह किसलिए जुटा हुआ है। हैरत की बात यही तो थी कि वह ऐसी टुच्ची चीज की खातिर इतनी तपस्या क्यों कर रहा है। नकटेपन की भी कोई हद है ! खैर, दो-एक सयाने जरूर दबी जबान से कहते पाए जाते थे कि 'बाप की याद सता रही है। उसे बाप की गद्दी चाहिए। चाहे जिस भी कीमत पर'। चलिए साहब, माना कि परमेश्वरी आशा की दुकान चाहता है और वहाँ अपने लड़के को बिठाना चाहता है, मगर लड़के को बिठाके किस चीज की दुकान खोलेगा, इस बारे में अटकलें लगाते-लगाते लोग बेजा परेशान थे। कोई कहता था, फैंसी गुड्स की दुकान खोलेगा—सीधे

नेपाल से माल लाएगा। कोई कहता, विलायती शराब की दुकान खोलेगा—उसमें चाँदी ही चाँदी है। कोई कहता, बंदूक- रायफल बेचेगा तो कोई कहता—देखना, प्रेस लगाएगा। आधे लोग अब भी इसी उम्मीद में गिरफ्तार थे कि देखना, गड़ा खजाना एक दिन निकलेगा और धमाका जरूर होगा। मगर बुजुर्गों की राय दूसरी थी। वे साफ-साफ कहते थे कि अरे, हो गया धमाका जितना होना था। अब उसके पास रक्खा क्या है ? रक्खा होता तो ऐसी दलिद्दरी हालत होती उसकी ! बहुत हुआ तो चाय-पानी का होटल चलाएगा और पान-बीड़ी भी रख लेगा। अरे, झूठी शान आदमी आखिर कितने दिन चला सकता है ? आएगा तो आखिरकार अपनी ही औकात में ! जवानी जोर मार रही थी तो दुनिया-जहान एक करता फिरा। अब बुढ़ापा सामने दिखने लगा और नसें ढीली पड़ने लगीं तो सारी अकड़ हवा हो गई। याद नहीं कैसे अपने बाप को रुला के गया था। अब उसी के नाम को रो रहा है। उसी की माला जप रहा है। बाप नहीं, तो बाप की परछाईं ही सही। याद नहीं कैसी घुटती थी ? बाप से दुश्मनी थी तो उसके दोस्त से भी दुश्मनी निभानी थी। अब बाप तो मिलने से रहा। सो इसी कोढ़ी को गले लगा रहा है। क्यों नहीं लगाएगा ! लड़के को ठिकाने लगाना है कि नहीं ? औरत का क्या ठिकाना ! जाने कहाँ की है ? कौन जात है ? टिकने वाली भी है कि नहीं ? जाने कहाँ से उड़ा लाया है ? अपने करम याद आ रहे होंगे और क्या ? मन-ही-मन डर रहा होगा कि कहीं उसी की तरह उसकी औलाद भी एक दिन उड़न-छू न हो जाए। सो लड़के को बाँध रखने को उसे एक खूँटा चाहिए खूँटा। आशा की दुकान आखिर थी तो इसी के बाप की। बाप अपने हाथ से नहीं देता, तो भी कब्जा आशा का ही होता। तुम देखना आशा इसे कैसे चराता है। पूरी खिदमत भी करवा लेगा और दुकान आखिरकार अपने भतीजों के ही नाम करके मरेगा। आखिर आशा इसका लगता क्या है !

बुजुर्गों की बात थोड़ी कड़वी भले लगे, पर एकदम गलत भी उन्हें कैसे माना जाए ? आशा थे तो परदेशी ही। फकत पचास साल पहले ही तो उनके बाप हमारे कस्बे और मुहल्ले में दाखिल हुए थे। सुना वे पान का धंधा करते थे और खूब करते थे। सुना उनके आने से पहले हमारे कस्बे में पान

का चलन ही नहीं था। आशा भी पहले वही करते थे, फिर जाने किसके कहने पर वह जमा-जमाया कारोबार छोड़के मिठाई बनाने लगे। कहाँ पान और कहाँ मिठाई। कोई तुक है ? और वह भी लोहा बाजार में, जहाँ मिठाइयों के लिए कहीं से कोई गुंजाइश नहीं थी। हलवाई सारे मंगलवारा में बसते थे और जिसे मिठाई खरीदनी होती थी, वह वहीं जाता था। मगर आशा तो आशा ही थे। पान की इल्लत कौन पाले, जब मिठाई का हुनर पास में हो। एक ही काम करते-करते आदमी ऊबेगा कि नहीं ? जब देखा कि उनकी मिठाइयाँ सिवा एक मक्खियों के और किसी को पसंद ही नहीं आ रही हैं तो उन्होंने पैंतरा बदला और सिर्फ जलेबियों पर उतर आए। 'आशा की मशहूर जलेबी' उतनी मशहूर तो खैर नहीं हुई पर एक मुहल्ले को तो कम से कम उसकी चाट लगा ही दी थी उन्होंने। खुद ही कहा करते थे कि हींग लगे न फिटकरी, और रंग एकदम चोखा। शाम के चार बजे नहीं कि दुकान पर भीड़ लग जाती और देखते ही देखते सारा माल साफ। तीन परात जलेबी छनती थी और उतनी मुहल्ले की माँग को देखते हुए काफी थी। ग्राहकों में भी सबसे ज्यादा तादाद बच्चों की होती जो इकन्नी-दुअन्नी लेके आते। और सयाने ग्राहक भी ज्यादातर चवन्नी या हद से हद अठन्नी छाप ही होते। नोट-वोट की तो नौबत ही नहीं आती। कुल दो घंटे का खेल था। इससे ज्यादा झंझट दुकानदारी का आशा—सच पूछिए तो—पाल भी कैसे सकते थे। आखिर दुकानदारी के अलावा भी तो उन्हें ढेरों काम रहते थे। अरे, रासलीला है, नौटंकी है, होली के स्वाँग हैं, सब उन्हीं की जिम्मेदारी है—उन्हीं के पाले और बढ़ाए हुए शौक हैं। फिर शादी-ब्याह के मौकों पर गाजे-बाजे से लगाके आतिशबाजी तक जो भी काम होने हैं, उन्हीं की निगरानी चाहिए—कोई बुलाए, चाहे न बुलाए। कस्बे में चाहे जिसे भी बुलावा आ जाए, भले ही आधी रात का वक्त हो, और मूसलाधार बारिश पड़ रही हो, बिना उनके कंधा दिए कोई मरघट कैसे पहुँच जाएगा ? गरज यह कि काम ही काम है—क्या किया जाए ! फिर ससुरा कस्बा है कि क्या है ! आए दिन कुछ न कुछ बखेड़ा हो ही जाता है, जैसे इसी के लिए अखाड़ा खोला हो। जाने कितनी बार ऐसी नौबत आई है कि जलेबी बनाते-बनाते ही मुहल्ले से किसी कोने से वाक्‌युद्ध की आहट मिली और जब तक उसे द्वंद्वयुद्ध के

कगार पर ठंडा करके जैसे-तैसे भगतजी वापस लौटे हैं, तब तक भट्ठी राख हो गई है और पूरी परात साफ।

आशा जलेबियाँ भले ही छानते रहे हों, जैसे कि भाँग भी कभी-कभार छानते ही थे—उन्हें हलवाई कहने की जुर्रत कोई नहीं कर सकता था। पनवाड़ी कहे जाने से उन्हें खास ऐतराज नहीं था, क्योंकि वह पुश्तैनी धंधा था। मगर खुद उनकी इच्छा थी कि लोग या तो उन्हें पहलवान कहें या भगतजी। क्या ही गठा हुआ बदन था उनका—जो उनका खुद का कमाया हुआ था। सुग्गनबाड़ी के छोटे-से मैदान में वे सुबह-सुबह कसरत करना सिखाते थे और कुश्ती के दाँव-पेंच भी। उन्हें अगर मलाल था तो सिर्फ इतना ही, कि बीस साल हो गए अखाड़ा चलाते-चलाते और उन्हें चित्त कर सके, ऐसा एक भी शागिर्द वे पैदा नहीं कर पाए'''''एक-दो दाँव-पेंच सीख के ही साले अपने को रुस्तमे-हिंद समझने लगते हैं। और फिर पलट के मुँह भी नहीं दिखाते। ऐसे भी कहीं जोर होता है ! अरे बजरंगबली की दुआ चाहिए। नियम-संयम चाहिए, तब कहीं जोर समझ में आता है।'''जब लँगोट में ही छेद हो तो छाती में जोर कहाँ से आएगा।'''तभी तो मैंने असली दाँव-पेंच बताया नहीं। बताऊँ किसे ?'''कोई धुनी, लँगोट का पक्का दिखे, तब न ?"

बस यहीं आशा जरा ज्यादती कर जाते थे। उन्हें अपने लँगोट के पक्के होने का जरूरत से ज्यादा भरोसा, या कहिए अहंकार था और अपने धुनी होने का भी। धुनी तो वे खैर थे ही, पर सबको अपने जैसा ही धुनी बनाना चाहते थे और जहाँ कमजोरी सामने आई कि धुनाई शुरू कर देते थे। थे भी बड़े मुँहफट। खुद तो बक-बका के फौरन भूल जाते थे, मगर सुननेवाले तो याद रखते ही थे! ऐब यूँ उनमें कोई था नहीं, हुनर के पक्के, और बिना बुलाए 'यत्र-तत्र-सर्वत्र' दीखने की कुछ ऐसी सिद्धि उन्हें प्राप्त थी कि लोग उनसे काम भी करवा लेते थे और बदले में किसी अहसान या प्रत्युपकार जैसी असुविधाजनक चीजों से भी मुक्त रहते थे। उन्हें गाने का बड़ा शौक था, हालाँकि इस शौक और उनके स्वरज्ञान के बीच ऐसा उलटा समानुपात फँसा हुआ था कि उसकी जानकारी एक उन्हें छोड़के और सभी को तुरंत हो जाती थी। तिस पर भावावेश में आके वे सिर्फ गले से ही नहीं, पूरे शरीर

से गाने पर उतारू हो जाते थे और कभी-कभी तो खड़े होके नाचना भी शुरू कर देते थे। दसियों गाने और होलियाँ उन्होंने सुन-सुनाके ही जमा रक्खी थीं। पर दो चीजें ऐसी थीं जो उनके सिर पर चढ़के बोलती थीं और उन्हें गाते-गाते यह लगभग तै होता था कि वे पूरा नहीं गा सकेंगे—बीच में ही रोने लगेंगे। एक तो वही···'ऊधौ मोहि ब्रज बिसरत नाहीं' और दूसरा वह 'हो रसिया मैं तो शरण तिहारी···।' जाहिर है कि ऐसे आदमी से महफिलों में गाने की फरमाइश करना जितना अटपटा था, फरमाइश न करना भी उतना ही मुश्किल। गाते वे सिर्फ दसेक ही मिनट थे । पर शुरू होने के दूसरे मिनट में तबला और चौथे मिनट में हारमोनियम उनका साथ दे पाने में अक्षम सिद्ध हो जाते थे। बस एक बनारसी गुरु का मंजीरा ही अंत तक किसी तरह खड़खड़ाता रहता था। मजे की बात यह थी कि स्वयं गायक को इसका पता नहीं चलता था। वे जब गाना शुरू करते थे तो पहले घड़ी पर निगाह डालते थे और फिर आँखों के साथ-साथ एक कान भी मूँद लेते थे। जब आखिरी पंक्ति पर आते थे तभी आँखें खोलते थे और घड़ी में ठीक दस मिनट लगे, यह देखकर इतने मगन हो जाते थे कि खुद ही वाह-वाह कर उठते थे। गनीमत थी कि पूरे समय उनकी आँखें बंद रहती थीं। अगर खुदा न खास्ता, बीच में ही कभी वे खुल पड़तीं तो अपने श्रोताओं को देखके उनके गायक को ज्यादा प्रेरणा मिलती या पहलवान को, कहना मुश्किल है। इतना जरूर था कि उनकी जिंदादिली और सामाजिक महत्व के मद्देनजर लोग उन्हें यह छोटा-सा संतोष—गवैया होने का संतोष—खुशी-खुशी बख्श देते थे। मानकर चलते थे कि जब आशा महफिल में आ ही गए हैं तो विना अपना जौहर दिखाए जाएँगे नहीं। कितनी खुशामद करनी पड़ती थी उनकी ! और काफी नखरेबाजी के बाद ही आशा अपना गला खँखारना शुरू करते थे। अगर कभी गलती से भी लोग उन्हें पूछना भूल जाएँ तो आशा भगत बीच महफिल में से उठके वॉकआउट कर जाते थे। हालाँकि हम लड़कों के लिए उन्हें मना-मुनू के फिर से वापस घसीट लाना भी कोई खास भारी नहीं पड़ता था। बस एक ही बात लोगों को खटकती थी और वह यह कि अपनी गवास निबटा लेने के बाद वे चुपके से खिसक जाते थे।

आशा निस्संतान थे और विधुर भी। दूसरी शादी के लिए सुना, तैयार

होके भी वे ऐन मौके पर बिदक गए थे। गिरस्ती उन्हें जंजाल लगती थी और बगैर जंजालवाली मोहनी-माया के लिए कस्बे के रसिक संप्रदाय में कोई खास गुंजाइश नहीं थी। क्या इसीलिए आशा बजरंगबली के भक्त थे ? आँधी हो, तूफान-ओले गिर रहे हों या मूसलाधार बारिश, वे हनुमान-मंदिर की आरती में शामिल न हों, यह हो नहीं सकता था। वे गेज नियम से अपने इष्टदेव को पाँच लड्डू चढ़ाते थे और पक्के साढ़े चार लड्डुओं का प्रसाद वसूल करके रास्ते-भर बाँटते जाते थे। उनके दो भतीजे उनके साथ रहते थे जो अखाड़ा चलाने में उनकी मदद करते थे और दुकान में भी थोड़ा-बहुत हाथ बँटाते थे। बदकिस्मती देखिए कि दोनों भतीजे पढ़ाई में तेज निकल गए और पढ़-पढ़ाके चलते बने। आशा अकेले रह गए। उनके जोड़ों में दर्द होने लगा तो अखाड़ा भी कुछ दिन लस्टम-पस्टम शागिर्दों के भरोसे चलके बंद हो गया। दुकान तो खैर, मुहल्लेवालों की मदद से बदस्तूर चलती रही और जलेबियों में भी कोई कसर नहीं आई। मगर इसी बीच एक ऐसा गुल खिला, जिसने मुहल्लेवालों को हैरत में डाल दिया। आशा भगत मुहल्ले के दो-चार रसिकों के साथ एक गाँव में नाच देखने गए और लौटके नहीं आए। लौटे हुओं की जबानी मालूम पड़ा कि आशा उस नाचनेवाली डोमनी पर जी-जान से फिदा हो गए हैं और अब उसी के साथ रहेंगे। यह भी कहलवाए हैं कि··· अब जब भी लौटके आएँगे, अपनी मोहनिया को साथ लेके ही आएँगे···

यह एक चुनौती थी—खुली चुनौती—जिससे निबटने को पूरा मुहल्ला कमर कसके तैयार बैठा था—'आने दो साले को और उस मोहनिया की बच्ची को। देखते हैं कैसे इस मुहल्ले में घुसता है। मार-मारके भुरता निकाल देंगे साले का—उसने समझ क्या रक्खा है। शरीफों के मुहल्ले में चकला चलाएगा। अरे, बेशर्मी तो देखो ज़रा। रंडी लेकर आएगा और हम उसकी आरती उतारेंगे। वाह रे भगत ! हम तो पहले ही कहते न थे कि मुँह लगाए डोमनी नाचे ताल-बिताल···अब अच्छा हुआ ? और घुसाओ उसे अपने घरों में। और चढ़ाओ सिर पै। हम तो देख ही रहे थे इसके लच्छन शुरू से !'

खुद आशा की अंतरंग मंडली भी आशा से खार खाए बैठी थी—कोई सलाह-मशविरा नहीं, कुछ नहीं, बस फैसला करके चल दिया। बड़ा ब्रह्मचारी बनता था ! हमें उपदेश पै उपदेश पिलाता था और जरा-सी में फिसल

गया ! पहले दाँव में ही चित्त हो गया ! चलो हो गया सो हो गया, लार टपक पड़ी तो टपक पड़ी। मगर लोकलाज भी कुछ होती है कि नहीं ? एक तो मियाँ बावरे, तापर खाई भाँग। अब बड़े मजनूँ बने बैठे हैं। उसे घर में बिठाएँगे। हद हो गई।

पूरा मुहल्ला कोई महीने भर तक दम साधे इंतजार करता रहा कि कब आशा-मोहनिया दीखें और कब मुहल्ले की सरहद पर ही उनकी ठुकाई करके उन्हें वापस खदेड़ दिया जाय। मगर अफसोस कि इस सनसनी की नौबत ही नहीं आई। मोहनिया ने ही आशा को लूटपाटके महीने-भर बाद चलता कर दिया। अपना-सा मुँह लेके बेचारे एक दिन मुँह-अँधेरे अपने दड़बे में दाखिल हो गए। मगर जैसे ही उन्हें पता चला कि मुहल्लेवालों ने उनके स्वागत की कैसी-कैसी तैयारियाँ कर रक्खी थीं, वे नथुने फड़काते हुए बीच बाजार में लाठी लेके खड़े हो गए और जोर-जोर से ललकारने लगे—"चलो, आओ रे आओ आशा की ठुकाई करनेवालो ! दड़बों में घुसके क्यों बैठे हो ? दिखाओ अपनी बहादुरी ! अब निकलते क्यों नहीं हरामियो ! अरे, बाहर तो निकलो जरा।"

मगर किसमें हिम्मत थी जो इस ललकार को कबूल करता। बक-बकाके आशा वापस दड़बे में घुस गए। मगर मुहल्लेवालों का अपना ढंग था बदला लेने का, जिसकी आशा पहलवान के पास कोई काट नहीं थी। कुश्ती के दाँव-पेंच यहाँ बिलकुल ही बेकार साबित होते थे। तिस पर बीमारी ने उन्हें धर दबोचा। वैसे भी बीमारी से ज्यादा जो अंदरूनी चोट उन्हें लगी थी, उसका क्या इलाज था ? भतीजों को बुलाया तो उन्होंने भी साफ मना कर दिया। कहा—वहाँ क्या रक्खा है तुम्हारा ? यहीं क्यों नहीं आ जाते ? पर सारी मलामत के बावजूद आशा शहर छोड़के नहीं जाना चाहते थे। जिस सहज भाव से वे हमारे लिए खिलौने बनाते थे, मुफ्त जलेबियाँ बाँटते थे और जोर करना सिखाते थे, उसी सहज भाव से वे हमें अपने जोड़ों पर मालिश करने को या दवाई ले आ देने को या और भी कोई छोटा-मोटा काम कर देने को कह देते थे। मगर धीरे-धीरे पता नहीं कैसे, हम लड़के भी उनसे कतराने लगे—'खबरदार, उस शराबी-कबाबी के यहाँ कदम रक्खा तो'''।' एक तो उनकी साख वैसे ही काफी गिर चुकी थी, तिस पर यह जो नई-नई

शराब की लत उन्हें लग गई—शराब पीके जहाँ-तहाँ चिल्लाने और अनाप-शनाप गालियाँ बकने की—उसने उनका रहा-सहा भरम भी मिटा दिया था। यह नहीं कि मुहल्ले में और कोई शराब पीता ही न हो। यह भी नहीं कि और किसी का कभी कोई लफड़ा ही न हुआ हो। मगर आशा की बात और थी। आशा अंततः आशा भगत थे और कस्बे के जनमानस में उनकी एक मूर्ति प्रतिष्ठित हो चुकी थी—बजरंगबली के भगत के रूप में, लँगोटी के पक्के एक पहलवान के रूप में, निःस्वार्थ जनसेवक और अक्खड़ आदर्शवादी के रूप में। अब यह उनका कर्तव्य हो जाता था कि वे उस मूर्ति को कहीं से भी खंडित न होने दें। खंडित मूर्ति का भला उपयोग ही क्या ? उसकी जगह तो घूरे में ही है। मुहल्ला दूसरों को बख्श दे तो बख्श दे, आशा भगत को कैसे बख्शे ? उस आशा को, जो बजरंगबली के भक्त थे और जिनकी बीमारी के बारे में लोग तरह-तरह की अटकलें लगाने लगे थे।

उस बीमारी के बारे में मुझे परमेश्वरी भी कुछ नहीं बताते। मैंने पूछा भी, तो टाल जाते हैं। खुद आशा हमको गठियावात बताते थे और जोड़ों पै मालिश करवाते थे। चौबीस घंटे पवनपुत्र की तरह निर्द्वंद्व विचरनेवाले आशा के लिए यह बीमारी किसी वज्रपात से कम क्या रही होगी। वैसे भी अब वे न तो होली में स्वाँग कर सकते थे, न आतिशबाजी का इंतजाम कर सकते थे और न अपनी गाँठ से किसी की मदद कर सकते थे। मुहल्ले के कुछ लोगों का तो यही कहना है कि वे चोरी-छुपे आशा की खबर लेते ही थे और वह अघोषित सामाजिक बहिष्कार तो एक तरीका था उन्हें सुधारने का। अगर उनकी बात सही है तो कहना पड़ेगा कि इसका असर तो जरूर हुआ मगर ठीक उलटा।

''कैसे-कैसे स्वाँग किए मैंने—कैसी-कैसी लीला दिखाई। तब तो किसी ने नहीं टोका। तब तो सब मजा लेते थे। अब क्यों नानी मरी जा रही है ? कैसी-कैसी गालियाँ सुनाई हैं सालों को मैंने नशे में धुत होके। और, इसी उम्मीद में कि कोई तो साला अपनी माँ का जना सामने आके मुझे एक चाँटा मारेगा। किसी को नहीं पड़ी कि मैं बीच बाजार में गिरा हूँ कि नाली में पड़ा हूँ। हिम्मत ही नहीं सालों को—बेहोश ह़ालत में भी समझते हैं, मैं कहीं उनकी गरदन मरोड़के न रख दूँ। लुच्चे साले ! आया था एक बड़ी दया

दिखाने। कैने लगा, उस रंडी में तुमने क्या देखा ? मन में तो आया, कहूँ--- तेरी माँ देखी। पर कुछ नहीं बोला। चुपचाप उसे उठाके दुकान के बाहर फेंक दिया। अरे, तुमने मुझे जब अपने दिल से ही बाहर फेंक दिया तो मैं क्या तुम्हें अपनी दुकान से बाहर नहीं फेंक सकता ? इतनी कुव्वत अभी मुझमें है। अभी मैं मरा नहीं, ज़िंदा हूँ।''

नहीं मिली। मुहल्ले की आक्रामक आत्मीयता भी आशा को नहीं मिली। और वक्त गुजरने के साथ-साथ आशा का आक्रोश भी मोहल्ले की दीवाल से टकराते-टकराते चुक गया। उन्हें लगने लगा, अब उनकी चला-चली की बेला आ गई। तो क्या ये मुहल्लेवाले उनकी मिट्टी उठाएँगे ? नहीं - नहीं। वे ऐसा कभी नहीं होने देंगे।

अब जाकर पहली बार आशा भगत को इलहाम हुआ कि यह तो बिदेस है और उन्हें बिदेस में नहीं मरना चाहिए। स्वदेश में जाके मरना चाहिए। स्वदेश, यानी नजीबाबाद, जहाँ वे पिछले सालों में एक बार भी नहीं गए हैं, जिसे उन्होंने दस बरस की उम्र में छोड़ दिया था, जव उनका बाप उन्हें लेके इस शहर में आया था। बाप भी यहीं मरा था और सबकुछ ठीक-ठीक रहता तो वे भी यहीं मरते। पर यहाँ मरके वे अपनी मिट्टी पलीत करवाएँ ? उन्होंने नजीबाबाद जाने का फैसला किया।

और तभी, ठीक इसी फैसले की नोक पर परमेश्वरी का आविर्भाव हुआ। परमेश्वरी ने आशा के भीतर गड़े काँटे को देखा और समझ गया कि उसे क्या करना है। परमेश्वरी के मन में भी शायद ऐसा ही, या इससे मिलता-जुलता काँटा गड़ा हुआ था। आखिर उसी काँटे की चुभन ने तो उसे यायावर बनाया था। पर वह आशाराम नहीं था, परमेश्वरी था। उसे स्वाँग की जरूरत नहीं थी। उसने भी समझ लिया था कि उसका आतंक धीरे-धीरे झड़ रहा है। इससे पहले कि लोग उसे भूल जाएँ---लोगों के दिलों पर उसकी कामरूप आजाद हस्ती की छाप धुँधली पड़ जाए, उसे कुछ तो करना ही था। उसका खुद का लड़का आवारा हुआ जा रहा था और उसमें परमेश्वरी को कहीं से भी वह कुव्वत नजर नहीं आ रही थी कि जो उसके बाद भी उसके करिश्मों का सिलसिला बनाए रख सके। जमाना बदल गया था। परमेश्वरी को भी अब स्वदेश लौट जाने में ही अपनी कुशल दिखाई दी।

शायद परमेश्वरी ने भी, जहाँ वह उस वक्त था, वहीं से अपनी रणनीति तय कर ली हो। लगता है वह वहीं से घर-घराट की सारी खबर रखता होगा। एक आशा ही तो था जिससे वह अपनी तरह और अपनी शर्तों पर जुड़ सकता था। फिर आशा की दुकान किसी जमाने में उसी के बाप की दुकान थी और बड़े मौके की दुकान थी। वहीं से तो यह शहर का सबसे शानदार मुहल्ला शुरू होता था। या यों कहें कि वहीं पर तो मुहल्ला खत्म होता था। मुहल्ले की सरहद पर ठुँकी उस दुकान का अपना एक अलग ही—बेहद दिलचस्प—इतिहास था। परमेश्वरी, जिसने कभी पीछे मुड़कर नहीं देखा था, अब बार-बार उसी इतिहास को याद कर रहा था और उसी में से नया अवतार लेने के मंसूबे गाँठ रहा था।

अब शुरू हुआ आशा और परमेश्वरी का वह प्रदीर्घ द्वंद्व, जिसकी कल्पना मुहल्लेवालों को तो क्या, खुद परमेश्वरी को भी नहीं रही होगी। जैसा कि मैं आपको बता चुका हूँ, आशा जोर के दाँवपेंचों में सिद्धहस्त थे और उन्हें इसका सख्त मलाल था कि उन्हें पटखनी खिला सके, ऐसा एक भी शागिर्द वे पच्चीस साल तक खटते-खटते भी नहीं पैदा कर सके। और तो और, उनके असली दाँव-पेंच भी जिसको सिखा सकें, ऐसा एक भी धुनी सुपात्र उन्हें पूरे कस्बे में नजर नहीं आता था। मगर मेरा खयाल है कि आशा की ये दोनों ही हसरतें, कुछ तो उनकी मोहनिया ने, कुछ उनकी बीमारी ने और रही-सही परमेश्वरी ने पूरी कर ही दी होंगी। विडंबना तो देखिए—वही परमेश्वरी, जिसने कभी भूलके भी उनके अखाड़े में कदम नही रक्खा होगा और जिसकी खुद भी उन्होंने कभी परवाह नहीं की थी, उसी परमेश्वरी के आज वे सौ-फीसदी मोहताज बने हुए थे।

मगर रुकिए, आशा जितने परमेश्वरी के मोहताज थे, क्या उतने ही परमेश्वरी भी आशा के मोहताज नहीं बन गए थे ? कम से कम खुद परमेश्वरी की बातों से तो मुझे ऐसा ही लगा था। आखिर परमेश्वरी अब चारों धाम एक करनेवाले दिग्विजयी तो रह नहीं गए थे। अब तो वे एक शरणार्थी थे—अपने ही घर में शरणार्थी। आशा कब्जा छोड़ें तो परमेश्वरी को जमने की ठौर मिले।

मगर आशा को अपने महत्व का इस गिरी-पड़ी हालत में भी सही - सही

अनुमान था। यह तो सभी को पता था कि आशा अपने को किसी से कम नहीं समझते हैं। एक बजरंगबली को छोड़कर और सभी उन्हें अपने सामने बौने नजर आते थे। मगर कहते हैं जब अच्छा घोड़ा बिगड़ जाता है, तो वह खासा खतरनाक हो जाता है। यह भी आपने सुना ही होगा कि जो सबसे कोमल और निष्पाप फूल होता है, उसी में सबसे पहले कीड़े पड़ते हैं। आशा दो-दो चोट खा चुके थे—एक तो वह गुम चोट जो मोहनिया ने उन्हें लगाई थी और एक वो, जो मुहल्लेवालों की कृपा से उन्हें मिली थी। पहली चोट से वे शायद सँभल भी जाते, पचा भी जाते उसे, मगर यह दूसरी चोट असह्य थी। इसका कोई इलाज नहीं था। तो परमेश्वरी का आविर्भाव ऐसे वक्त पर हुआ जब इन दोनों चोटों की बदौलत आशा के भीतर तेजाब ही तेजाब भर गया था, तल्खी ही तल्खी भर गई थी...उन्होंने जब देखा कि परमेश्वरी की करुणा भी आखिर एकदम बेगरज नहीं है, उन्होंने मौका ताड़ा और पूरा जोर लगाके उसे निचोड़ना शुरू कर दिया।

"पहले तो साले को दिन में एक पव्वा ही काफी होता था, अब हरामी के पिल्ले को दो-दो, तीन-तीन अद्धे भी कम पड़ने लगे। मेरी भी मति ऐसी भ्रष्ट हुई कि क्या बताऊँ ? सारी कमाई उसके हलक में उँड़ेलने लगा। अक्सर रात को जब वह तीसरा अद्धा खत्म करके बिस्तर में गिरता था, मुझे यही लगता था कि पता नहीं अब ये कल की सुबह भी देखता है कि नहीं। मगर मेरे उठने से पहले ही वो उठ जाता था और चाय-चाय चिल्लाना शुरू कर देता था। चाय भी साले को बिस्तर पै ही देनी पड़ती थी। चाय खत्म हुई नहीं कि साला मुस्कराने लगता था—'बेटा बजरंग ! थोड़ी बची है क्या एकाध घूँट ? देख तो जरा !' रोज शाम को साले को पीठ पै लाद के मंदिर ले जाना होता था। वहाँ भी वही थिएटर साले का ! सिर पटक-पटक के रोता था—'अब काहे को जिला रहा है बजरंगबली ! मेरी इत्ती-सी दुआ भी कबूल नहीं करेगा ? मुझे बुला क्यों नहीं लेता स्वामी ! अब कौन-सी को क्या पड़ी थी जो उस हलकट की मिन्नत मानते और मेरी छुट्टी करते ।

"मगर परमेश्वरी चचा !"—मैंने बीच में ही उन्हें टोका—"वह तो वापस नजीबाबाद जाना चाहता था न ? क्या आपके आने से उसका दिमाग पलट गया ?"

"भगवान जाने"—परमेश्वरी चचा ने बीड़ी का ठुड्डा खिड़की से बाहर फेंकते हुए कहा—"साला जाने किस जनम की दुश्मनी निकाल रहा था। कुछ नहीं तो कम-से-कम दस बार सामान बाँधा होगा। ऐन मौके पर अकड़ जाता था।...'छोड़ यार परमेश्वरी, ये मुहूर्त अच्छा नहीं है। फिर कभी जाएँगे...।' वह मुहूर्त फिर कभी आता नहीं था। पता नहीं उस अभागे का यहाँ रक्खा क्या था ? आँतें सड़ गई थीं। कभी-कभी मन में आता था, करगेती कंपाउंडर से मिल मिलाके जहर की सुई दिलवा दूँ। इस कदर तड़पता था मेरे सामने—मुझसे देखा नहीं जाता था। हर दस-पाँच दिन में उसे लहर आती और कहता—'बस आज दुकान तेरे नाम पै लिख ही देता हूँ मेरी जान ! बस तू मेरी मिट्टी उठवा देना। तू और तेरा लड़का। बस। किसी तीसरे ने हाथ भी लगाया तो देखना, मैं अरथी में से हाथ बढ़ाके उसका गला टीप के धर दूँगा—समझे ?'...और जब तक मैं वकील बुलाके लाता तब तक साले का दिमाग फिर से पलटा खा चुका होता। किस कदर तड़पाया मुझे उस अभागे ने—मेरी ही आत्मा जानती है। कुछ नहीं तो बारह हजार के फेर में डाल दिया होगा मुझे।"

"मगर...परमेश्वरी चचा !"...मैंने डरते-डरते पूछा—"बारह हजार रुपए उसके पीछे बरबाद करने की आपको ऐसी क्या पड़ी थी ? इतने में तो आप कहीं और कोई भी दुकान ले सकते थे।"

परमेश्वरी चचा चुपचाप बीड़ी सुलगाते रहे। पर बीड़ी थी कि सुलगने में ही नहीं आ रही थी। बीड़ी समेत बुझी तीलियाँ खिड़की से बाहर फेंकते हुए बोले—"अब यह मैं तुझे कैसे समझाऊँ ? तू नहीं समझ सकता—मुहल्ले के लोग मुझसे बेहतर जानते होंगे। उन्हीं से क्यों नहीं पूछता ! वे तुझे बताएँगे। वो क्या है 'विनाश काले विपरीत बुद्धिः' है ना ? ऐसे ही हुआ होगा। मैं कुछ नहीं जानता। मैं किसी को नहीं समझा सकता—और मुझे जरूरत क्या पड़ी है किसी को समझाने की ?"...परमेश्वरी चचा का चेहरा तमतमा आया।

"मगर आखिर वह मरा तो नजीबाबाद जाके ही ना ? सुना आप ही तो ले गए थे उसे ?"

परमेश्वरी चचा एकदम चौंक-से पड़े। फिर इशारे से मुझे अपने साथ ऊपर अपनी बैठक में लिवा ले गए। दरवाजा भेड़कर मुझे पास बिठाते हुए बोले—

"तू किसी से कुछ कहेगा तो नहीं ? ऐसा है, दुकान में पचीस तरह के लोग आते रहते हैं।..."

"विद्याकसम"—मेरे मुँह से निकला—"मुझे क्या पड़ी है।"...मगर परमेश्वरी चचा का चेहरा मुझे एकाएक बेहद डरावना लगने लगा और मेरा मन किया, मैं भाग निकलूँ और कभी इस तरफ न आऊँ ।

"देख ऐसा है बिज्जू बेटा"—परमेश्वरी चचा फुसफुसाए—"अभी तक ये बात मैंने किसी को नहीं बताई। अपने लड़के को भी नहीं। हो सकता है इसे सुनके तू भी मुझसे नफरत करने लगे। कर लेना। आखिर किसी को तो सच बात बतानी ही चाहिए। तू ही सही। तो सुन। आशा को मैं नजीबाबाद ले तो जरूर गया था, पर वह वहाँ नहीं मरा। आशा हरिद्वार में जाके मरा। मतलब, मैं उसे हरिद्वार पहुँचा के आ गया..."

"ऐं"—मेरे मुँह से चीख निकलते-निकलते बची, "तो क्या..."

परमेश्वरी चचा का चेहरा अजीब तरह से ऐंठ गया, "तू तो यही समझ रहा होगा ना, कि मैंने ही उसे मार डाला।"

"नहीं-नहीं परमेश्वरी चचा ! आप कैसी बात कर रहे हैं ?" मेरा गला सूख रहा था। "सच्ची बात हर किसी को बताने की नहीं होती..." परमेश्वरी चचा की आवाज में एक अजीब तरह की घरघराहट थी, "सच्ची बात कौन सुनना चाहता है ? पर मैं तेरे को बताना चाहता हूँ। वह न तो मरना चाहता था, न स्वदेश जाना चाहता था। वह चाहता क्या था, यह न उसे मालूम था, न मुझे। वह एक जिंदा प्रेत था। उसके जिंदा रहने की कोई वजह नहीं थी। फिर भी वह जिंदा था और जैसे उसे इच्छामृत्यु का वरदान मिला हुआ हो, इस तरह वह मुझसे जूझ रहा था। उसकी मुहल्लेवालों से क्या दुश्मनी थी—उसकी असल दुश्मनी तो जैसे मुझी से थी। जैसे वह मेरे ही आने की आस में अटका हुआ था और जैसे ही मैं उसके पास आया, उसने मुहल्लेवालों की बेरुखी का बदला मुझसे चुकाना शुरू कर दिया। उसे बहुत तकलीफ होती थी पर तीसरे अद्धे के बाद उसकी आँखें चमकने लगती थीं—वह एकदम चुस्त-दुरुस्त नजर आने लगता था और मुझसे कहता था—'परमेश्वरी, मुझे मेरे पाँवों पै खड़ा कर दे—मैं नाचूँगा परमेश्वरी—तूने मेरा नाच ही नहीं देखा तो क्या देखा तूने !' फिर वह गाना शुरू कर देता था—'ऊधौ मोहि

ब्रज बिसरत नाहीं'…और तब तक गाता रहता था जब तक निढाल होकर गिर न जाए। होश में आने पर वह फिर शराब माँगता था। मैं पूरा अद्धा उसके हलक में उँड़ेल देता था और वह एक अच्छे बच्चे की तरह सो जाता था।"

"फिर ?…वह नजीबाबाद जाने को कैसे तैयार हो गया ?"—मैंने पूछा।

परमेश्वरी चचा इस विघ्न के लिए तैयार नहीं थे। चिड़चिड़ाकर बोले—"क्या नजीबाबाद-नजीबाबाद चिल्लाए जा रहे हो ? मैंने तुमसे कहा नहीं कि…"

"चलिए हरिद्वार ही सही"—मैंने कहा।

"नहीं !" परमेश्वरी चचा ने मुझे डपट दिया—"मैं ले तो उसे नजीबाबाद ही गया था। मगर नजीबाबाद पहुँचे तो साला प्लेटफार्म पर ही लमलेट हो गया। बोला—'मुझे नहीं जाणा।' मैंने आव देखा न ताव, कसके एक झापड रसीद कर दिया। कैसी-कैसी गालियाँ उसकी खाई थीं मैंने महीनों। कभी चूँ भी नहीं किया था। मुझे खुद ही हैरत होती थी कि मुझे हो क्या गया है। जब वह हनुमान जी की देहरी पर माथा फोड़के रोता था तो मुझे लगता था यह आशा नहीं, मैं खुद अपना माथा फोड़ रहा हूँ, अपनी मौत माँग रहा हूँ। उसकी जिंदगी मेरी जिंदगी है, उसकी मौत मेरी मौत है। मैं तो जैसे एक मशीन हो गया था। कभी-कभी तो बिलकुल ही भूल जाता था मैं कि क्यों उसकी खिदमत में लगा हूँ। उन छै महीनों में जाने कितनी बार मैं जन्मा और कितनी बार मरा। न मुझे घिन लगती थी, न गुस्सा आता था—बस यही लगता था कि ये साला मर गया तो मैं करूँगा क्या ?

"उस दिन उसे जाने क्या हुआ—मेरे कंधे पै चढ़ते ही बोला—'बस बेटा परमेश्वरी, अपना परवाना आ गया। महावीरजी ने आखिर बोल ही दिया मुझसे कि 'तू यह शहर फौरन छोड़ और अपने मुलुक सिधार। वहीं तेरी सद्गति होगी।'

"मैं चुप रहा। ऐसे लटके वह एक-दो बार पहले भी मुझ पै आजमा चुका था। पर रात को खाना लेके उसके पास पहुँचा तो क्या देखता हूँ कि उसने खुद ही अपना सामान बाँध लिया है। मैंने कहा—'यह क्या है आशा ?' बोला—'क्यूँ ? मैंने कहा नहीं था तुझसे ? कल सुबह-सुबह चल देना है।

जा, तू भी तैयार हो जा।'

"बस, दूसरी सुबह हम बस में सवार थे। क्या बस में और क्या ट्रेन में, उसने मेरी वो गत बनाई कि अब तुझसे क्या बताऊँ ? बदबू छूटती थी। मुसाफिर मुझ पै अलग झल्लाएँ। एक तो गाली-गलौच पर ही उतर आया और सीधे मुझ पै चढ़ बैठा। बिज्जू बेटा, तू सुन रहा है··· एक दो कौड़ी का आदमी मेरी छाती पर चढ़ा हुआ था और मैं लाश की तरह पड़ा था। मेरे हाथ-पाँव और दिल-दिमाग सब सुन्न पड़ गए थे। जैसे कुछ महसूस ही नहीं हो रहा था। मुझे हो क्या गया था ? अपने बाप की भी परवाह नहीं की मैंने। जिसने जरा आँख दिखाई मुझे कि मैंने उसका भुरता बनाके ही रख दिया। डर किसे कहते हैं, मैंने जाना ही नहीं था। मेरे मुँह लगने की आखिर किसको हिम्मत थी ! वही मैं इस हरामी आशा की खातिर एक दो कौड़ी के आदमी से मार खा रहा था और चूँ भी नहीं कर पा रहा था। किसलिए ? अरे नहीं ! पट्‌टा तो उसने पहले ही लिख दिया था। चलने के पहले ही। पट्‌टा लिखते ही वह मर गया था। पर उसे नजीबाबाद का मरघट चाहिए था। एक आखिरी फर्ज मुझे पूरा करना था कि नहीं ?

"मगर वह तो प्लेटफार्म पर ही पसर गया और कहने लगा—'बस, एक ही चाँटे में मान गया ? और मार मेरी जान ! और कसके लगा। तेरे एक चाँटे में वो नशा है परमेश्वरी, जो एक अद्धे में भी नहीं है। मार मुझे, खूब कसके मार ! मैं इसी नशे में मरना माँगता हूँ ! तू ही मुझे खामखाह जिलाए जा रहा था ! अब तू ही मुझे मार !'

"बिज्जू बेटा ! वह कोई आध घंटे तक इसी तरह बड़बड़ाता रहा। आखिर में जब थकके चूर हो गया तो कहने लगा—'तू मुझे खामखाह यहाँ ले आया परमेश्वरी ! मुझे यहाँ नहीं उतरना।'··· 'तो कहाँ जाना है तुझे उल्लू के पट्‌ठे; बोलता क्यों नहीं ?···'मैंने कहा। बोला—'बस एक आखिरी आरजू मेरी पूरी कर दे बेटा—तुझे बहुत सताया। तू मुझे हरी के द्वार पर पटक आ, बस। फिर तेरी छुट्‌टी। तू पीछे मुड़के भी मत देखना। तुझे मेरी कसम'।"

"तो फिर ?" मैंने पूछा। परमेश्वरी चचा बीच में ही कहीं गुम हो गए थे। मैंने उन्हें झकझोरा—"तो फिर आप आशा को···"

परमेश्वरी चचा ने एक लंबी साँस छोड़ी—"और क्या करता ! हर की

पैड़ी पै उसे बिठाके मैं भाग आया। और जैसा उसने कहा था, मैंने एक बार भी पीछे पलटके उसे नहीं देखा। तू क्या समझता है—मैं अगर पीछे पलटके उसे देखता तो क्या मैं लौट के जिंदा वापस आ सकता था ?...आखिर मैं कब तक उससे चिपटा रहता ? तू क्या सोच रहा है ?"

"मैं कुछ नहीं सोच रहा हूँ"—मैंने कहा। मेरा माथा भन्ना रहा था। मैं फौरन उठ खड़ा हुआ। मुझे लग रहा था, मेरा दम घुटा जा रहा है। मैं सीढ़ियों की ओर लपका। परमेश्वरी चचा मेरे पीछे-पीछे दुकान तक उतरे और मेरे कानों में फुसफुसाए—"अच्छा हुआ तुझे बता दिया। पर तू किसी को मत बताना, अच्छा ?"

मैंने हाथ जोड़कर उनसे विदा ली और दुकान से बाहर निकल आया। भीड़-भरे बाजार में घुसते ही मुझे लगा, अब मैं खुलके साँस ले सकता हूँ।

गाँव की नदी

वे दोनों घिर गए। अचानक ही। घर से जिस वक्त निकले थे, आसमान एकदम साफ था। नहीं तो छाता साथ में रख लेते। अचानक बारिश होने लगे और वह भी चीड़ के जंगल में, तो बचने का उपाय क्या है ? चीड़ से ज्यादा सुंदर कोई पेड़ नहीं होता। मगर क्या फायदा ऐसी सुंदरता से जो न धूप से बचा सके, न बारिश से।

"अब भीगो प्रेम की छाया में। बहुत प्रेम-प्रेम कर रहे थे", अधेड़ ने हँसते हुए कहा, "तुम्हारी प्रेम-कहानी के चक्कर में हम दोनों में से किसी का भी बदलते मौसम की ओर ध्यान ही नहीं गया।"

"भाई साहब, ऐसे तो हम और ज्यादा भीगेंगे। इससे तो अच्छा है खुले में जाके भीगें", युवक बोला, "कम से कम रास्ता तो कटेगा। आप दौड़ लगाने को तैयार हों तो हम पाँच मिनट में चुंगी पहुँच जाएँगे। वहाँ चाय भी मिल जाएगी और चूल्हे के पास बैठके अपने कपड़े भी सुखा लेंगे।"

अधेड़ ने इस पर अजीब-सा मुँह बनाया, "मुझे प्रेम में भीगना मंजूर है मगर भागना नहीं। तुम्हारी बात और है। तुम अपने से बीस बरस बूढ़े आदमी को अपने साथ नहीं दौड़ा सकते, समझे ? रुको, यहीं कुछ इंतजाम करते हैं। आओ, मेरे साथ आओ।"

युवक का हाथ पकड़कर अधेड़ नीचे ढलान की ओर उतर गया, जहाँ बीसियों चट्टानें अपनी चोंच फाड़े खड़ी थीं। दोनों एक चट्टान के नीचे जा दुबके। "यह तो मुझे सूझा ही न था", युवक बोला—"अरे भई, तुम्हारा अपना शहर है। तुम्हें कैसे सूझेगा ?" अधेड़ खिलखिलाकर हँस पड़ा, "इस 'ग्रेनाइट हिल' की परिक्रमा करते-करते हमें साल-भर से भी ऊपर हो गया।

तुम्हीं ने चस्का डाला था इसका, याद नहीं ?"

युवक मुस्कुराने लगा। उसे अचानक याद आया, जब वह इस आदमी को लेकर पहली बार यहाँ आया था तो छूटते ही इसने कहा था, "तुम्हारा यह ग्रेनाइट हिल उस आदमी के चेहरे की तरह है जो रोज दाढ़ी बनाता है, रोज क्लीन शेव करता है, मगर सिर्फ एक तरफ।" सचमुच ऐसा ही तो दिखता है यह। मगर ऐसा हो कैसे गया ? एक तरफ इतना हरा-भरा जंगल और दूसरी तरफ ऐसा नंगा उजाड़, यहाँ तक कि ये दैत्याकार चट्टानें भी सब जंगल की ही तरफ हैं। आखिर दूसरी तरफ क्या वज्र गिर गया था, पहाड़ धसक गया ? "क्या हुआ? क्या सोच रहे हो ?" अधेड़ ने पूछा, "क्या अब भी उसी..."

युवक के माथे पर सलवटें पड़ गईं। पता नहीं, किस झोंक में आज वह इस आदमी के सामने इस कदर खुल गया। उसे अपने ऊपर ग्लानि-सी होने लगी। क्या हो गया था मुझे आज...उसे एकाएक अधेड़ पर गुस्सा आने लगा। उसी ने तो खोद-खोदकर...नहीं, उसका कोई कसूर नहीं। मैं ही खामखाह बहक गया था—उसने अपने को याद दिलाया।

अधेड़ अनमना-सा दूर दूनागिरि की तरफ देख रहा था। मूसलाधार बारिश की धुंध में कुछ भी तो नहीं दिखाई दे रहा। न पहाड़, न नदी, न सड़क, "यह जो नदी है ना तुम्हारी, इसे देखकर मुझे हमेशा अपने गाँव की नदी याद आ जाती है।"

"मगर नदी वहाँ है कहाँ ?...मुझे तो कुछ भी नहीं दिखाई दे रहा।" युवक धुंध पर अपनी आँखें गड़ाकर नदी को खोजने की कोशिश करने लगा।

अधेड़ ने अपना एक हाथ युवक के कंधे पर रख दिया, "तुम्हें नहीं दिखाई दे रही होगी। मुझे तो दिखाई दे रही है। देखोगे ?"

युवक ने चौंककर अधेड़ को गौर से देखा। अधेड़ की आवाज उसे कुछ अजीब-सी, अनपहचानी-सी लगी। एकाएक उसके मुँह से निकल पड़ा, "दादा, क्या आपने भी कभी प्रेम किया है ?"

अधेड़ के चेहरे पर कोई प्रतिक्रिया नहीं दीखी। वह उसी तरह गुमसुम बना रहा। युवक थोड़ी देर तक तो प्रतीक्षा करता रहा, फिर ऊबकर उसने

अधेड़ को जोरों से झकझोर दिया, ''किस सोच में पड़ गए दादा ? बारिश तो थमने का नाम ही नहीं ले रही। हम कब तक इस तरह यहाँ इस माँद में दुबके रहेंगे। अभी अँधेरा घिर आएगा। मैंने सुना है इधर लकड़बग्घे भी आते हैं।''

''तुम मुझे डराने की कोशिश मत करो,'' अधेड़ ने युवक की आँखों में झाँकते हुए कहा, ''सुनना चाहते हो, तो सुनो। मगर यह मेरी प्रेमकथा नहीं है। वादा करो कि न तो तुम बीच में मुझे टोकोगे, न बाद में कोई सवाल पूछोगे।''

''आल राइट। एग्रीड।'' युवक खुशी से चिल्लाया और पीछे की तरफ खिसकके दीवाल से टिकके पसर गया। अधेड़ ने पालथी मारी और ऐसे आँखें मूँद लीं जैसे ध्यान करने जा रहा हो!

यह कोई कहानी नहीं, घटना है—सच्ची घटना—क्योंकि प्रेम एक घटना है, कहानी नहीं। घटना भी यह गाँव की है, नगर की नहीं। नगर में घटना नहीं, घटनाएँ घटती हैं। नगर का आदमी पहले तो घटना को उस तरह महसूस ही नहीं कर सकता और जान भी जाए किसी तरह, तो वह उसे यथावत् न तो ग्रहण कर सकता है, न बता सकता है, जबकि गाँव समूचा एक मुँह से बोलता है, एक नजर से देखता है और एक तरह से ही सुनता है।

मेरे गाँव से लगी हुई एक नदी बहती है। नदी पर एक घाट बना है, उतना ही पुराना जितना पुराना मेरा गाँव है। नदी कोई बहुत बड़ी नहीं है, पर नहाने लायक पानी उसमें हमेशा ही रहता है। कहीं-कहीं तो डूबने लायक भी। गर्मियों में वह दुबली भले ही हो जाए, मगर सूखती वह तब भी नहीं। मैंने तो कम से कम अपने गाँव की नदी को कभी सूखते नहीं देखा। बरसों गुजर गए अपना गाँव देखे मुझे, मगर आज भी कोई मुझे आके बताए कि वह नदी सूख चुकी है, तो मैं यकीन नहीं करूँगा, चाहे बतानेवाला मेरे अपने गाँव का ही क्यों न हो।

घाट के दो हिस्से हैं। एक हिस्सा मर्दों के लिए है और दूसरा हिस्सा औरतों

के लिए। दोनों के बीच एक दीवार है—बहुत ही पुरानी दीवार—जैसी तुमने शायद ही कहीं देखी होगी। यों दूर से तो उसका पता तक नहीं चलता। एकदम पास पहुँचने पर ही तुम्हारी समझ में आएगा कि अरे, यहाँ तो दीवार है और खासी दीवार है।

एक लड़का और एक लड़की बचपन से ही इस नदी पर नहाने आया करते हैं, पहले अपने घर के लोगों के साथ, फिर बाद में अपने सखाओं-सहेलियों के साथ। लड़का जाट है और लड़की ब्राह्मण-कन्या है। गाँव के पुजारी जी की इकलौती संतान।

पुजारी जी कहने से पुजारी जी का परिचय पूरा नहीं होगा। वे काशी के पढ़े हुए थे। सुना, बहुत बड़े विद्वान थे और वहीं विश्वविद्यालय में उन्हें कोई पद भी दिया गया था जो उन्होंने स्वीकार नहीं किया। इसलिए कि गाँव छोड़कर जाना—महज चाकरी करने के लिए—उनके कुलधर्म के विरुद्ध था। उस जमाने के ब्राह्मण ऐसी बातों को बहुत मानते थे और अल्पसंतोषी होते थे। हमारे पुजारी जी का इतना नाम था कि दूर-दूर से लोग उनसे पढ़ने-सीखने को आते थे। वे स्वयं कहीं नहीं जाते थे। जिन्हें आना होता था, उनके पास ही आते थे। पुजारी जी ने घर में ही एक पाठशाला खोल रक्खी थी, पर पाठशाला से भी अधिक उन्हें मंदिर से लगाव था। वह मंदिर गाँव की धुरी था। पुजारी जी स्वयं ही सारे उत्सवों का आयोजन करते थे और गाँव के बच्चों को, युवकों को उनमें भाग लेते देखकर उन्हें बड़ा आनंद आता था। उन्हें संगीत में, खेल-कूद में, हर चीज में रस था। वे रूखे पंडित नहीं थे। गोपाल उन्हें इसीलिए प्रिय था कि उसका कंठस्वर बहुत ही मधुर था। होली, शिवरात्रि, जन्माष्टमी आदि अवसरों पर गोपाल के गानों की धूम मची रहती। वह बाँसुरी भी बहुत अच्छी बजा लेता था।

पुजारी जी की लड़की गोपाल के कंठस्वर की दीवानी थी। जब भी मंदिर में गोपाल का कार्यक्रम होता, वह दौड़कर वहाँ पहुँच जाती और जितनी देर वह गाता या बजाता रहता, उसे एकटक निहारती रहती। वह खुद गाना सीखना चाहती थी किंतु पुजारी जी चाहते थे वह विदुषी बने। आखिर वह उनके लड़के की जगह थी और बचपन से ही उसकी विलक्षण बुद्धि का सभी लोहा मानने लगे थे। सच बात तो यह है कि संगीत की ओर उसका झुकाव

अचानक ही हो गया था और इसका एकमात्र कारण था गोपाल।

पता नहीं बात कहाँ से शुरू हुई। कहीं से भी शुरू हुई हो, इससे क्या ! जब तक घटना नहीं घटी थी, दो-चार लोगों को छोड़कर, किसी को इतनी फुरसत नहीं थी कि उसका पूर्वानुमान लगाने बैठता और जब घटना घट ही गई तो पूरा गाँव एक स्वर से कहने लगा कि ऐसी घटनाएँ कोई एक जनम से थोड़े निकलती हैं, यह तो पूर्वजनम का रिश्ता था, पूर्वजनम का।

मैं खामखाह आगे बढ़ गया। चलो, पीछे लौट चलें, जहाँ अभी घटना की छाया तक पड़नी शुरू नहीं हुई।

वे घाट पर ही एक-दूसरे से मिलते रहे होंगे, या फिर मंदिर में। नहीं, मंदिरवाला किस्सा तो काफी बाद का किस्सा है। तब फिर घाट पर ही पहले-पहल उन्होंने एक-दूसरे को देखा होगा। कब ? यह तो कौन बता सकता है ? गोपाल मेरा नहीं, मेरे बड़े भाई का दोस्त था और बड़ा भाई बड़ा भाई ही होता है। क्या बचपन में पहली बार एक-दूसरे को देखके ही वे दोनों एक-दूसरे पर निछावर हो गए थे ? यह मानने को मन जरूर करता है, मगर ऐसा हो नहीं सकता क्योंकि गोपाल बचपन में न केवल मंदबुद्धि था, बल्कि बेहद शर्मीला और डरपोक भी। किसी का भी ध्यान उसकी ओर आकर्षित हो, ऐसा उसमें कुछ था ही नहीं। दूसरी ओर, वह जो विदुला थी, वह बचपन से ही ऐसी विलक्षण थी—क्या रूप में, क्या बुद्धि में, क्या चाल-ढाल में—कि पूरे गाँव को उस पर गर्व होना स्वाभाविक था। गोपाल जी मुखिया के लड़के जरूर थे, मगर पढ़ने-लिखने में उनका बिलकुल मन नहीं लगता था। इकलौते भी नहीं थे, इसलिए मार भी खूब खाते थे।

कहते हैं, गाँव में एक बार नाटक-मंडली आई तो गोपाल जी खाना-पीना सब भूलके दिन-रात वहीं पड़े रहने लगे और जब मंडली गाँव से विदा हुई तो जाने कैसी साँठ-गाँठ उन्होंने उन लोगों के साथ भिड़ाई, कि दूसरे दिन वे भी गाँव से गायब हो गए। तब गोपाल जी मुश्किल से तेरह-चौदह साल के रहे होंगे। उन्हें ढूँढ़-खोजके वापस लाया भी गया, मगर वे कुछ ही दिन बाद फिर लापता हो गए और जब उनके घरवालों ने उन्हें वापस पाने की सारी उम्मीद छोड़ दी तो वे पूरे साल-भर बाद एक दिन अचानक गाँव में प्रकट हुए और सीधे घर जाने की बजाय पहले कहाँ पहुँचे ? हमारे पुजारी जी के

पास। पता नहीं पुजारी जी पर उन्होंने क्या जादू फेरा कि पुजारी जी खुद उन्हें साथ लेकर मुखिया जी के घर गए और कहा, "यह वह गोपाल नहीं है जो आपके घर से भागकर गया था। यह एक दूसरा गोपाल है जो हमारे गाँव का नाम उजला करेगा। मुखिया जी, स्कूल की तोतारटंत से क्या होता है ? नौकरी करके पेट भरना तो इसको है नहीं। भगवान ने आपको सबकुछ दिया है। अब इस गुणी कलाकार को अपने आश्रय में लीजिए और इसे जतन से रखिए। भगवान जो करते हैं, हमारे भले के लिए ही करते हैं।"

बस, गोपाल जी पुजारी जी के लाड़ले क्या बने, पूरे गाँव के लाड़ले बन गए। अब तो जिधर देखो, उधर गोपाल जी। गोपाल जी नाटक कर रहे हैं, गोपाल जी मुरली बजा रहे हैं, गोपाल जी का गायन हो रहा है। घाट पर देखो तो गोपाल जी जमे हुए हैं, बाट पर देखो तो गोपाल जी रमे हुए हैं। कोई घर ऐसा नहीं, जहाँ गोपाल जी की बुलाहट न हो, कोई स्वर ऐसा नहीं, जो गोपाल जी के स्वर का अनुसरण न कर रहा हो।

केवल एक पुजारी जी की कन्या विदुला को छोड़कर। विदुला तक, लगता है, गोपाल जी की कीर्ति-कथा या तो अभी तक पहुँच ही नहीं पाई थी या फिर वह जान-बूझकर उदासीन बनी हुई थी। मैंने बताया ना कि पुजारी जी पुजारी जी ही नहीं थे, आचार्य जी भी थे; और विदुला पुजारी जी की नहीं, आचार्य जी की पुत्री थी। पाठशाला की देखरेख उसी के जिम्मे थी। जिस जमाने में लड़कियों को लोग स्कूल तक भेजने की कोई जरूरत नहीं समझते थे, उस जमाने में आचार्य जी, यानी हमारे पुजारी जी ने अपनी पुत्री को एक के बाद एक, जाने कितनी परीक्षाएँ प्रथम श्रेणी में उत्तीर्ण करवा दी थीं। पुजारी जी के घट में—गाँववालों का यही कहना था—दो-दो जीव बैठे हैं। एक परम ज्ञानी है और दूसरा परम भक्त। कहना न होगा कि गोपाल जी के गाँव आने के बाद पुजारी जी का परम ज्ञानी रूप कुछ ओझल-सा हो गया था। उसकी जगह पर मानो उसे चाँपकर अब वह परम भक्त विराजमान था।

एक दिन सदा की तरह विदुला अपनी पाठशाला में पढ़ा रही थी। पढ़ाते-पढ़ाते वह अचानक रुक गई और एकटक देखने लगी सामने के उस पेड़ को, जिसके

पत्तों के झुरमुट के बीच उसे एक अजीब-सी हलचल दिखाई दी थी। पहले तो उसे लगा, बंदर होंगे। फिर थोड़ी ही देर में उसे हलचल का कारण समझ में आ गया। उस वक्त पुजारी जी घर में नहीं थे। विदुला ने बच्चों को विदा कर दिया और धीर-धीरे चलती हुई उस पेड़ के नीचे आकर खड़ी हो गई। गोपाल जी भी धीर-धीरे उतरके अपराधी की तरह विदुला के सामने सिर झुकाए खड़े हो गए। किंतु ऐसी मुद्रा में वे एक क्षण से अधिक कैसे रह सकते थे। जल्द ही उन्होंने मुँह उठाया और विदुला के रोष-भरे मुख-मंडल पर आँखें गड़ा दीं और मंद-मंद मुस्कराने लगे। ''यहाँ क्या कर रहे थे गोपाल ?'' के कड़कीले सवाल पर उनके मुँह से बेसाख्ता निकल गया, ''मैं जी, आपको ही देख रहा था। मुझे आपको देखना बहुत अच्छा लगता है। मैं आज से नहीं, कब से आपको इसी तरह देखता आ रहा हूँ। जिस दिन आपको नहीं देखता, किसी काम में मन नहीं लगता।'' गोपाल जी एक साँस में जाने क्या-क्या बोल गए और फिर एकाएक शरमाकर चुप हो गए। पहले तो विदुला को अपने कानों पर ही विश्वास नहीं हुआ, फिर बहुत ही परेशान होकर उसने पूछा, ''और अभी पिता जी देख लेते तो ? पिता जी से तुमको क्या डर नहीं लगता ?''

गोपाल जी की निगाहें उठीं और विदुला के मुख पर टिक गईं, ''लगता तो है, इसीलिए तो⋯''

''इसीलिए तो⋯क्या ?'' विदुला ने जवाब तलब किया। उसके स्वर में अब वह कड़ापन नहीं रह गया था।

''इसीलिए तो⋯मेरा मतलब है, इसीलिए तो आपको छुपके देखने आता हूँ। वैसे तो घाट पर आपको देख ही लेता हूँ। पर अक्सर मुझे देर हो जाती है और आप नहाकर जा चुकी होती हैं। तब मैं यहाँ चला आता हूँ और पेड़ पर चढ़कर आपको देखता रहता हूँ। उतनी दूर से आप अच्छी तरह दिखाई तो नहीं देतीं, मगर झलक तो पा ही जाता हूँ। मन करता है, कितना अच्छा होता अगर मैं यहाँ पेड़ पर ही टँगे रहने की बजाय वहाँ आपके सामने आपके बच्चों के बीच ही बैठ सकता।''

ढीठपन की भी कोई हद होती है। बेचारी विदुला तो जैसे धरती में गड़ गई। बमुश्किल उसने अपने को सँभाला और कहा, ''कैसी मूर्खों जैसी बात

कर रहे हो। अब जाओ और आगे से ऐसा मत करना। पिता जी देख लेंगे तो क्या कहेंगे।''

गोपाल जी लज्जित-सी हँसी हँस दिए। पता नहीं क्यों, उनके चेहरे पर निगाह पड़ते ही विदुला को भी हँसी आ गई।

यह सारा किस्सा विदुला ने मंजुला को, यानी मेरी बहन को बताया था। हर व्यक्ति का कोई न कोई एक तो ऐसा अंतरंग होता ही है जिससे जी खोला जा सके। मंजुला विदुला की ऐसी ही एकमात्र विश्वासपात्र सहेली थी। गोपाल जी का ऐसा कौन था, यह कहना बड़ा मुश्किल है। यों तो वे सबके थे—हमारे भाई साहब तो उनके अंतरंग ही माने जाते थे। मगर मुझे तो विश्वास नहीं होता, उन्होंने अपना यह खास भीतरी भेद किसी के सामने प्रकट किया होगा।

मंजु को विदुला ने बताया कि इस आकस्मिक प्रणय-निवेदन के बाद गोपाल जी ऐसे गायब हुए कि हफ्तों तक विदुला को उनकी छाया तक नहीं दिखी। घाट पर विदुला की आँखें यहाँ से वहाँ कुछ खोजती रहतीं और निराश होकर अपने में ही लौट आतीं। तभी जन्माष्टमी का उत्सव आया। पहली बार विदुला ने गोपाल को आमने-सामने बैठकर सुना। घर पहुँचते ही उसने अपने पिता से कहा, ''बाबू जी, मुझे भी गाना सीखना है।''

पुजारी जी एकदम ही चौंक गए। इससे पहले उन्होंने मंजुला में ऐसी किसी प्रवृत्ति के दर्शन नहीं किए थे। बोले, ''गाना सीखके क्या करेगी बेटा ! मेरे पास जो असली विद्या थी, वह तो मैंने तुझे दे दी, गाने-वाने में क्या रक्खा है ! और···ऐसा है बेटा, आदमी को एक ही काम एकाग्रचित्त से करना होता है, तभी विद्या फलती है। बाकी सब बातें विघ्नस्वरूप हैं। ये गाना-बजाना भी।''

विदुला को पिता की इस बात से संतोष नहीं हुआ। उसने तत्काल उन्हें टोका, ''यदि ऐसा ही है, पिता जी, तो आप गोपाल को इतना महत्व क्यों दिए हुए हैं ? पहले तो आप इतना भजन-कीर्तन भी नहीं करते थे, नाटक तो आप कभी देखते ही नहीं थे। जबसे गोपाल आया, आप इन्हीं चीजों के पीछे पड़ गए हैं। पाठशाला में भी तो आप पहले से कम पढ़ाते हैं। और···पहले कितने सारे पंडित आपसे चर्चा करने आया करते थे, अब क्यों नहीं आते?''

पुजारी जी भौंचक्के रह गए। उन्हें अपनी पुत्री से ऐसे प्रत्युत्तर की आशा नहीं थी। पुत्री ने अनजाने उनकी दुखती रग पर हाथ रख दिया था। वे अब पाठशाला पर अधिक ध्यान देने लगे। मंदिर उन्होंने गोपाल जी को ही सौंप दिया। मगर यह देखकर उनके अचरज का ठिकाना न रहा कि विदुला, जो कि पहले मंदिर की ओर रुख ही नहीं करती थी, अब अक्सर मंदिर जाने लगी है। इतना ही नहीं, वह हर बार उत्सव से लौटके गोपाल की तारीफ के ऐसे पुल बाँधती कि पुजारी जी हैरान रह जाते। लड़की में आ रहे परिवर्तन उन्हें चिंतामग्न कर देते, फिर भी उससे कुछ कहने की उन्हें हिम्मत ही नहीं पड़ती। उन्होंने उसे लड़के की तरह पाला था। हर तरह की छूट दी थी। अब उसकी स्वतंत्रता में किसी तरह की बाधा डालने का अर्थ होता—अपनी ही पराजय स्वीकार करना! समूचे गाँव में उनकी ऐसी प्रतिष्ठा थी जैसी और किसी की नहीं थी। भला किसकी मजाल थी जो उनकी लड़की के बारे में कुछ भी प्रवाद फैलाता। उन्हें पूरा भरोसा था अपनी कन्या पर कि वह चाहे जितनी छूट ले ले, कोई ऐसा काम नहीं करेगी जिससे उसकी और उसके पिता की छवि धूमिल हो। फिर भी, यह तो उनकी अनुभवी आँखों से कैसे छिपा रहता कि विदुला ज्यादा से ज्यादा गोपाल का संपर्क चाहने लगी है और पढ़ाई-लिखाई के प्रति उदासीन हो चली है।

उन्होंने इस अप्रत्याशित समस्या को समय रहते हल करने की दिशा में अपना दिमाग दौड़ाना शुरू कर दिया। यह नहीं कि उन्हें विदुला के विवाह की कोई चिंता नहीं थी। वह चिंता तो उन्होंने अपनी समझ से कभी की निपटा ली थी और उस बारे में वे निश्चिंत थे। अपने पास ही के एक गाँव के मेधावी छात्र को उन्होंने छात्रवृत्ति दिलवाकर काशी पठा रक्खा था। वह विदुला के साथ ही पढ़ा था और उनका विश्वास था कि विदुला के लिए उससे अधिक सुयोग्य वर कोई दूसरा नहीं मिल सकता। वे मानकर चलते थे कि इसमें विदुला की सहमति तो होगी ही। लड़के के पिता से उन्होंने बातचीत भी कर ली थी और उसे घर-जमाई बनाने की तैयारी उनकी पूरी थी। अभी लड़के की पढ़ाई पूरी होने में तीन वर्ष बाकी थे। कोई और होता उनकी जगह, तो उसकी आलोचना जरूर होती कि इतनी सयानी लड़की का विवाह क्यों नहीं हो रहा है। पर पुजारी जी से पूरे गाँव की सहानुभूति थी।

विदुला ही उनका एकमात्र सहारा थी, फिर विदुला ने अपने गुणों से पूरे गाँव में अपनी धाक जमा रक्खी थी। किसकी मजाल थी जो उस पर उँगली उठा सके।

मगर गाँव के समाज में—और विदुला के अब तक के व्यक्तित्व को देखते हुए—यह तो एक अनहोनी ही थी। विदुला का उस तरह सारे उत्सवों में बढ़-चढ़कर भाग लेना और किसी न किसी बहाने गोपाल के पास बने रहना···! पुजारी जी से सीधे कहने की तो भला किसको हिम्मत होती, मगर यह भी तो असंभव था कि विदुला और गोपाल को लेकर लोगों की पौराणिक कल्पना बेरोजगार बैठी रहती। गोपाल की मित्र-मंडली भी कम तो नहीं थी। पुजारी जी को पहली बार अपनी पत्नी का न होना बुरी तरह खला। अपनी समझ से उन्होंने विदुला की माँ और पिता दोनों की इकट्ठी भूमिका बखूबी निभाने में कोई कसर नहीं छोड़ी थी। अब उनकी समझ में आया कि पत्नी की मृत्यु के बाद दूसरा विवाह करने की मित्रों-शुभचिंतकों की सलाह को न मानकर उन्होंने कितनी बड़ी भूल की। पर अब पछताने से क्या हो सकता था, अब तो उस तरह की बात भी सोचना हास्यास्पद और व्यर्थ था।

सोचते-सोचते उन्हें एक तरकीब सूझ ही गई। उन्होंने विदुला को बुलाकर कहा, ''बेटा, तुमने मुझे समय रहते चेता दिया, इसके लिए मैं तुम्हारा कितना कृतज्ञ हूँ, बता नहीं सकता। मैं सचमुच भटक गया था। गांधर्व विद्या—इसमें कोई संदेह नहीं एक बहुत ऊँची विद्या है और इसीलिए तो वह देवताओं को भी वश में कर लेती है। किंतु वेद और व्याकरण के सामने वह कितनी हीन वस्तु है, यह विद्वान ही जान सकता है। अब जाकर मेरी समझ में आया कि हमारे पुरखों ने नृत्य और नाटक को इतना महत्व देते हुए भी शिल्पियों-कलाकारों को समाज में बहुत ऊँचा स्थान क्यों नहीं दिया था। वे अच्छी तरह जानते थे कि किसकी जगह कहाँ है। वे घालमेल से बचना और बचाना चाहते थे। तुम समझ रही हो ना बेटी ? यह तो एक व्यसन है—यह नाचना-गाना। इसकी तैयारी और विद्या की साधना के बीच बहुत बड़ा अंतर है। दोनों एक साथ नहीं चल सकते। एक को यदि सिद्ध करना है तो दूसरे को त्यागना ही पड़ेगा। मुझी को देख लो, संस्कार कितने बलशाली होते हैं। मैं ब्राह्मण का लड़का—मुझे नाच-गाने से भला क्योंकर मोह होना चाहिए

था ! कितनी तपस्या करके विद्या सीखी मैंने। वह भी पिता के पुण्य-प्रताप से। नहीं तो बचपन में कुछ बरस मैं भी अपने रास्ते से भटक गया था, इन्हीं कलाकारों की सोहबत में। वह तो, कहो, सौभाग्य था मेरा, कि समय रहते पिताजी ने मुझे गाँव से बाहर भेज दिया, नहीं तो मुझमें और गोपाल में अंतर ही क्या था।''

पुजारी जी थोड़ा रुके—अपनी पुत्री की प्रतिक्रिया को भाँपने की चेष्टा करते हुए। फिर कहने लगे, ''फिर भी···फिर भी, तुमने स्वयं ही देखा कि किस तरह अचानक वे मेरे भीतर दबे संस्कार तनिक-सी ढील देते ही कितनी बुरी तरह उमड़ आए। पढ़ने-लिखने से कैसी विरक्ति हो गई मुझे। वह तो तुम्हारा सहारा था मुझे, नहीं तो मेरी पाठशाला उजड़ते भला कितनी देर लगती। कितने अपयश का भागी होना पड़ता मुझे पंडितों के बीच में, यदि तुम मेरी जगह पर, मेरा काम सँभालने को तत्पर नहीं होतीं तो···फिर भी आखिर तुम अकेले कब तक यह दायित्व निभा सकती थीं। गाँव के लोग मेरे पीठ-पीछे कितनी निंदा करने लगे थे मेरी—तुम्हें तो पता भी न होगा। मुझे तो ऐसी लत पड़ गई थी कि सब जानते-बूझते भी मैं उस मोहनी माया से निकल ही नहीं पाता था। तुम्हीं ने मेरी आँखें खोली—तुम्हीं ने मुझे समय रहते सावधान किया, तो मैं जागा। आज मुझे वह सब एक दुःस्वप्न-सा लगता है। अचरज होता है मैं कैसे उस माया में इतने दिन लिथड़ा रहा—स्वधर्म छोड़कर।

''तुमने एक बार मुझसे संगीत सीखने की इच्छा प्रकट की थी। मैंने मना कर दिया था तुम्हारे ही हित को ध्यान में रखकर। अब मुझे लगता है, मैंने तुम्हारे प्रति अन्याय किया। आखिर तुम मेरी संतान हो। समूचा गाँव एक स्वर से कहता है तुममें और मुझमें कोई अंतर नहीं। माना, मैंने तुम्हें अपना सर्वोत्तम दिया है, फिर भी, मुझमें जो यह दूसरी प्रवृत्ति है, इसकी कोई झलक तुममें प्रकट ही न हो, भला यह कैसे संभव था ? आरंभ में वैसे कोई लक्षण तुममें भले न दीखे हों—मैंने ही कब उसे कोई बढ़ावा देना चाहा ! अब गोपाल के सान्निध्य से ही सही, तुममें यह रुचि जागी है, तो उसे भी पालना-पोसना मुझे अपना कर्तव्य जान पड़ता है। गोपाल तो मुरली बजाता है, जो लड़कियों के अनुकूल नहीं पड़ता। मैं तुम्हें सितार सिखाऊँगा। इस

बहाने मुझे भी अपनी भूली-बिसरी विद्या को जगाने का अवसर मिलेगा। क्यों—ठीक है ना बेटी ?"

विदुला ने मूक सहमति में सिर हिला दिया। वह और कर ही क्या सकती थी ? पुजारी जी फिर कहने लगे, "तुम्हें गोपाल का गाना अच्छा लगता है, तो जरूर सुनो। मगर उसके लिए उत्सवों में जाने की कोई आवश्यकता नहीं है। वैसे भी तुम्हारा विद्याभ्यास इधर अत्यंत शिथिल हो गया है। पाठशाला में भी—जबसे मैंने फिर से पूरा ध्यान देना आरंभ किया, नए विद्यार्थी बढ़ गए हैं। पुस्तकालय में भी मुझे तुम्हारा अधिक से अधिक सहयोग चाहिए। मैं गोपाल से कह दूँगा, कभी-कभी घर आकर तुम्हें सिखा दिया करेगा—सप्ताह में एकाध बार…"

"नहीं पिता जी, उसकी कोई आवश्यकता नहीं। मुझे सीखना होगा तो आपसे ही सीख लूँगी।" विदुला के मुँह से निकल पड़ा अचानक ही। उसका आत्मसम्मान छिड़ गया था—जैसा कि पुजारी जी को भी अभीष्ट था। और आत्मसम्मान का सुर जब इस तरह छिड़ जाता है तो फिर बाकी सारे सुरों का दबना ही स्वाभाविक है। विदुला अपनी पुरानी दिनचर्या में लौट आई। मंदिर और उत्सव सब इस तरह उससे छूट गए, जैसे कभी रहे ही न हों। पाठशाला और पुस्तकालय का दायित्व उसने पूरी तरह ओढ़ लिया। धीरे-धीरे पुजारी जी भी फिर से मंदिर जाने लगे। गोपाल जी भी विदुला की देखा-देखी कुछेक माह तक तटस्थ रहे आए, हालाँकि घाट पर वे नियम से पहुँचते रहे। एक दिन घाट पर उनको विदुला से या विदुला को उनसे, पता नहीं कैसे क्या संकेत प्राप्त हुए कि उन्होंने फिर से वही वृक्ष-लीला शुरू कर दी। लगता है, विदुला ने उन्हें पिता की उपस्थिति और अनुपस्थिति जताने के ऐसे उपाय खोज लिए थे कि बहुत दिनों तक गोपाल जी इसी लुकाछिपी का आनंद निर्विघ्न उठाते रहे हैं।

पुजारी जी को खटका तो था ही। एक दिन आहट पाकर गोपाल जी ने नीचे झाँका तो क्या देखते हैं कि विदुला के स्थान पर स्वयं पुजारी जी उन्हें निहार रहे हैं !

"नीचे उतरो बेटा," उन्होंने बड़े प्यार से पुकारा, "मुझे ऐसा प्रतीत होता है कि पूर्वजन्म में तुम निश्चय ही ब्राह्मण थे। यह तुम्हारे वही पुराने विद्यानुरागी

संस्कार हैं जो तुम्हें छिपके ही सही, पवित्र मंत्रोच्चार सुनने को प्रेरित कर रहे हैं। प्राचीन काल में जानते हो—आश्रमों के वृक्षों पर बैठे हुए पक्षी भी वेदमंत्र कंठस्थ कर लिया करते थे, फिर तुमने तो बड़े पुण्य से यह नरदेह पाई है। तुम जन्मजात कलाकार हो—मैंने तुम्हारे पिता से कहा था कि ऐसे कलावंत के लिए स्कूल की पढ़ाई कोई अर्थ नहीं रखती, किंतु मैं मन ही मन तभी से यह अभिलाषा सँजोए हुए था कि कैसे तुम्हें देववाणी की ओर आकर्षित करूँ। वही तुममें एक बड़ी भारी कमी है गोपाल। बिना ज्ञान के, संगीत ही क्यों, भक्ति भी निरर्थक है। विदुला ने बताया कि किस तरह तुमने एक बार उसकी कक्षा में बैठने की अभिलाषा प्रकट की थी। उसने तभी मुझे बताया था। अस्तु। शुभकार्य में कभी भी विलंब नहीं करना चाहिए। मैं आज ही तुम्हें विधिवत् अपनी पाठशाला में लिए ले रहा हूँ। मैं स्वयं तुम्हें पढ़ाऊँगा और विदुला भी। वह तुम्हारी संगीत-कला पर मुग्ध है। मैंने उससे कहा था, तुमसे विधिवत संगीत सीखे। पता नहीं क्यों उसे मेरा प्रस्ताव नहीं जँचा। लगता है, तुम्हीं को पहले उसका शिष्यत्व ग्रहण करना है—उससे संस्कृत सीख लेनी है। तभी वह तुम्हें सहर्ष अपना कला-गुरु बनाएगी। तो आओ बेटा, मेरे साथ! आज से तुम्हें नित्य प्रातःकाल दो घंटा नियमित हमारी पाठशाला को देना होगा। क्यों, ठीक है ?"

इस तरह गोपाल जी के जीवन का एक नया अध्याय प्रारंभ हुआ। अब यह दूसरी बात है कि वह कितना फलीभूत हो पाया ? गाँव के लोगों को इस पर पहले तो विश्वास ही नहीं हुआ। जब हुआ, तो तरह-तरह की टिप्पणियाँ हवा में तैरने लगीं। कोई कहता, 'धन्य हैं पुजारी जी ! ऐसे कोउ उदार जग माँहीं...' कोई कहता, 'यह उदारता-वुदारता कुछ नहीं, रणनीति है रणनीति...' कोई गोपाल के भाग्य से ईर्ष्या करता मिलता तो कोई उसे उसकी मूर्खता के लिए कोसता। मुखिया जी ऐसे मग्न थे, जैसे अब गोपाल ही उनकी सात पीढ़ियों को तारनेवाला हो। दो-एक मनचले छोकरे भी थे जो खुलेआम गोपाल जी को 'घर-जमाई' का खिताब देते थे। एक मुसीबत और थी। वही गोपाल जी, जो गाँव की स्त्रियों के बीच सर्वत्र सराहे जाते रहे थे, अब एकाएक उपहास के विषय बन गए। रास्ता चलते औरतें उन्हें देखकर कुछ ऐसे रहस्यमय अंदाज में मुस्कुरातीं और ऐसे एक-दूसरे को कुहनी मारतीं कि

बेचारे गोपाल जी जमीन में गड़ जाते।

खैर, यह सब भी गोपाल जी किसी तरह झेल ही ले जाते, यदि उन्हें सचमुच यह भरोसा हो पाता कि वे पढ़ाई में कुछ भी प्रगति कर पा रहे हैं और विदुला या पुजारी जी की ही निगाह में कुछ ऊँचे उठ पा रहे हैं। दुर्भाग्यवश संस्कृत उन्हें बिलकुल पल्ले नहीं पड़ रही थी। पुजारी जी और स्वयं विदुला के अथक प्रयत्नों के बावजूद वे अब भी जहाँ के तहाँ थे। सच है, विदुला का कैसा भी सामीप्य उन्हें स्वर्ग-सुख की अनुभूति कराता था। किंतु इस अनुभूति को पाने के लिए जो कड़वे घूँट वे निगल रहे थे, इसे उनकी आत्मा ही जानती थी। दूर से जो अभी तक चंद्रमा की तरह शीतल लगती थी, पास आकर जैसे वह अग्नि-शिखा बन गई थी—उतनी ही कमनीय, उतनी ही सुध-बुध भुला देनेवाली, किंतु साथ ही मन-प्राणों को एक अजीब तरह से तपाने और झुलसा देनेवाली। बेचारी विदुला का भी इसमें क्या दोष देखा जाय ! वह भी अपने ढंग से लाचार थी, वह भी अपनी ही आग में झुलस रही थी। उसे कभी गोपाल जी की असामर्थ्य पर तरस आता और कभी झुँझलाहट होती। कभी यह झुँझलाहट अपने पिता पर केंद्रित हो जाती। यह सारा नाटक उसे लगता, न जाने किस अनर्थ का सूत्रपात कर रहा है, जिसमें उसे भी अकारण और अनचाहे एक ऐसी भूमिका निभानी पड़ रही है जो किसी तरह भी उसके योग्य नहीं है। और यह सामने बैठा हुआ गोबर गणेश—यह सुरों का जादूगर, यह निरक्षर भट्टाचार्य, जिसने उसके भीतर आग-सी लगा दी है, उसका सारा सुख-चैन ही छीन लिया है—इस गोबर गणेश का वह क्या करे—जो उसके बावजूद उसकी अपार करुणा और अपार मोह-माया, अपार धीरज और अपार क्रोध का निरीह आलंबन बना जा रहा है।

आखिर उससे रहा नहीं गया। एक दिन प्रातःकाल, पढ़ाई आरंभ होने से पहले ही वह अपने पिता के सामने गिड़गिड़ाने लगी, "बाबूजी" ईश्वर के लिए, अब तो उस अभागे को इस कारा से मुक्त करिए। आप अच्छी तरह जानते हैं, उसे पढ़ाया नहीं जा सकता। आपके इस विचित्र हठ का दुष्परिणाम तो देखिए—गोपाल का गाना-बजाना सब ठप्प हो गया है। वह हीनता-बोध से ग्रस्त होता जा रहा है। स्वास्थ्य भी उसका चौपट हुआ जा रहा है। उसकी

दुर्दशा मुझसे देखी नहीं जाती'''''वह अपनी बात पूरी भी नहीं कर पाई। फूट-फूटकर रोने लगी।

पुजारी जी का मन भी अपनी पुत्री के दुःख से कातर हो आया। वे साधु और संवेदनशील थे। मर्यादा की रक्षा की चिंता उनके लिए जितनी स्वाभाविक थी, उतनी ही अपनी भावना और सहानुभूति की थी। पुरुषार्थ और नियति की सारी सूक्ष्मताओं में उनकी गहरी पैठ थी, मगर यह जो विकट पहेली अप्रत्याशित ही उनके सामने चुनौती की तरह खड़ी हो गई थी, इसे वे किसी भी तरह नहीं सुलझा पा रहे थे। गोपाल से उन्हें सिर्फ सहानुभूति ही नहीं थी, उनका एक अंश तो जैसे सीधे उससे जुड़ा हुआ था। उसी तरह पुत्री से उन्हें जो अंतरात्मिक लगाव था—वही उन्हें सावधान करता था कि यह जो कुछ हो रहा है, उचित नहीं हो रहा है। दोनों के बीच यदि भाई-बहन जैसा संबंध विकसित होता तो उन्हें परम संतोष होता, किंतु नियति का खेल वे किसी तरह नहीं पचा पा रहे थे। उसमें उन्हें अनिष्ट ही अनिष्ट दिखाई दे रहा था। हाँ, वे भी अपने ढंग से एक विकट अंतर्द्वंद्व से गुजर रहे थे।

लगता है, दो प्रेमियों के बीच सचमुच कोई बेतार का तार काम करता है। गोपाल को कुछ कहने की नौबत ही नहीं आई। जिस दिन पिता-पुत्री के बीच उपरोक्त संवाद घटित हुआ, ठीक उसी दिन से गोपाल ने पढ़ने आना बंद कर दिया। उबार लिया गोपाल ने अपने गुरुस्वरूप पुजारी जी को—एक बेहद अटपटी और असमंजसकारी स्थिति से।

पुजारी जी तो उबर गए और कदाचित कुछ समय के लिए किसी सीमा तक विदुला भी, किंतु गोपाल जी की हालत दिनों दिन बिगड़ती गई। घर में उनके पिता ही नहीं, भैया और भौजाई भी उन्हें अपमानित करते रहते। गाँव में जिससे भी मिलते, वह सीधे मुँह बात ही नहीं करता। रातोंरात उनके लिए अनेक संबोधन प्रचलित हो गए—पंडित जी, विदुरजी, कन्हैयालाल और जाने क्या-क्या। वही स्त्रियाँ, जिनकी आँखों से, उन्हें देखते ही शहद चूने लगता था, अब उन्हें देखते ही मुँह फेर लेतीं। जी कड़ा करके गोपाल जी ने फिर से अपनी मंदिर-चर्चा शुरू कर दी। उनका गाना सुनने के लिए, बाँसुरी सुनने के लिए धीरे-धीरे फिर से लोग जुटने लगे, मगर लोगों की भीड़ में गोपाल जी विदुला को ही ढूँढ़ते रहते। वे जितना ही अपने को संगीत में

झोंकते, उतना ही विदुला उनकी आँखों के आगे खड़ी हो जाती। हो सकता है, यह किस्सा ही हो—गाँव के किसी मनचले का ही गढ़ा हुआ मगर किस्से भी तो यूँ ही नहीं गढ़ जाते। किसी न किसी जड़ से फूटते हैं वे भी। पता चला, गोपाल जी एक शाम 'विदुला ! विदुला !' चीखते हुए एक स्त्री के पीछे दौड़ पड़े। पास पहुँचने पर पता चला, वह तो उनकी ही भौजाई थी।

पता नहीं, घरवालों ने उन्हें घर से ही निकाल दिया या क्या हुआ, कुछ दिनों तक गोपाल जी गाँव से ही नदारद हो गए। दरअसल वे उसी पुरानी नौटंकी में काम खोजने निकल पड़े थे। शायद उन्होंने सोचा हो, नौटंकी की जिंदगी उन्हें विदुला की मोहनी से छुटकारा दिला देगी, मगर उनका भ्रम भ्रम ही निकला। विदुला की मूरत ने वहाँ भी उनका पीछा न छोड़ा। एक दोपहर गाँव में अचानक ही खबर फैली कि गोपाल जी घाट पर बाँसुरी बजाते देखे गए। दूसरे दिन लोगों ने सुना, गोपाल जी पेड़ पर चढ़के बजा रहे थे—पुजारी जी के घर के सामने ही। कुछ दिन बाद एक खबर यह भी फैली कि गोपाल जी किसी तांत्रिक से वशीकरण सीख आए हैं और छुपे तौर पर मंत्र सिद्ध करने में लगे हैं।

गोपाल जी को अब किसी की परवाह नहीं रह गई थी। वे अपना अधिकांश समय या तो मंदिर में बिताते या फिर घाट पर। मित्र मंडली में भी अब सिर्फ दो ही लोग रह गए थे उनका साथ देनेवाले और वही उनके लिए काफी थे।

विदुला के दर्शन उन्हें घाट पर ही होते थे। घाट के अलावा वे और कहीं नहीं मिलते—मिल ही नहीं सकते—ऐसा ज्यादातर लोग मानते थे। कुछ सिरफिरों को छोड़कर, जो उन्हें तांत्रिक-सिद्ध बताते थे। घाट का यह मिलना भी कैसा मिलना होता होगा—तुम खुद कल्पना कर सकते हो। घाट से अधिक खुली जगह और कहाँ होगी। और प्रेम को क्या चाहिए ? थोड़ी-सी आड़—यही ना ? मगर, तुम अगर नहीं जानते, तो मैं तो कम से कम जानता हूँ और पूरा गाँव जानता है कि खुलापन ही सबसे बड़ी आड़ है। लोगों को भरोसा था इसके बावजूद, अपने घाट की उस दीवार पर, जो जाने क्या

सोचकर हमारे पुरखों ने उठाई थी और जिसकी कभी एक भी ईंट इधर से उधर नहीं हुई थी।

तो भैया, यह विचित्र प्रेम-प्रसंग इसी तरह चलता रहा और एक दिन अचानक लड़की का घाट पर आना बंद हो गया। क्यों बंद हो गया, इसकी भी एक कहानी है। मैं उसे कहानी ही कहूँगा, क्योंकि जो घटना सबके सामने नहीं घटती, जिसका कोई साक्षी नहीं होता, वह आप से आप कहानी की ढलान पर लुढ़कने लगती है और विश्वसनीय नहीं रह जाती। कहते हैं गोपाल जी एक दिन दीवाल फाँदकर वहाँ पहुँच गए, जहाँ विदुला अपनी सहेलियों के साथ नहा रही थी और उसके कपड़े उठाकर भाग गए। अब बताओ, तुम ही इस पर यकीन करोगे ? ये सीधे-सादे कहलानेवाले गाँव के लोग किस कदर क्रूर हो सकते हैं, इसका तुम्हें अंदाजा नहीं हो सकता। बात की बात में विद्युत्तरंग की तरह यहाँ से वहाँ तक बस एक ही मुहावरा फैल गया—"लो अब तो चीरहरण तक मामला पहुँच गया।" अब तुम्हीं बताओ, अतिरंजना की भी कोई हद होती है ! यह क्या कोई विलायत है ? हजारों-लाखों लोग गंगा नहाते हैं, यमुना नहाते हैं, हजारों के सामने अधनंगी औरतें अपने गीले कपड़े बदलती देखी जा सकती हैं। कितनी आड़ चाहिए उन्हें, कितनी ? मैं पूछता हूँ उस अभागे ने आखिर ऐसा क्या जुल्म कर दिया, अगर नहाते-नहाते उस पार से अपनी देवी का कंठस्वर उसके भीतर के तारों को कुछ इस तरह छेड़ गया कि वह उसी क्षण उसकी एक झलक-भर पाने को व्यग्र और उत्कंठित हो उठा। क्या हुआ यदि उस पवित्र और प्यारी मस्ती की झोंक में वह कूद पड़ा, रोजमर्रा की अपनी नदी में—और तैरते-तैरते थोड़ा ज्यादा ही आगे निकल गया। जहाँ से उसने अपनी प्रेयसी के अंगों की एक झलक-भर पाई होगी, वह जगह क्या उस पेड़ से भी नजदीक रही होगी ?

खैर, किस्सा कोताह यह कि विदुला का नदी-स्नान उसके बाद बंद होना ही था और हुआ। इसमें भी कोई शक नहीं कि पुजारी जी अभी उसी वर की प्रतीक्षा में एक वर्ष मजे से गुजार देते, अगर यह फिजूल-सी घटना नहीं घटी होती। घटना भी क्या, निरी बकवास।

लोग सीधेपन के, सरलता के खामखाह गुन गाते हैं। अरे क्या है इस जिंदगी में और खुद आदमी में, जो सीधा हो। हर जगह बाँकपन है, हर

जगह घुमाव है। यह जितनी सारी चीजें तुम्हारी आँखों को, मन को अटकाती हैं, इनमें से एक भी चीज बताओ, जो सीधी हो। यह वर्षा, यह टहनी, नदी की लहर, चिड़िया या तितली की उड़ान''बताओ इनमें कौन-सी चीज तुम्हें सीधी लगती है ? मगर इन सीधों की जिद है कि नहीं साहब, सब सीधा होता है और सीधा होना चाहिए। जो नहीं दिखता सीधा, उसे हम सीधा कर देंगे। अरे, जरा अपनी खुद की चाल ही देख लो।

गोपाल सुबह से शाम तक घाट पर बैठा रहता, विदुला की प्रतीक्षा में। विदुला क्यों आने लगी ? गोपाल की समझ में कुछ नहीं आया। एक दिन मित्र-मंडली में से किसी ने उस तक वहीं डाक पहुँचा दी कि इसी हफ्ते विदुला की सगाई पक्की हो जाएगी और इसी महीने ब्याह भी। पुजारी जी स्वयं जाके लड़के को देख आए हैं और विदुला को भी दिखा दिया है।

मंजु ने डाक पहुँचा दी। उसके सामने ही विदुला ने गोपाल की चिट्ठी खोलके पढ़ी। चिट्ठी में टेड़े-मेड़े अक्षरों में सिर्फ इतना ही लिखा हुआ था—मेरी बहन के कहे मुताबिक—कि कल शाम तक किसी तरह तुमसे भेंट नहीं हो पाई तो तुम मेरी लाश ही देख पाओगी। मैं घाट पर ही तुम्हारा इंतजार करूँगा। तुम नहीं आईं, तो जहाँ जिस जगह तुम नहाती थीं, वहीं उसी जगह पर मैं गले में पत्थर बाँधकर डूबकर प्राण दे दूँगा।

विदुला छटपटा उठी। ऐसे प्रेमपत्र की उसे कल्पना भी नहीं हो सकती थी। उसने तत्काल एक निर्णय लिया। चिट्ठी लिखकर मंजुला के ही हाथों गोपाल के पास संदेश भिजवाया—''घाट पर नहीं, तुम मुझे मंदिर के पिछवाड़े मिलो। आज ही आधी रात।''

वे मिले, जैसे कि पहले कभी नहीं मिले थे। दो प्रेमी, जो बरसों से लगभग रोज ही मिलते रहे हों और खुले में, दिन के प्रकाश में ही मिलते रहे हों—कल्पना करो कि वे जब पहली बार ऐसी हालत में, घुप्प अँधेरे एकांत में, दुनिया की नजरों से छुपकर मिलेंगे तो वह मिलना कैसा होगा ? बस, उसी तरह वे मिले और मिल के अलग हुए।

दूसरे दिन सुबह-सुबह गाँव में कुहराम मच गया। गोपाल ने, लगता है, लौटने के तुरंत बाद ही जहर खा लिया। सुबह वह बिस्तर में मरा हुआ पाया गया। सिरहाने उसके एक चिट्ठी पड़ी हुई थी जिसमें मोटे-मोटे हरफों में लिखा

हुआ था—"मैंने अपनी खुशी से जहर खाया है। मेरी मौत के लिए मेरे सिवा और कोई भी जिम्मेदार नहीं है। सबको मेरा अंतिम प्रणाम—सबका गोपाल।"

अधेड़ रेंगता हुआ खोह से बाहर निकला। "चलो अब चलें," उसने कहा, "बारिश बंद हो गई। सिर्फ हल्की-सी फुहार है। शाम की बारिश का कोई ठिकाना नहीं।"

युवक आँखें मलता हुआ बाहर निकल आया तो अधेड़ ने उससे कहा, "क्या बात है जी ? तुम तो लगता है जैसे नींद से निकलके आ रहे हो। सो गये थे क्या ?"

"नहीं तो," युवक ने कहा, "लड़की का क्या हुआ ? यह तो बताया नहीं आपने।"

"बताता हूँ, पहले तुम यहाँ से निकलो।" अधेड़ तेज चाल से आगे-आगे बढ़ गया।

"किस कदर अँधेरा है," पीछे से युवक की आवाज सुनाई दी, "कितना बजा होगा ?"

"अभी बहुत देर नहीं हुई," अधेड़ ने युवक से कहा, "कुहरा है, जंगल है, इससे ऐसा लगता है। अभी मोटर-सड़क आ जाएगी, तभी पता चलेगा।"

"लड़की का क्या हुआ ?" युवक ने फिर कुरेदा। अधेड़ जोर से हँसा, "तुम्हारा क्या ख्याल है ?"

युवक चुपचाप रहा। अधेड़ ने बोलना शुरू किया—कुछ दिन बाद लड़की की सगाई होनेवाली थी ना ? हो गई। महीने-भर बाद विवाह का मुहूर्त था। जब तक विवाह नहीं हो गया, पूरा गाँव चुप रहा। चुप रहने की ही बात थी। कैसे चुप न रहता ! पूरा गाँव उमड़ पड़ा था। कैसे न उमड़ता !

किंतु जब लड़की ससुराल में कुछ दिन रहकर अपने मायके लौटके आई तो उसने क्या देखा कि गाँव के सभी लोगों की निगाह ही बदल गई है। खासकर औरतें तो उससे ठीक से बात ही नहीं करतीं। उसे देखते ही मुँह फेर लेती हैं।

बेचारी विदुला जब बेहद परेशान हो गयी—उसकी सहेलियाँ भी एक-एक

कर कन्नी काटने लगीं—तो उसने मंजुला को ही पकड़ा, "आखिर क्या हो गया तुम लोगों को ? इस तरह अजनबियों की तरह क्यों ताकते रहते हो मुझे ? कुछ बोलते क्यों नहीं ?"

मंजुला को जितना मालूम था, उसने बताया, "विदुला ! गाँव की औरतें कह रही हैं तुमने और गोपाल ने एक साथ जहर खाकर मर जाने की शपथ ली थी। वह तो बेचारा चला गया सचमुच और तुमने शपथ तोड़ दी।"

विदुला यह सुनकर सकते में आ गई। "यह झूठ है," उसने कहा, "और तुम ? तुमको तो सब पता है। क्या तुम भी उनकी बातों पर विश्वास करती हो ?"

"नहीं, मैं तो नहीं करती," मंजुला बोली, "मैं तो कितना समझाती हूँ, मगर कोई सुने तब न ?"

तुम समझ रहे हो, मेरे गाँव की औरतों पर मंजुला के समझाने-बुझाने का कोई असर नहीं पड़ा। एक बार ही क्यों, विदुला जब कभी गाँव आई, उसका इसी तरह मूक बहिष्कार हुआ। पुजारी जी से जरूर सबको सहानुभूति है, किंतु विदुला से नहीं। तुम आज भी उनसे पूछो तो वे तुम्हारे सामने डंके की चोट पर यही दुहरा देंगी कि विदुला और गोपाल दोनों ने उस रात एक-दूसरे का हाथ पकड़के शपथ ली थी कि इस जन्म में न सही, वे अगले जन्म में अवश्य एक-दूसरे को पा लेंगे। उन्होंने आज तक विदुला को इसके लिए क्षमा नहीं किया कि उसने गोपाल का दिया जहर क्यों नहीं खाया, क्यों उसे धोखा दिया।

तथ्य—मैं तुम्हें बताता हूँ—तथ्य निश्चय ही यह नहीं है। गोपाल ने उस रात विदुला को अपने इरादे का रंचमात्र भी आभास नहीं दिया था। इसके ठीक विपरीत, विदुला तो सबकुछ के लिए तैयार होकर आई थी। गोपाल के साथ गाँव छोड़के भाग जाने तक के लिए! मगर गोपाल तो गोपाल ही था। वैसा कुछ उसने जताया ही नहीं। उलटे यही कहता रहा कि उसकी मनोकामना पूरी हो गई, उसे कुछ भी नहीं चाहिए और विदुला को उसके योग्य वर मिल गया है, यह जानकर वह प्रसन्न है, आशीर्वाद देने आया है⋯इत्यादि-इत्यादि।

तथ्य तो यही है—अगर विदुला ने मंजु को जो बताया, उसे तथ्य मानें

तो। मैं तो यही मानता हूँ। मगर एक पूरा और समूचा गाँव जो मानता है, वह तथ्य नहीं है। बकवास है, ऐसा भी कैसे कहा जाय ! क्यों ? तुम क्या सोचते हो ? तुम्हारा क्या ख्याल है ?

युवक चुपचाप चलता रहा। वह अपनी ही उधेड़-बुन में खोया था। क्या यही सवाल पूछने के लिए अधेड़ ने उसे इतनी लंबी कहानी सुनाई थी ?··· वह कुछ तय नहीं कर पाया।

अंधकूप

अचानक मुझे लगा, जैसे उसकी आँखें मुझी पर गड़ी हुई हैं और एक क्षण में जितना मैंने उसे देखा है, उससे कई गुना उसने मुझे देख लिया है। जैसे उसे पता था कि हम लोग आ रहे हैं। जैसे उसे पता था कि उसे अनदेखा करके हम आगे नहीं बढ़ सकते।

मगर···वह तो मुझे पहचानती नहीं। एक अजनबी में भला उसकी क्या दिलचस्पी हो सकती है। शायद दोस्त इसका कारण हो ! दोस्त तो इसी शहर का है ना। छोटे से नगर में सभी एक-दूसरे को जानते हैं और जरूरत से ज्यादा जानते हैं।

"यही है वह ?" उसके सड़क पर प्रकट होते ही दोस्त ने मेरी बाँह पकड़कर फुसफुसाते हुए कहा था, "यही है वह चचेरी बहन, जिसके बारे में तुम पूछ रहे थे।"

मैं इस मुठभेड़ के लिए बिल्कुल तैयार नहीं था। दोस्त ने तो मुझे यही कहा था कि वह एक ज्योतिषी से मुझे मिलाने ले जा रहा है। मुझे क्या पता कि उन लोगों का घर भी यहीं इसी गली में है।

बाजार में खड़े होकर किसी लड़की का मुआयना करना मेरे जैसे आदमी के लिए बहुत आसान बात नहीं है। फिर भी—अपने कौतूहल के चलते—मैं कुछ देर तक उसे निहारता रह सकता था, बशर्ते वह हमें बिल्कुल अनदेखा करती रहती। हमारे-उसके बीच एक सुविधाजनक दूरी तो थी ही; हालाँकि मेरे साथ दिक्कत यह है कि स्त्रियों के प्रति कुतूहल की कोई कमी न होते हुए भी मैं अपने लाइलाज झेंपूपन के कारण उनका ठीक से निरीक्षण नहीं कर पाता। मेरा दोस्त इस मामले में बहुत तेज है। उसकी पैनी निगाहों से कुछ

भी छुपा नहीं रह सकता। यों वह संजीदा किस्म का आदमी है, और उससे बढ़कर मेरा हितैषी इस मसूरी में तो क्या, उस कस्बे में भी कोई नहीं है, जहाँ मैं पैदा हुआ। मेरे बारे में उसकी हितचिंता का भला इससे बड़ा सबूत क्या होगा कि उसने मेरा रिश्ता खुद अपनी साली से सिर्फ इसलिए जुड़वाने से इनकार कर दिया था कि जन्मकुंडली नहीं मिल रही थी। हालाँकि मेरा मन था और उसकी पत्नी की भी बड़ी इच्छा थी, फिर भी जीत आखिर में उसी की हुई और बेचारी अभी तक क्वाँरी बैठी हुई है। पता नहीं, कैसी कुंडली है उसकी, जो किसी के साथ मेल नहीं खाती। अब यह बात बिल्कुल दीगर है कि मेरे कानों में तब से जहाँ-तहाँ कुछ दूसरी बातें भी पड़ती रही हैं : जैसे यही कि यह लड़की अपने बचपन से ही एक लड़के से प्रेम करती थी और दोनों के माँ-बाप यही मानकर चलते थे कि इनकी शादी होगी ही। मगर एक दिन अचानक लड़के की शादी दूसरी जगह तय हो गई। किसी को भी पता नहीं कि लड़के ने ऐसा क्यों किया। सिर्फ अटकलें ही अटकलें हैं : जैसे यही कि लड़की की बाँह पर एक बड़ा-सा सफेद चकत्ता है। बिल्कुल ही वाहियात बात है यह, क्योंकि खुद मुझे वह चकत्ता बाकायदा दिखला दिया गया था और मैंने उसे कोई महत्व नहीं दिया था। अगर उसके कारण उस लड़के ने अपना वचन तोड़ा तो ऐसे कच्चे रिश्ते का टूट जाना ही लड़की के हित में था। अब रहीं बाकी अटकलें, तो वे तो बिल्कुल ही निराधार हैं—लोगों की निरी मनगढ़न्त। मैं अपने लोगों को बहुत अच्छी तरह जानता हूँ।

मैं खामखाह बहका जा रहा हूँ। मुझे बहकना नहीं चाहिए। पर जो कुछ मेरे साथ घटा है, वह इतना दर्दनाक है कि मैं न तो उसे भूल पा रहा हूँ न एकबारगी उघाड़ सक रहा हूँ। कैसे क्या बताऊँ !

यहाँ पर मुझे जरूरी लग रहा है कि मैं थोड़ा अपना परिचय भी दे ही दूँ। उससे घटनाक्रम को सुलझाने में थोड़ी मदद मिलेगी। मेरे लिए अपने-आप घटनाक्रम को सुलझाए रखना कठिन है। मैं वैसे भी कोई बहुत व्यवस्थित आदमी नहीं हूँ।

मैं यहाँ से कोई साठ मील की दूरी पर बसे हुए एक गाँव में स्कूल मास्टर हूँ। स्कूल मास्टरों के बारे में आप जानते ही होंगे कि वे किस कदर जाहिल होते हैं। यह भी कि जो और कुछ नहीं बन सकता, वही स्कूल मास्टर बन

जाता है।…तो जिस गाँव में मैं स्कूल मास्टर हूँ, उससे कोई सत्तर मील और आगे एक दूसरा गाँव है फलसीमा, मेरेवाले गाँव जितना ही बड़ा। वहाँ भी सरकारी इंटर कालेज है और जिस लड़की के साथ इन दिनों मेरी शादी का प्रकरण छिड़ा हुआ है—जिस प्रकरण के चलते मैंने अभी हाल मसूरी की यात्रा की—वह अभी कोई साल-भर पहले ही उस स्कूल में नियुक्त हुई है।

अब, इसे आप महज एक संयोग ही समझ लीजिए कि उसी कालेज में पहले से नियुक्त एक दूसरी अध्यापिका के पति का घर मेरे घर के बगल में ही है। पड़ोसी के नाते हमारे अच्छे संबंध हैं और वे दोनों मेरे कुँवारेपन से बेहद परेशान रहते हैं। वे जल्दी मेरा घर बसा देना चाहते हैं। घर-गिरस्ती से कोई विमुख भी हो सकता है, यह वे कैसे मान लें, जब वे खुद एक सुखी दम्पति हैं। यह भी मैं कैसे कहूँ कि वे गलत हैं ? आखिर वे दोनों ही मेरे शुभचिंतक हैं और दोनों ही मुझे अच्छे लगते हैं। पति इसलिए कि वह सीधा-सदाचारी है; और पत्नी इसलिए कि वह अपने पति से रूप, गुण और विद्या सभी में इक्कीस पड़ते हुए भी उसका पूरा सम्मान करती है। उसकी मूर्खता पर भी उसे टोकती नहीं। चालीस से ऊपर पहुँच जाने पर भी वह तीस से कम की लगती है। ऐसे धुर देहात में—और वह भी स्कूल मास्टरी के पेशे में—ऐसी सदाबहार स्त्रियों का होना मुझे किसी चमत्कार से कम नहीं लगता।

मैं फिर बहक गया। अपना परिचय देते-देते अपनी पड़ोसिन में उलझ गया। मैं क्या करूँ ?…मेरी इस बेरंग-बेस्वाद जिंदगी में बस यही लोग मेरे लिए नियामत हैं। घर नाम की चीज तो रिश्तों-नातों के जंगल में कभी की गुम हो गई। मगर घरेलूपन की चाहत जाने कैसे मन से नहीं मिट पाई। अभी मैं एक उपन्यास में पढ़ रहा था कि इस देश में हर दस कोस पर माताएँ और बहनें मिल जाती हैं। यह सच है। श्रीमती आशा पंत में मुझे अपनी बड़ी बहन ही दिखाई दी थी। बल्कि मेरा तो ऐसा मानना है कि जो गैर होते हैं, वे ही सचमुच सगे होते हैं। सगे कहलानेवालों को तो अपने सगे होने से ही फुरसत नहीं मिलती।

तो यह लड़की श्रीमती आशा रावत की सहयोगिनी है, मेरी ही जात-बिरादरी की है और उनका खयाल है कि मेरे लिए उससे उपयुक्त पत्नी हो नहीं सकती।

अपने परिचय में मैं यह जोड़ना तो बिल्कुल ही भूल गया कि मेरे लिए उपयुक्त पत्नी की तलाश पिछले दस बरसों से चल रही है और इसमें अभी तक सफलता नहीं मिली। जो लड़की मुझे पसंद आती है, उसके घरवालों को मैं पसंद नहीं आता। आखिर मैं स्कूल मास्टर ही तो हूँ। जैसी सुघड़-शालीन और पढ़ी-लिखी पत्नी मुझे चाहिए, वैसी लड़कियों के माँ-बाप अक्सर उनके लिए इंजीनियर, डॉक्टर, ओवरसियर या कम से कम खाता-पीता दुकानदार घर पा जाते रहे हैं और मैं टापता रह गया हूँ।

कुछ मेरी मूर्खताएँ भी हैं ही। लड़की न केवल देखने-सुनने में अच्छी हो, बल्कि उसके साथ मेरी बातचीत भी करा दी जाय, ऐसा बहुत दिनों तक मेरा आग्रह रहा। एक के साथ तो मेरा ब्याह हो ही गया होता, अगर मैंने उसकी आवाज न सुनी होती। उतनी मोटी और खरखरी आवाज का उस सलोने चेहरे से भला क्या मेल हो सकता था ! यह बहुत पहले की बात है। एक और मिली तो उसकी पसंद वगैरा मुझे बहुत भोंडी लगी। बाद में अजीब पछतावा-सा हुआ और मैंने निश्चय किया कि बिना बातचीत किए ही शादी कर लूँगा। मेरी भाभी ने एक लड़की बताई और वह मुझे जँच भी गई। मगर दूसरे ही दिन उसके शराबी बाप से मेरा आमना-सामना हो गया और मैं फिर बिदक गया। क्योंकि मेरे किताबी इल्म के मुताबिक लड़कियाँ अक्सर अपने बाप पर जाती हैं।

मगर इन सारी मूर्खताओं से अलग और इनसे ऊपर भी एक मूर्खता है मेरी, जिससे मूर्खता कहके भी छुटकारा पाना कठिन है। कैसे बताऊँ—असल में, मैं यह जानता ही नहीं कि मैं क्या चाहता हूँ। दरअसल में एक शंकाग्रस्त प्राणी हूँ और शादी, मुझे लगता है, अँधेरे में एक छलाँग है। मेरी कल्पना-शक्ति ही मेरी दुश्मन है। मुझे लगता ही नहीं, मेरे साथ कभी भी, कुछ भी अच्छा घटित हो सकता है। अज्ञात का भय मुझ पर इस तरह सवार रहता है कि मैं कोई निर्णय नहीं ले पाता : सदा दुविधा में पड़ा रहता हूँ।

ऐसे में श्रीमती आशा रावत ने जब मेरा योगक्षेम वहन करने का जिम्मा अपने ऊपर ले लिया तो पहली बार मुझे लगा कि अब मुझे कुछ भी देखना-सुनना नहीं है; बस, आँखें मूँदकर बहन जी को आत्मसमर्पण कर देना है। नहीं तो अपनी तरफ से मैं शादी का इरादा लगभग छोड़ ही चुका था।

यों भी मैं अब पैंतीस पार कर चुका। सुंदर पत्नी की लालसा भी कब की शिथिल पड़ चुकी। अब यह दूसरी बात है कि आशा बहन जी ने मुझे अपने स्कूल का एक ग्रुप फोटोग्राफ जबर्दस्ती थमा दिया था, जिसमें कई सारे चेहरों के बीच वह उनकी खोज—यानी कुमारी विमला थपलियाल—भी बाकायदा विराजमान हैं और बड़े ठसके से विराजमान हैं। आशा जी को छोड़ दें, तो उनमें सबसे दर्शनीय वो ही कही जाएँगी।

"तो ठीक है", मैंने कहा —"आप उसकी जन्मकुंडली भिजवा दीजिए।" दरअसल मेरा तो इन बातों में कतई यकीन नहीं है; मगर, जैसा कि आप सब जानते ही होंगे, हमारे यहाँ शादी-ब्याह ज्यादातर इसी तरह तय होते हैं। मैं घर से बाहर जरूर हूँ। मगर इतना बाहर भी नहीं हूँ कि घर के लोगों की एकदम उपेक्षा कर जाऊँ। संयोगवश मेरी कुंडली भी जरा टेढ़ी है और आसानी से नहीं मिलती। तो जब विमला जी के घरवालों के जरिए मेरे यहाँ कुंडली पहुँची तो पता चला उनका मिलान ही नहीं हो रहा है। लड़की मंगली है इत्यादि"'। अब, मेरे स्कूल के जो पंडित जी हैं, उनके संग-दोष से मुझे भी इस बकवास में थोड़ी दिलचस्पी हो चली थी। श्रीमती आशा रावत ने जाकर अपनी सहयोगिनी को खबर दी, तो सहयोगिनी सीधे मसूरी यानी अपने घर पहुँची और वहाँ से अपनी कुंडली की मूल प्रति लाकर उसने आशा जी को थमा दी कि इससे मिलाएँ—यही असली कुंडली है। पंडित जी ने वो कुंडली मिलाई तो जाने कैसे गुंजाइश निकल आई। कोई चरण-वरण उन्होंने बताए, जिसमें शादी हो सकती है। जब आशा जी शनिवार की रात अपने घर आईं तो मैंने यह शुभ समाचार उन्हें दिया और कहा कि अभी यह अपने तक ही रक्खें—लड़की को न बताएँ। उन्होंने हामी भर दी। लेकिन मुझे इसमें संदेह है कि बात उनके पेट में पची होगी। जब घर को यह संवाद भेजा तो वहाँ से मेरी बड़ी भाभी का संदेशा आया कि तुम फलानी तारीख को मसूरी पहुँचो। मैं खुद लड़की को देखकर बात पक्की करना चाहती हूँ। तीनों भाइयों और दोनों भाभियों के शिखर-सम्मेलन में ही यह फैसला किया जाएगा। यहाँ मैं यह बता दूँ कि मेरे मँझले भाई मसूरी में ही हैं और चूँकि माता-पिता दोनों ही स्वर्ग सिधार चुके हैं, इसलिए घर में शासन बड़ी भाभी का ही चलता है। अंतिम निर्णय भी उन्हीं का होता है। चूँकि मैं इस बार

काफी निश्चित था, इसलिए लिख भी दिया था मैंने कि आपकी हाँ मेरी हाँ और आपकी ना मेरी ना।

तो इस तरह भूमिका बाँधकर जब मैं शिखर-सम्मेलन में भाग लेने अपने गाँव से मसूरी जानेवाली बस में चढ़ा, तो क्या देखता हूँ कि बस में विमला जी पहले से ही विराजमान हैं। अब आप पूछेंगे कि मैं उन्हें कैसे पहचान गया ? देखिए, बात दरअसल यह थी कि इन आशा बहन जी से मैंने लाख कहा कि आपने देखा सो मैंने देखा; मुझे अब अलग से उनको देखने या उनसे बात करने की कोई जरूरत नहीं। मगर वे नहीं मानीं, सो नहीं मानीं और कोई छः माह पहले की बात है, जब जाड़े की छुट्टियाँ लग रही थीं, वे विमला को अपने घर लिवा ले आईं और अगले दिन एक ही बस में उन्होंने हम दोनों को चढ़ा दिया। जबकि मुझे बिल्कुल उलटी दिशा में, यानी अपने घर जाना था और मसूरी जाने का कोई तुक नहीं था, वे जिद पर अड़ गईं कि नहीं। साथ-साथ यात्रा करोगे तो लड़की को अच्छी तरह देख-भाल भी लोगे। और विमला को मैंने कुछ बताया थोड़े ही है, जो इस तरह शरमा रहे हो। ऐसा मौका फिर कहाँ मिलनेवाला है।

तो जनाब, पूरे चार घंटे तक मैं अपनी होनेवाली मँगेतर के ठीक पीछेवाली सीट पर बैठा उनकी हर गतिविधि को भाँपता रहा। यह उस वक्त की बात है, जब कुंडली-वुंडली कुछ भी बीच में नहीं आई थी। परिचय भी वहीं बस-स्टैंड पर हुआ—आशा बहन जी की इस विस्मित किलकारी के साथ कि अरे तिवारी जी, आप भी इसी बस से जा रहे हैं ? चलो अच्छा ही हुआ विमला, तुम्हें घर का साथ मिल गया। भाई साहब, मेरी सहेली का खयाल रखना। हाँ, इन्हें बस-सिकनेस बहुत होती है। पीठ-वीठ भी सहलानी पड़ सकती है। क्यों विमला ?"विमला बेचारी एक झेंपभरी मुस्कुराहट के सिवा और कह क्या सकती थी जवाब में।

तो साहब, इस तरह शुरू हुआ हमारा प्रेम-प्रसंग। और यहीं तक एक तरह से वह सीमित भी हो रहा, क्योंकि फिर विमला जी से उसके बाद मेरी भेंट ही नहीं हुई। बस, आशा-सेतु के सहारे ही हम किसी तरह जुड़े रहे। विमला जी कितनी गंभीर और शालीन हैं, यह तो मुझे उस बस-यात्रा के दौरान ही पता चल गया था। जो थोड़ी-सी बातचीत हुई, वह इसलिए यादगार

बन गई कि हमारे विचार भी मिलते-जुलते थे और पसंद-नापसंद भी। जैसे, टी. वी. से मुझे एलर्जी थी, उसी तरह, पता चला, विमला जी को भी है। जैसे सूरदास मुझे तुलसीदास से ज्यादा पसंद थे, उसी तरह उन्हें भी। जैसे मुझे बाजार की बनी चीजें नापसंद थीं, वैसे ही उन्हें भी। वैसे मैं यात्रा में बड़ा चटोर हो जाता हूँ। मगर विमला जी पर अपनी सात्विकता की छाप बिठाए रखने के लिए मुझे रास्ते-भर खामखाह मन मारकर रहना पड़ा। बस, जो थोड़ी-सी लीचियाँ वे अपनी बास्केट में लिए हुए थीं, उन्हीं को टूँगते रहे। एक जगह मैंने आलू-रायते का प्रस्ताव डरते-डरते रक्खा भी, तो उलटे उलाहना सुनने को मिला कि ऐसे ही अंटशंट खाते रहने से तो आपको गैस की शिकायत रहती है। सफर में तो और भी परहेज चाहिए।···मैं तो सुनके चकरा गया। तो···आशा बहन जी ने उन्हें यह भी बता दिया ? भला यह भी कोई बताने की चीज थी ? बताना ही था तो कुछ अच्छी बातें बतातीं।

जैसा कि मैंने बताया, यह घटना छह माह पूर्व की है। तो पूरे छह माह बाद विमला जी और मैं फिर से एक ही गाड़ी में सवार थे और वह भी बिल्कुल अगल-बगल में। मैं तो एकदम ही नर्वस हो गया था। मगर विमला जी ने पूर्व-परिचित होने का इतना कम आभास दिया कि मुझे मायूसी होने लगी। तुरंत फिर मेरे भीतर यह बात कौंध गई कि हो न हो, इन्हें आशा बहन जी ने सिगनल दे दिया है कि कुंडली मिल चुकी है और अब ये भाई साहब आगे बात पक्की करने के लिए ही मसूरी पधार रहे हैं। तो बस, अब मामला तय ही समझो।

ओ हो ! जरूर यही बात होगी, वरना इस अभिनय की क्या जरूरत थी। बेचारी सहज स्वाभाविक आचरण करे भी तो कैसे ? मुझे आशा जी पर बड़ा गुस्सा आया। सारा मजा किरकिरा करके रख दिया। इतनी जल्दी बताने की क्या जरूरत थी। अपनी बड़ी भाभी का कोई भरोसा नहीं। पता नहीं, कब क्या नुक्स निकाल दें, कब क्या प्रपंच ऐन मौके पै खड़ा कर दें। सचमुच औरतों के पेट में कोई बात नहीं पचती।

मैं इसी सोच में पड़ा था कि अचानक क्या देखता हूँ कि विमला जी खिड़की से सिर बाहर निकाले अजीब ऊपर-नीचे हो रही हैं। एकाएक पिछली यात्रा में दी गई वह हिदायत मेरे भीतर गूँजने लगी—'बस-सिकनेस। पीठ

भी सहलानी पड़ सकती है।'…बस तो, अचानक क्या देखता हूँ कि मेरा हाथ अनायास विमला जी की पीठ पर चला गया है और उसे हौले-हौले सहला रहा है। विमला जी को उस तरह उलटी नहीं हो रही है, मगर काफी बेचैनी है और वे मुझे या मेरे हाथ को भी बरजने का कोई उपक्रम नहीं कर रही हैं। मैं प्रेम से उनकी पीठ सहलाता रहा और मनाता रहा कि उनकी बेचैनी दीर्घायु हो। इतने में वह अधबीच का स्टेशन आ गया और मैं दौड़कर एक प्लेट रायता ले आया—"लीजिए, इससे आपका जी मिचलाना बंद हो जाएगा।" विमला जी की आँखें पहली बार मेरी आँखों से मिलीं। एक लजीली और बहुत प्यारी-सी मुस्कान उनके होंठों पर उभरी और एक आज्ञाकारी बच्चे की तरह उन्होंने प्लेट मेरे हाथ से ले ली। मैं निहाल न होता तो क्या होता।

जान-बूझकर ही मैं सीधे अपने मँझले भाई साहब के घर नहीं गया। रात अपने दोस्त के यहाँ ही बिताकर अगले दिन तीसरे पहर ही वहाँ पहुँचा। मेरे पहुँचने से पहले ही वहाँ वह कांड घटित हो चुका था, जिसकी मुझे आशंका थी। बड़ी भाभी मँझली भाभी को लेकर सुबह-सुबह लड़की के घर जा धमकी थीं और नेगेटिव रिपोर्ट लेकर आई थीं। पता चला, जाते ही पहले तो उन्होंने उस बेचारी को लताड़ा कि मूल कुंडली क्यों भेजी और वह भी हमारे पास न भेजकर सीधे लड़के के पास ? जब नकल नहीं मिल रही थी तो असल कैसे मिल गई ? फिर अचानक लड़ियाने लगीं—"तेरी तो बड़ी तारीफ सुनी है री ! सुना, बहुत अच्छी टीचर है तू। मगर तेरे बाल इतने कम क्यों हैं ? पहले इस रूसी का इलाज तो कर।" फिर जैसे ही चाय आई, बिना कुछ खाए-पिए उठ आईं—यह कहते हुए कि भई, कुंडली तो मिली नहीं। मगर लल्ला जी का मन है तो वो जानें, उनका काम जाने। तुम लोग भी सोच लो, समझ लो, अपने पंडित जी की भी राय ले लो। कल को कुछ हुआ तो हम जिम्मेदार नहीं।…

बात इतनी ही होती, तो भी गनीमत थी। मगर अगले दिन सुबह-सुबह ही जिस तरह बड़ी भाभी अचानक भाई साहब को लेकर चल दीं और मँझले-मँझली भी अजीब ढंग से चुप्पी साधे रहे, उसी से मुझे खटका हो गया कि कुछ और चक्कर भी है। पर वह क्या है, यह साफ-साफ कोई भी बताने

के मूड में नहीं नजर आ रहा था। जब मँझले भाई दफ्तर चले गए तो मैंने मँझली भाभी को पकड़ा और कहा, "साफ-साफ बोलो, क्या चाहते हो ?" तो मँझली भाभी आँखों में आँसू भर लाईं। कहने लगीं—"देवर जी, लड़की तो बहुत ही अच्छी है। सभी उसकी बड़ाई करते हैं···मगर, क्या बताऊँ देवर जी, तुम्हारा भाग्य देखके तो मुझे रोना आ रहा है।"···और उन्होंने सचमुच रोना शुरू कर दिया। मैं पत्थर की तरह बैठा रहा। आँसू पोंछकर फिर बोलीं—"असल में···इनकी एक फुफेरी बहन है ना, जिसके माता-पिता दोनों मर गए, वह भी इन्हीं के साथ रहती है। और वह फुफेरी बहन ना, देवर जी, सारी मसूरी में बदनाम है। उससे शादी भी नहीं करता कोई, इसीलिए। देवर जी, बड़ी भाभी को तो पता नहीं था। मगर हम तो सब जानते हैं ना। आप किसी से भी पूछ लीजिए।"

"मगर भाभी"—मैंने कहा, "वह लड़की अच्छी है तो हमें फुफेरी बहन से क्या करना है ? हुआ करे बदनाम···इससे हमको क्या ?"

मँझली भाभी के रुँआसे चेहरे पर मुस्कुराहट खेलने लगी—"मुझे पता है देवर जी, तुम्हारे मन भा गई है वह; और वह भी तुमको चाहती है; मगर देवर जी···ऐसा है कि शादी-ब्याह के मामले में सभी कुछ देखना पड़ता है। हमारे भी लड़कियाँ हैं। इज़्ज़तदार परिवार हो, यह तो देखना ही पड़ेगा ना ?"

मैं बुरी तरह बिफर गया, "ठीक है। तो आप बने रहिए इज़्ज़तदार। मगर···खबरदार, अबसे आगे कभी मेरी शादी-वादी की बात भी की तो···"

मँझली भाभी मेरी बाँह पकड़े 'सुनो तो देवर जी ! सुनो तो देवर जी···' करती रहीं। मगर मैंने उनका हाथ झटका, कोट कंधों पर डाला और सीधे अपने दोस्त के घर पहुँचा। सारा वृत्तांत सुनके दोस्त सोच में पड़ गया। "देख, ऐसा है," वह बोला, "रिपोर्ट गलत तो नहीं है। वह फुफेरी बहन सचमुच ही बदनाम है। 'कॉलगर्ल' ही समझ ले। और उसके मामा लोग भी, पता नहीं क्यों उसे निकाल बाहर नहीं करते। अब तू सोच ले। इतना तो मैं भी तुझे कह सकता हूँ कि विमला बिल्कुल अलग कैरेक्टर है। यह माया बीच में नहीं होती, तो अभी तक कभी की हो गई होती उसकी शादी। बदनामी के डर से ही उसे कोई नहीं माँगता। और बेचारी अट्ठाईस की होने

आ गई। मगर यार, बड़ी हिम्मत दिखाई उसने—तुझे अपनी तरफ से कुंडली भेजके। तूने दिखाई अपने पंडित जी को ? क्या कहते हैं वे ?"

"पंडित जी ?"—मैंने कहा, "पंडित जी तो कहते हैं, गुंजाइश है।"

"मगर यार, यही तो मेरी समझ में नहीं आता। जब नकल नहीं मिली तो असल कैसे मिल गई ? मुझे तो इसमें कुछ घुटाला नजर आ रहा है। चल, ऐसा करते हैं—मैं तुझे यहाँ के सबसे जानकार ज्योतिषी के पास ले चलता हूँ। उन्हें तेरी और विमला की—दोनों की जन्मपत्री दिखाते हैं। जा, ले आ घर से।"

मैंने कोट की जेब में हाथ डाला और दोनों जन्मपत्रियाँ दोस्त के सामने पटक दीं। दोस्त हँसने लगा, "अच्छा ! तो बात यहाँ तक पहुँच गई कि तू उसकी जन्मपत्री तक हरदम छाती से चिपकाए रहता है।"

"नहीं-नहीं।"...मैं बुरी तरह झेंप गया, "असल में...मैं तेरे पास इसीलिए तो आया था कि..."

"अरे, तो इसमें शरमाने की बात क्या है ?" दोस्त बोला।

"चल..." उसने हाथ-घड़ी पर नजर डाली, "जल्दी चल। अभी मिल भी जाएँगे वे ठिकाने पर।"

हम दोनों चल दिए। बड़े बाजार से एक गली भीतर को मुड़ती थी। उसमें दाखिल होते ही एक लड़की अपने घर की सीढ़ियाँ उतरती दिखाई दी। "वो देख," दोस्त ने मेरी बाँह पकड़कर फुसफुसाते हुए कहा, "वो रही उसकी बदनाम फुफेरी बहन।"

मैंने देखा—हमारा रास्ता काटकर सामने की दर्जी की दुकान की ओर बढ़ती हुई उस लड़की को। कॉलगर्ल ? क्या इसी को 'कॉलगर्ल' कहते हैं ? मुझे तो इसमें कोई ऐसी विशेषता नहीं लगती। फिर भी जब सभी कह रहे हैं, तो होगी।

एक हलवाई की दुकान के पास पहुँचकर दोस्त ठिठक गया। वहाँ एक दाढ़ीवाले गोरे-से वयोवृद्ध सज्जन बैठे थे।

"आओ भई, आओ," दोस्त उनके पास जाकर बैठ गया। मैं वहीं खड़ा-खड़ा उस लड़की का मुआयना करने की कोशिश कर रहा था। इतने में, अचानक मुझे लगा वह लड़की तो जाने कब से मुझी को निहारे जा रही

है। मैं हड़बड़ाकर दुकान के भीतर घुस गया। पर वे दो आँखें मुझसे चिपक-सी गईं। बालूशाही बनाने में व्यस्त हलवाई के चेहरे में भी उसी का चेहरा दिख रहा था, दोस्त की ओर देखा, तो वहाँ भी, और पंडित जी के चेहरे में भी वही चेहरा दिखने लगा। मैं तो त्रस्त हो उठा। यह मुझे हो क्या गया है।

"असल में, इन्हीं की जन्मपत्री अशुद्ध बनी है," पंडित जी कह रहे थे, "यह देखिए," वे मेरी जन्मपत्री पर एक नक्शा खींचते हुए बोले, "यह रही इनकी सही जन्मपत्री।"

दोस्त ने मेरी ओर देखा। मैंने भी सिर हिलाया और कहा, "आप बिल्कुल ठीक कह रहे हैं। हमारे स्कूल के पंडित जी भी यही कह रहे थे। उन्होंने इसे ठीक करके दूसरी जन्मपत्री बनाके दी थी। वह उन्हीं के पास रह गई।"

"उसे उन्हीं के पास रहने दीजिए," पंडित जी बोले, "आप किसी को भी दिखला लीजिए। आपकी असली जन्मपत्री यही है।"

अब पंडित जी ने लड़की की जन्मपत्री उठाई और जाने क्या गुणा-भाग करके पाँच मिनट में ही अपना निर्णय सुना दिंया—

"बहुत सुंदर मिल रही है पत्री। बस, लग्न का दिन-मुहूर्त बहुत सोच-विचार के ही तय करना पड़ेगा। एक खास चरण में ही विवाह संपन्न होना शुभ है।"

"कोई असामंजस्य तो नहीं है ?" दोस्त ने चिंता प्रकट की।

"नहीं नहीं। सब ठीक हो जाएगा। कोई चिंता की बात नहीं। मगर..." पंडित जी हौले-से फुसफुसाए, "यह कन्या कौन है ? पहचान तो रहा हूँ मैं। मगर थोड़ा भ्रम में पड़ गया हूँ।"

दोस्त ने बताया। पंडित जी के कान में। पंडित जी बैठे-बैठे उछल पड़े—"अरे ! गणेश की लड़की इतनी बड़ी हो गई ? तुम्हें पता है, गणेश की बारात में मैं भी गया था। अब तो गणेश भी नहीं रहा...। ओहो रे ! समय जात नहीं लागत बारा।" वे एक क्षण ध्यानमग्न, खोए-से बैठे रहे। फिर अचानक अपना मुँह दोस्त के कान के पास ले जाकर फुसफुसाए—"बारात लेके यहाँ मत आना। लड़कीवालों से कहना—लड़की को लेके वहीं आ जाएँ—कोटद्वार। वहीं से शादी करें। समझ गए ना ?"

"समझ गया," दोस्त ने पंडित जी के मुख पर छाई रहस्यपूर्ण मुस्कान के

उत्तर में उतने ही महत्वपूर्ण ढंग से मुस्कुराते हुए कहा। "अच्छा पंडित जी, बहुत-बहुत धन्यवाद। चलता हूँ। आपका आशीर्वाद चाहिए।"

"सब मंगल है, आनंद है," पंडित जी बोले, "कोई चिंता की बात नहीं। बस, जैसा मैंने कहा, उसी तरह करने का।"

"सुन लिया ना तुमने, पंडित जी ने क्या कहा ?" गली से बाहर निकलते ही दोस्त मुझसे बोला। मैं चुप रहा। मेरी आँखों के सामने अब भी वही फुफेरी बहन खड़ी थी। मुझे आर-पार बींधतीं वे एक जोड़ी आँखें।

"क्या सोच रहे हो ?" दोस्त ने मुझे झकझोर दिया, "बड़े परेशान-से नजर आ रहे हो।"

"नहीं तो !"—मेरे मुँह से निकला। परेशान ! क्या मैं सचमुच परेशान हूँ ? किस बात की परेशानी ?

"देखो भई," दोस्त कह रहा था, "पंडित जी से मिलके मेरी शंका का समाधान तो हो गया। बाकी, ऐसा है नरेन, तुम्हें हिम्मत तो बाँधनी पड़ेगी। भई, जात-बिरादरी का मामला है। बदनामी से सभी डरते हैं। तुम तो अपने मन को टटोलो। रत्ती-भर भी दुविधा हो मन में, तो यह रिस्क उठाने की जरूरत नहीं। दुनिया में लड़कियों की कोई कमी नहीं है।"

"मगर मेरे लिए तो है," पता नहीं, कैसे मेरे मुँह से निकल गया, "ठीक है। मुझे इस चक्कर में पड़ना ही नहीं है। मैं ऐसे ही ठीक हूँ।"

"फालतू बात मत करो," दोस्त ने मेरी पीठ पर धौल जमाते हुए कहा, "विवाह के लिए इतना उत्सुक तुम्हें पहले कभी नहीं देखा था। इतने दिनों बाद तुम्हारा कहीं तो मन अटका और वह लड़की भी, लगता है तुमको चाहने लगी है। वरना, हम लोगों के घर की लड़कियाँ इतनी हिम्मत कहाँ दिखा पाती हैं ?"

"इसमें हिम्मत की बात क्या है ?" मैंने झल्लाकर कहा, "वह तो निराशा के कर्तव्य जैसी बात हुई। इसमें चाहने-न चाहने का प्रश्न ही कहाँ उठता है। तुम बेकार की बात मत करो।"

दोस्त हैरान-सा मुझे ताकने लगा, "तुम ऐसा समझते हो, तो ठीक है।

लगता है, डर गए हो।"

"कौन कहता है मैं डर गया हूँ ?" मैं बिगड़ गया, "मुझे किसी की परवाह नहीं है। मुझे शादी करनी होगी तो जहाँ चाहूँगा, करूँगा। नहीं करनी होगी तो नहीं करूँगा।"

"तो ठीक है," दोस्त बोला, "तब फिर पंडित जी को भी छोड़ो। मेरी मानो तो कोर्ट मैरिज कर लो। या फिर यहीं आर्यसमाज में..."

"देखी जाएगी," मैंने कहा, "अभी इस बारे में मैं कोई बात नहीं करना चाहता।"

दूसरे ही दिन—बिना अपने दोस्त को बताए या उससे विदा लिए—मैं अपने स्कूल के गाँव वापस लौट गया। श्रीमती आशा रावत से मिलकर सारा किस्सा उनको बताया। आशा जी ने मेरे चेहरे पर जाने क्या पढ़ा, मानो मुझे दिलासा देती हुई कहने लगीं, "छोड़िए तिवारी भय्या ! मैं विमला से साफ कहे देती हूँ कि भई, ये वाली कुंडली भी नहीं मिल रही है। और बिना कुंडली मिले तिवारी जी के घरवाले तैयार नहीं होंगे।"

एक क्षण मुझे अपने कानों पर विश्वास ही नहीं हुआ। आशा जी यह कह क्या रही हैं ?

"कुंडली तो मिल ही गई थी आशा जी। खामखाह उस बेचारी से झूठ क्यों बोला जाए ? आप पहले मेरी बात तो समझने की कोशिश कीजिए। मेरा साथ तो दीजिए।"

आशा जी ने अजीब ढंग से मुँह बिचकाया, "इसमें साथ देने की क्या बात है तिवारी भय्या ? जानते-बूझते आप मक्खी क्यों निगलते हैं ? छोड़िए, हटाइए। कोई और सही।"

मेरा मन हुआ चीख पड़ूँ—'कोई और ! कोई और !...अभी कल तक विमला आपके लिए संसार की सबसे आदर्श लड़की थी। और आज वह मक्खी हो गई। क्यों ? किसलिए ?'

मगर मेरे मुँह से बोल नहीं फूटा। उस क्षण मुझे सारा संसार निस्सार जान पड़ा। आशा रावत, बड़ी भाभी, मँझली भाभी, पंडित जी, यहाँ तक कि मेरा वह दोस्त तक सबके सब एक ही थैली के चट्टे-बट्टे जान पड़े। ठीक है, मैं अकेला हूँ एक तरफ और सारी दुनिया दूसरी तरफ। मैं इस चुनौती से अकेले

निपटूँगा। बिना किसी की मदद लिए।

बत्ती बुझाकर जैसे ही मैं लेटा, घुप्प अँधेरे में फुफेरी बहन की वे आँखें चमकने लगीं। क्या सचमुच वह कॉलगर्ल है ? क्या विमला को उसके बारे में सबकुछ पता नहीं होगा ? उसकी उपस्थिति में भी जाने कैसे-कैसे लोग आते होंगे। नहीं भी आते होंगे तो क्या वह विमला को उनके बारे में नहीं बताती होगी ? बेचारी विमला पर क्या इन सब बातों का कोई असर नहीं पड़ता होगा ? आखिर रहते तो एक ही घर में हैं । छोटा-सा तो घर है। क्या पता एक ही कमरे में सोते भी हों। हे भगवान।...

मैं बुरी तरह छटपटा उठा। विमला की भोली मुखाकृति को जितना ही अपनी आँखों के आगे प्रत्यक्ष करने की कोशिश करता, उतना ही उसकी जगह फुफेरी बहन का चेहरा आ जाता।

रात भर मैं सो नहीं सका। दूसरे दिन उठते ही मैंने विमला को संबोधित करते हुए एक लंबी चिट्ठी लिखी, जिसमें मैंने अपने रिश्तेदारों की टिप्पणियाँ, दोस्त की सलाह और खुद अपने मन का कच्चा चिट्ठा पेश करते हुए अंत में अपना निश्चय व्यक्त किया था कि इस सबके बावजूद मैं उससे विवाह करने को तैयार हूँ। बशर्ते वह भी कोर्ट मैरिज के लिए राजी हो जाय।

एक हफ्ता, दो हफ्ता, यहाँ तक कि तीन हफ्ते बीत गए—चिट्ठी का कोई जवाब नहीं लौटा। यह सोचकर कि चिट्ठी कहीं इधर-उधर गुम न हो गई हो, मैंने एक दूसरी चिट्ठी इस बार पहले से संक्षिप्त—लिखके पठाई। मगर वह भी अनुत्तरित ही रही।

आशा जी के मार्फत संदेश भिजवाने का कोई अर्थ नहीं था। फिर भी थककर, हारकर मैं एक दिन उन्हीं की शरण में गया और प्रार्थना की—आप कृपया विमला जी से पूछें, मेरी चिट्ठियाँ उन्हें मिलीं कि नहीं ? अगर मिलीं, तो वे उन चिट्ठियों का जवाब क्यों नहीं दे रही हैं ?

आशा जी विस्फारित आँखों से मुझे देखती रह गईं। शायद उन्होंने सोचा होगा कि मैंने उनकी राय से प्रभावित होकर वह विचार कभी का त्याग दिया होगा। इतने दिन हो गए—कभी एक बार भी तो प्रकरण छिड़ा नहीं था। वे इधर आई भी नहीं थीं दो हफ्तों से।

''आपने विमला को चिट्ठी लिखी थी ? क्यों ?'' एकाएक उन्होंने पूछा।

अब इसका मैं क्या जवाब देता ? वही फिर बोलीं, "आप समझते हैं वह जवाब देगी। क्यों देगी ?"

"क्यों नहीं देंगी ?" मैंने कहा, "आप उनसे पूछिए तो सही।"

आशा जी का चेहरा सख्त पड़ गया, "तिवारी जी, आप कैसी बातें कर रहे हैं ? आप क्या औरत के घट में पैठ सकते हैं ? औरत की मुश्किल को औरत ही समझ सकती है।"

"खाक समझ सकती है," उनके स्वर की अप्रत्याशित रूक्षता ने मुझे भी गुस्सा दिला दिया, "इतने दिन हो गए, आपने एक बार भी उसका जिक्र किया ?"

"क्यों कहूँ ? उससे अब फायदा ?" आशा जी के स्वर में अवाक् कर देनेवाली कड़वाहट थी, "आखिर आपको उसे चिट्ठी लिखने की क्या जरूरत आ पड़ी थी ? आप उससे मिल चुके हैं। अजनबी नहीं हैं आप। सीधे उससे जाके बात नहीं कर सकते थे ? खैर, अब मुझे तो आप माफ ही करिए। आप दोनों के बीच मैं जब थी, तब थी। अब नहीं हूँ, यह समझ लीजिए।"

"ठीक है," मैंने कहा। और बात वहीं खत्म हो गई।

जब मैंने आशा जी से 'ठीक है' कहा था, तब मन में मेरे यही संकल्प था कि मैं चौबीस घंटे के भीतर ही विमला के आमने-सामने हूँगा। मगर चार-पाँच दिन निकल गए और मैं आज जाता हूँ, कल जाता हूँ, इसी में रह गया। समझ में नहीं आता था कैसे सामने पड़ूँगा ? क्या कहूँगा ? छोटे-से गाँव में⋯कितना अजीब लगेगा इस तरह उसके पास जा धमकना। लोग पच्चीस किस्म की बात सोचेंगे। बेचारी उलटे मुसीबत में पड़ जाएगी। आशा जी ही यह काम कर सकती थीं। क्यों नहीं मैंने वह चिट्ठी भी उन्हीं के मार्फत भिजवाई ? वे मना कर देतीं तो दूसरी बात थी। अब तो मैं खामखाह उनके भी सहयोग से वंचित हो गया। क्या करूँ ?

मेरी दुविधा का कोई अंत नहीं था। चार-पाँच दिन और निकल गए। छठे या सातवें दिन अचानक डाक में एक लिफाफा चला आया। अपरिचित लिखावट देखकर माथा ठनका। खोला तो भीतर अपने हाथ की लिखी दोनों चिट्ठियाँ मौजूद थीं और उनके साथ एक चिट भी। बगैर दस्तखत के।

"चिट्ठियाँ वापस की जा रही हैं। कृपया आइंदा मुझसे किसी तरह की

चिट्ठी-पत्री करने की कोशिश न करें।''

इस बात को भी अब महीना-भर होने को आया। मेरी उलझन जहाँ की तहाँ है। सबकुछ मेरी समझ से बाहर है। दोस्त के पास जाकर उसकी सलाह लेने को मन करता है। पर अजीब निराशा पहले ही मन को जकड़ लेती है। क्या होगा सलाह करके ? कहाँ कैसे क्या गलत हो गया, कुछ समझ में नहीं आता। कुछ करना है, करना चाहिए, यह बार-बार मन में आता है। मगर क्या करना है और कैसे करना है, यही नहीं सूझ पड़ता। विमला मुझसे क्यों रुष्ट हो गई—यह भी एक पहेली है। अपनी वे चिट्ठियाँ तो मैंने उसी क्षण फाड़ डाली थीं—झुँझलाहट और हताशा में। क्या लिखा था मैंने उन चिट्ठियों में ? इतना लंबा लिखने की मुझे क्या पड़ी थी। सब बातें इस तरह उगलने की मुझे आखिर जरूरत ही क्या थी ?

ठीक है—माना मैंने बहुत फालतू बकवास लिख दी। मगर फिर भी ऐसा कौन-सा पाप कर डाला ? कोई झूठ तो नहीं बोला। बेईमानी तो नहीं की। क्या विमला को मेरे ऊपर विश्वास नहीं ? उफ़ ! किस कदर हास्यास्पद बन गया हूँ मैं—अपनी ही नजरों में।

वे एक जोड़ी आँखें मेरा पिंड क्यों नहीं छोड़तीं ? मेरा क्या लेना-देना है उनसे ?

कहीं आशा रावत ने तो कुछ बीच ही में घोटाला नहीं कर दिया ? कौन जाने ! कहीं उन्हें इसी बात का तो डर नहीं लग गया कि मैंने डाइरेक्ट एक्शन क्यों लिया ? उन्हीं के मार्फत संदेश क्यों नहीं भेजा ? ठीक है, मुझसे थोड़ी उतावली हुई। पर क्या सारी गलती मेरी ही है ? उनका कोई दोष नहीं ? कैसे रूखे ढंग से पेश आई थीं मुझसे—यह क्या उनको याद नहीं ?

कोई गलतफहमी न उपजे, इसीलिए तो मैंने चिट्ठी में सब खुलासा कर दिया था। यह कैसा भाग्य है मेरा कि अपनी समझ से अच्छे के लिए कुछ करता हूँ, तो उसका भी उलटा ही परिणाम निकलता है।

कौन मुझे बताएगा, आखिर कहाँ क्या गलत हो गया ? यह पहेली कौन सुलझाएगा ? मैं विमला से मिलना चाहता हूँ। मिलने के लिए छटपटा रहा

हूँ। पर जाने क्यों, मेरी हिम्मत ही नहीं होती। उसे मेरी चिट्ठियाँ वापस करने की क्या जरूरत थी ? और वह चिट ? जैसे कोई खेल हो, जिसे खत्म कर रही हो। क्या मैं खेल कर रहा था ? इतनी निर्दय कैसे हो सकी वह ? हद है।...

सोचता हूँ, दोस्त के पास हो ही आऊँ। शायद वही कोई रास्ता निकाल सके। हालाँकि सच कहूँ तो मुझे वहाँ से भी कोई उम्मीद नहीं। लगता है, अपने जीवन की एक और बाजी मैं हार गया।

मान-पत्र

मलेसिया का कुरता और मलेसिया का पाजामा। मुझे याद नहीं मैंने सोहन चचा को कभी किसी और भेष में देखा हो। कल्पना भी नहीं की जा सकती कि वे जब जनमे थे तो बिना मलेसिया के ही जनमे थे। या कि जब स्वर्गारोहण करेंगे तो मलेसिया में ही नहीं करेंगे।

सोहन चचा का नाम 'सोऽहं' कब से पड़ा, यह तो सोहन चचा ही जानें। मैंने तो सुना-भर था अपने बचपन में कभी कि सुभाष बाबू जैसे दिखाई देनेवाले एक बहुत ही नफीस साधु की संगत जब से सोहन चचा ने की, तभी से उनके मुँह से 'जै राम जी' की जगह 'सोऽहं' सुनाई देने लगा। सोहन चचा यूँ तो साधु-महात्माओं के चक्कर में कभी नहीं पड़ते थे, उस बार न जाने कैसे पड़ गए।

उनके दोनो बड़े भाई जरूर साधु-महात्माओं की संगत करते थे। बड़े पुजारीलाल नियम से हर शनीचर को कैंची का चक्कर लगाते थे—नीमकरौली बाबा के दर्शनार्थ। मुहल्ले का हर कोई मानता था कि न केवल पुजारीलाल जी के बड़े लड़के की एक्साइज इन्स्पेक्टरी, बल्कि उनका अचानक एक दिन इक्कीस हजार नकद गिनके वकील श्यामलाल की कोठी का मालिक बन बैठना भी नीमकरौली बाबा के आशीर्वाद का ही चमत्कार था। मैं भी गया जरूर था एक बार कैंची, पुजारी चाचा के साथ ही। पाँव नहीं छुए, इस बात पर बेहद नाराज हुए थे और लौटकर मेरे पिता से मेरी इस बदतमीजी का बखान किया था। वह तो उनके छोटे भाई भवानी चचा ने, जो नार्मल स्कूल के हेडमास्टर थे और मेरे पिता के अंतरंग भी, उन्होंने मुझे मार खाने से बचा लिया था। ये भवानी चचा भी कम सतसंगी नहीं थे। मगर उनका 'टेस्ट'

थोड़ा अलग था। वे गाने-बजाने के शौकीन थे और ऐसे ही बाबा लोगों को ढूँढ़ते थे, जो गा-वा लेते हैं या कथा-पुराण बाँच लेते हैं।

मुझे कुछ ऐसा याद पड़ता है कि सोहन चचा का उस नकली या असली बाबा के साथ संपर्क भी खुद उनकी अपनी पहल के कारण नहीं हुआ था। यह तो पुजारीलाल ही थे जिन्होंने जाने कैसे उस रहस्यमय आश्रम की टोह पा ली थी और उसके योग-क्षेम का भार उठा लिया था। उन्होंने लौटकर सोहन चचा को बताया था कि बाबा और कोई नहीं, स्वयं सुभाषचंद्र बोस ही हैं। उस वक्त सोहन चचा सुभाष बाबू के बड़े भक्त थे। कुतूहलवश ही उन्होंने उस आश्रम में रसद पहुँचाने का जिम्मा ले लिया था। उन्होंने हमें जानकारी दी कि वे आम बाबाओं से एकदम अलग हैं; एक खास किस्म की बहुत लंबी सिगरेट बराबर उनके मुँह से लगी रहती है, जिसके धुएँ के बीचोंबीच वे इस तरह शोभित होते हैं जैसे बादलों में से कोई देवता झाँक रहा हो। यह भी, कि सोहन चचा तो सोहन चचा, बाबा के अंगरक्षक सरीखे विश्वासपात्र शिष्य भी लगभग दस गज की दूरी से ही उन्हें देख सकते या बात कर सकते हैं। कहना न होगा कि यह दूरी, और वह धूम्र-वलय मिलकर ही उसे रहस्य बनाए रखने में काफी सफल रहे। तभी तो सोहन चचा जैसा तेज आदमी भी बरसों इसी भ्रम को पाले रहा कि सोऽहं बाबा और कोई नहीं, खुद सुभाषचंद्र बोस ही थे।

कोई महीना-भर बाद ही एक दिन सोहन चचा ने आश्रम से लौटकर हाँफते हुए यह सनसनीखेज खबर दी कि सोऽहं बाबा रातों-रात अपने तीन शिष्यों समेत अंतर्धान हो गए हैं। सारे तंबू ज्यों-के-त्यों गड़े हैं जंगल में; कुर्सी-मेज और खाने-पीने का सामान तक ज्यों-का-त्यों पड़ा हुआ है, मगर बाबा वहाँ से नदारद हैं। कल शाम ही तो उनसे भेंट हुई थी सोहन चचा की। वे बाकायदा अपने धुएँ में लिपटे विराजमान थे सदा की तरह। कहीं कोई बात ही नहीं थी, कोई लक्षण ही नहीं था अगले दिन कूँच कर जाने का। दो नवयुवक जरूर दिखाई पड़े थे नए और वे एक नीले रंग की कार में बैठकर आए थे। मगर वह नीली कार तो कई बार दिखाई देती थी वहाँ। और कभी-कभी एक जीप भी। कल तो वह जीप भी वहाँ नहीं थी।

"अब देखना तुम," सोहन चचा हर आते-जाते को ललकारते, "अब देखना

तुम,···क्या होता है !'' उन्हें पक्का विश्वास था कि वह दिन दूर नहीं, जब सोऽहं बाबा सहसा अपना असली रूप प्रकट करते हुए भारत की राजनीति में एक धमाका करेंगे और रातों-रात सब कायापलट हो जाएगा।

मुझे अच्छी तरह याद है, मेरे पिता और एक-दो अन्य शक्की बुजुर्गों को छोड़कर पूरे मुहल्ले को सोहन चचा ने अपने इस अद्‌भुत आत्मविश्वास की छूत लगा दी थी। खुद सोहन चचा का खून उस बीच कम से कम दस पौंड बढ़ गया होगा। चीते की तरह फुर्तीले और नारद की तरह सर्वव्यापी हो गए थे सोहन चचा उन दिनों। अभी यहाँ खड़े हैं तो अभी वहाँ मुहल्ले के दूसरे छोर पर। और मुहल्ला ही क्यों, पूरा शहर ही, कहना चाहिए, उन दिनों उनकी गिरफ्त में था। कभी भी, कहीं भी उनकी चहचहाहट सुनाई दे जाती···।

''···सही मुहूर्त्त का ही सवाल है बस···देखना।''···

''अरे, तो कब आएगा यार, तेरे बाबा का मुहूर्त्त ?'' मेरे पिता उन्हें अक्सर टोक देते, ''जिसे कुछ करना होता है सोहनलाल, वह मुहूर्त्त-वुहूर्त्त नहीं देखता। उसके लिए हर मुहूर्त्त सही मुहूर्त्त होता है। समझा ?''

सोहन चचा मानो इस ललकार के लिए पहले से ही तैयार बैठे हों, इस तरह अपने चबूतरे से कूदकर बीच बाजार में खड़े हो जाते और अपनी बाईं कलाई को दाएँ हाथ की उँगलियों से बजाते हुए कहते—''तुम मुहूर्त्त की बात करते हो दद्दा ! मैं तो यहाँ अपनी नब्ज पर सुन रहा हूँ उसके कदमों की आहट को। तुमको नहीं सुनाई देगी दद्दा ! तुम तो, बस धमाका ही सुनोगे···।''

पिता जी हौले-हौले मुस्कुराते और अपने माथे को उँगली से छूते हुए बुदबुदाते—'धमाका तो···सोहनलाल, सिर्फ यहाँ होनेवाला है तेरे।'

सोहन चचा तब तक वापस उछलकर अपने चबूतरे पर चढ़ जाते और कमर पर हाथ रखके वही जुमले उछाल देते—''देखते जाओ दद्दा !···आखिर मैं भी यहीं हूँ। तुम भी यहीं हो। फालतू बहस से क्या फायदा !''

मगर देखते जाने की, मुहल्ले के सब्र की भी आखिर कोई सीमा थी। महीने पर महीने···पूरा साल गुजर गया और फिर भी सोऽहं बाबा के सुभाष बोस

में परिणत हो जाने की चमत्कारिक घटना की कहीं परछाईं तक नहीं दिखाई दी तो लोगों ने सोहन चचा को लताड़ना शुरू कर दिया। मगर यह देखकर लोगों के अचरज की सीमा न रही कि इस लताड़ का भी सोहन चचा पर कोई असर ही नहीं हो रहा है। वे अब भी उसी तरह मुस्कुरा रहे हैं और अपनी 'मिथ' को बचाने में जरा भी दिलचस्पी नहीं दिखा रहे। कुढ़कर लोगों ने उनका नाम ही बदल दिया। अब कोई भी उन्हें उनके असली नाम से नहीं पुकारता। सब 'सोऽहं' चिल्लाते। मगर सोहन चचा को इस पर भी कभी आपत्ति नहीं हुई।

मुहल्ले को क्या पता कि सोहन चचा के भीतर-ही-भीतर कैसी उथल-पुथल चल रही है ! पता तो तब चला, जब एक दिन उन्होंने अपने आराध्य के प्रति खुल्लम-खुल्ला विद्रोह कर डाला।

"अजी, ये बंगाली क्या जानें, राजनीति कहते किसे हैं," हमारी दुकान के सामने खड़े दो रामकृष्ण मिशन के साधुओं को देखकर सोहन चचा अचानक अपने चबूतरे से ही जाने किस अदृश्य श्रोता को संबोधित करते हुए चिल्लाए, "इनका कोई ठिकाना है ? कभी बर्लिन, कभी मास्को ! अच्छा हुआ, बहुत अच्छा हुआ जो हरवा दिया उसे महात्मा ने···"

साधुओं ने चौंककर बारी-बारी से सोहन चचा की ओर घूमकर देखा और हँसने लगे। पिता जी को भी हँसी आई और उनके होंठ भी फड़फड़ाए। मगर वे बोले तभी, जब साधु लोग सामान लेकर बिदा हो गए।

"यार सोहन, तू तो पहले कुछ और ही कहा करता था। त्रिपुरी का कलंक···और जाने क्या-क्या ! भूल गया उन गालियों को ? अब अचानक पलटी क्यों खा रहा है ?"

सोहन चचा हमारी तरफ पीठ किए दुकान के भीतर झाड़ू लगाने में व्यस्त थे। बिना अपनी जगह से हिले-डुले वहीं से डायलॉग बोलने लगे—

"इसमें पलटी खाने का क्या है ? सारी दुनिया पलटी खा रही है। मैं हूँ कौन 'पलटी कभी नहीं खाऊँगा' कहनेवाला ? अरे, द्रोण को हरवाने के लिए युधिष्ठिर तक से झूठ बुलवा दिया था कि नहीं ! क्यों बुलवाया था, तुम्हीं बताओ। उससे क्या कृष्ण कलंकी हो गए ?···ये तो महाभारत है दद्दा, महाभारत ! अब तो रामराज्य लाने के लिए भी महाभारत ही लड़ना पड़ेगा।"

"क्यों सोहनलाल, क्यों ?...इसमें महाभारत कहाँ से आ गया ?"

सोहन चचा इस वक्त टोके जाने के मूड में नहीं थे। अपनी ही रौ में फिर से चालू हो गए—

"तुम क्या समझते हो, महात्मा कोई परमहंस बनके लड़ाई के मैदान में उतरा था ? वो तो बनिए का बच्चा था और बनियों से निपटना जानता था। फालतू हीरोपना छाँटने से क्या फायदा !...'तुम मुझे खून दो; मैं तुम्हें आजादी दूँगा।'...अरे ! क्यों दो खून ? जबर्दस्ती ?...ये कोई अस्पताल है ? काली का थान है ? आदमी न हुए, बकरे हो गए। बुड्ढा समझ गया था ये गड़बड़ आदमी है। फाउल करेगा और खेल बिगाड़ेगा। इससे तो जवाहरलाल ही अच्छा है। थोड़ा तेज भागता है और पच्छिम की तरफ भागता है तो क्या हुआ ? दुनिया गोल है। आखिर में पहुँचेगा तो अपने घर ही। नहीं ! उससे वैसा खतरा नहीं है, जैसा इन छलछलाहट-बलबलाहटवाले काली के भक्तों से, बहुरूपियों से है।...क्या गलत सोचा उसने—क्या गलत किया उसने—तुम्हीं बताओ।"

सोहन चचा उठकर खड़े हो गए और एक हाथ कमर पर रक्खे, दूसरे हाथ से झाड़ू डुलाते हुए हमारी दुकान की ओर बढ़ने लगे, मानो अब हमारी ही बारी हो।

"इसका मतलब, सोहनलाल ! अब तू भी बापू का चेला बन गया। क्यों ?" पिता जी ने चुटकी ली।

सोहन चचा एकदम भड़क गए—"मैं किसी का चेला-वेला नहीं। मैं तो सिर्फ अपना चेला हूँ। समझे दद्दा ! सोऽहं !"

"मगर यार, ये मंत्र तो तूने सोऽहं बाबा से ही पाया था ना !"

"दद्दा, बेकार की बात मत करो। कोई बाबा-वाबा कौन होता है मुझे मंत्र देनेवाला ! हमारे ऋषि-मुनियों की ईजाद है 'सोऽहं'। किसी के बाप की जागीर नहीं।"

"तू तो नाराज हो गया यार !" पिता जी ने पुचकारते हुए फिर टुचकाया, "लगता है सोहनलाल, अब तूने सचमुच उम्मीद छोड़ दी है।"

"कौन कहता है !" सोहन चचा बौखला-से गए। फिर अपनी बौखलाहट पर खुद ही झेंपते हुए धीरे से मुस्कुराए और कहने लगे, "मैंने झूठ नहीं कहा

था दद्दा। मैं तो अब भी अपनी बात पर कायम हूँ। तुम आज भी मुझसे लिखके ले लो, वे थे तो नेताजी ही।''

''तो फिर ?'' पिताजी के माथे पर तीन सलवटें उभर आईं। ये तो, वही ढाक के तीन पात।

''तो फिर क्या !'' सोहन चचा पिता जी की हैरानी का मजा लेते हुए बोले, ''तुम तो बच्चों जैसी बातें कर रहे हो दद्दा ! ये क्या सुभाष बाबू का जमाना है ? बाबा समझ गया था मन-ही-मन, कि अब यहाँ उसके करने-धरने लायक कुछ नहीं बचा। उसके चेले-चपाटियों ने भी समझा दिया होगा उसको कि...'नो स्कोप बाबा, नो स्कोप।' बेचारा क्या करता ! मुझे तो पक्का यकीन है दद्दा, कि वो गुप्त रूप से जवाहरलाल से भी जरूर मिला होगा और जवाहरलाल ने उससे भी कुछ वैसी ही बात कही होगी, जैसी उसने करपात्री जी को कही थी—तुमको याद है ?''

''हाँ-हाँ, याद है।'' पिता जी अचानक झुँझला पड़े, ''करपात्री जी भजन करें...। जैसे भजन करना कोई खेल हो। मजाक हो। जो तुम्हारी समझ से बाहर है, तुम्हारे बूते का नहीं है, उसकी खिल्ली उड़ाना कितना आसान है ! सुभाष में कम-से-कम कुछ आदर-भरम तो था। ये तो बिलकुल ही नास्तिक है...ये नेहरू...।''

सोहन चचा जोरों से खिलखिला पड़े और 'अब तुम भी पलटी खा रहे हो !' कहते हुए विजेता की तरह अपनी दुकान की ओर वापस लपके। डायलॉग पूरा हो चुका था और अब वे काम पर लौट सकते थे। संतुष्ट और तृप्त।

सोहन चचा के 'डायलॉग' अभी तक मेरे कानों में गूँज रहे हैं। अपने बड़े भाई की दुकान में झाड़ू लगाते-लगाते वे काफी मुखर हो जाते थे—बशर्ते कोई सुननेवाला मिल जाए। मजाल कि कहीं एक कण भी धूल का उनकी झाड़ू की निगाह से बचा रह जाए। दो ही तो खब्त थे उनके—एक तो यह सफाई और दूसरा, अखबार। नहीं ! एक तीसरा खब्त भी था उनका। मगर उसकी चर्चा बाद में।

इतनी तन्मयता और इतने इत्मीनान से पूरे घंटे-भर तक झाड़ू लगाते मैंने किसी को नहीं देखा। वह भी अपनी नहीं, दूसरे की दुकान में। भले वह

दूसरा उनका भाई ही क्यों न हो।

मैं हर साल यहाँ आता हूँ और हर बार सोचता हूँ, इस बाजारू दड़बे में आकर डल जाने और वहीं दो महीने गर्क कर देने का मतलब क्या है। क्यों नहीं मैं हर हफ्ते किसी रमणीक स्थान की सैर करूँ ? हिलस्टेशन में घर होने का फायदा क्या ? सुबह की सैर जरूर होती है, बस। मगर शाम तो अक्सर बाजार में ही गुजरती है। बाजार भी कोई खास नहीं। लगभग वैसा ही, जैसा चालीस बरस पहले था। थोड़ी रँगी-चुँगी दुकानें जरूर नई चाल की दिखाई दे जाती हैं। मगर मैं उनके लिए बाजार नहीं आता। मैं तो सोहन चचा और उन्हीं जैसे कुछ और सदाबहार नमूनों से ही मिलने आता हूँ। पता नहीं, क्यों ?

और जब सोहन चचा और उन्हीं जैसे ये गिने-चुने लोग भी यहाँ नहीं रह जाएँगे, तब ? तब की तब देखी जाएगी।

जब 'चिलम' क्लब के सेक्रेटरी भवानीदास चाचा—यानी सोहन चचा के मँझले भाई साहब ने चिलम क्लब की चाबी नए लड़कों को सौंपने से साफ इनकार कर दिया और इतना ही नहीं, चाबी लेकर अपनी ससुराल, यानी नैनीताल भाग गए तो लड़कों ने क्या किया ?

लड़के सीधे सोहन चचा के पास फरियाद लेकर पहुँचे---"चाचा ! अब बताओ हम क्या करें ? हम बरसों से उजड़ी रामलीला और होली की बैठकों को जिंदा करना चाहते हैं। हम एक विचार-मंच आरंभ करना चाहते हैं। 'चिलम' में नए सिरे से नई जान फूँकना चाहते हैं। मगर हेडमास्साब कहते हैं, 'चिलम' इस काम के लिए नहीं है। कोई और जगह हम कहाँ ढूँढ़ें चचा ? इस पूरे बाजार में कहीं कोई जगह नहीं, जहाँ दस-बीस जने भी इकट्ठे बैठ सकें। बताइए हम कहाँ जाएँ।"

"अरे, मुझसे क्या पूछते हो बेटा !" सोहन चचा बोले, "मैं न पढ़ने में न लिखने में, न गाने में, न ध्याने में। मजदूर आदमी मैं···तुम्हें क्या बताऊँ ? भगवान ने तुम्हें अक्ल दी है। पढ़े-लिखे हो सबके सब। जो करोगे, ठीक करोगे। सिवा दिन-भर चिलम फूँकने, ताश फेंटने और फालतू की गप्पबाजी

के सिवा और अब रक्खा क्या है इस क्लब में ! तुम लोग उसे नहीं सँभालोगे तो और कौन सँभालेगा ? भाई साहब से, लगता है, तुमने ठीक से बात नहीं की। नाम का थोड़ा मोह तो होता ही है। डरते होंगे कि कहीं रही-सही साख भी क्लब की तुम लोग धूल में न मिला दो। लड़के जिम्मेदारी से काम करेंगे, इसका भरोसा तो हो पहले। आखिर वे भी तो हेडमास्टर हैं। लड़कों की परख नहीं होगी उनको ? तुम ढंग से उनसे बात तो करो।''

''चाचा ! हम तो कोशिश कर-करके हार गए। पूरी योजना ले जाके उनके सामने पेश की। वे उलटे हमारा मजाक बनाने लगे। कहने लगे—'चिलम' गाने-बजाने की जगह है; बहस करने की नहीं। बहस तो सड़क पर भी कर सकते हो ! उसके लिए कमरे की क्या जरूरत है ? लाख कहा कि गाना-बजाना तो चलता रहेगा, उसमें कोई कमी आने का तो सवाल ही नहीं है। हम तो सिर्फ उसका दायरा बढ़ाना चाहते हैं। ज्यादातर सयाने लोग, जिनमें कुछ उत्साह था, उमंग थी, वे सब स्वर्ग सिधार गए। क्लब वैसे भी उजड़ रहा है। उसे हमारे हाथ सौंपने से उसका उद्धार होगा। मगर वे टाल-मटूल ही करते रहे। अब आप ही उनसे हमारी सिफारिश कर सकें तो करें...''

सोहन चचा एकदम भड़क गए—''काहे की सिफारिश ! तुम लोग लड़के हो कि क्या हो ! 'चिलम' क्या किसी के बाप की जागीर है ? वह पूरे मुहल्ले की संपत्ति है। तुम सभी के पुरखों ने मिलके उसे बनाया था। पूरा मुहल्ला इसका गवाह है। क्लब तुम्हारा है, उन सबका है जो उसे चला सकें और आगे ले जा सकें।''

''तो, आपकी क्या सलाह है चचा ?''

''मेरी सलाह ?'' सोहन चचा ने उस लड़के को इस तरह घूरकर देखा जैसे उसकी बुद्धि पर तरस खा रहे हों, ''मेरी सलाह क्या पूछते हो ? जाओ और ताला तोड़ दो। खुले आम कब्जा कर लो उस पर। अभी, फौरन मेरे सामने।''

बस, फिर क्या था ! लड़कों ने उसी दिन ताला तोड़ दिया। इतना ही नहीं, भवानीदास चाचा को चिढ़ाने के लिए किसी मनचले ने दो तुकबंदियाँ भी इस घटना के उपलक्ष्य में ठोंक दीं—

चिलम का ताला टूट गया, सारा भंडा फूट गया

और,

जिधर है लड़का, उधर है तड़का
भवानी भय्या ! तू क्यों है भड़का ?

भवानी भैया भड़के तो अवश्य थे। मेरे सामने-सामने की ही बात है, ससुराल से लौटके जब भवानीदास चचा को वस्तुस्थिति का पता चला तो वे भागे-भागे सीधे हमारी दुकान पर पहुँचे और अपने भाई की ओर पीठ करके उन्होंने बिल्कुल परशुराम की तरह बौखलाते हुए 'बता जल्दी जनक राजा, ये शिवधनु का ने जर तोरा ?'...वाले अंदाज में मेरे पिता जी से पूछा—"ये किसकी करतूत है भगवान् ? तूझे कुछ मालूम है ?"

सोहन चचा उस वक्त पुजारी चाचा की दुकान को झाड़-पोंछकर बस निबटे ही थे। कमर पर हाथ रखके अपनी रीढ़ सीधी करते हुए वहीं से उन्होंने आवाज लगाई—"लड़कों का कोई कसूर नहीं है भाई साहब ! मैंने ही उनको बोला—क्लब तुम्हारा है, तुम्हारे पुरखों का है। किसी की जागीर नहीं।"

"ताले को हाथ किसने लगाया ?" भवानी चाचा गरजे।

सोहन चचा को हँसी आ गई—"अब इससे आपको क्या लेना है ? हाथ चाहे जिसने भी लगाया हो, ताला टूटा तो मेरे हाथ से ही। जो सजा देनी है, मुझे दो।"

बस, हेडमास्टर भवानीदास चचा ने उस दिन अपने छोटे भाई का बीच बाजार में वो खतडुवा किया कि शायद ही मुहल्ले के समूचे इतिहास में दो सगे भाइयों के बीच वैसा विचित्र और वैसा इकतरफा घमासान हुआ होगा। कितनी सुरीली और कितनी मजेदार लड़ाई थी वह ! एक तरफ भवानी चचा थे—तारसप्तक पर चढ़े हुए और दूसरी तरफ अपने सोहन चचा थे—मंद्र सप्तक पर गुनगुनाते हुए।

सोहन चचा को कभी अपने बड़े भाइयों से उलझते नहीं देखा गया था। शायद यह पहला और आखिरी मौका रहा होगा, जब लोगों ने उन्हें बड़े भाई को इस तरह जवाब और लगातार जवाब देते सुना था। शायद इसलिए इस अभूतपूर्व ऐतिहासिक घटना का साक्षी भी कोई इक्का-दुक्का नहीं, पूरा मुहल्ला था।

और पूरा मुहल्ला ही इस बात का भी गवाह है कि इस घटना के कोई दो महीने बाद जब 'चिलम' के नए पदाधिकारियों ने अपनी 'नई' रामलीला की तालीम शुरू की तो उस तालीम का पूरा जिम्मा हेडमास्टर भवानीदास को ही सौंपा गया। इतना ही नहीं, जानकार लोगों का तो यहाँ तक कहना है कि सिर्फ तालीम ही क्यों, उस वर्ष की लीला में कैकेयी की भूमिका भवानीदास चचा ने खुद अपने लिए माँगके ली थी।...'मैं तो तेरे लिए बेटा, लीनी जग में आज बुराई'—गाते-गाते, सुना, उनका कंठस्वर बीच में ही अवरुद्ध हो गया था।

और जब भवानीदास चचा एक दिन अचानक बिस्तर पर लेटे-लेटे साँस लेना भूल गए तो उनकी स्मृति को चिरस्थायी रखने का जो उपाय चिलम क्लब के नए सचिव हरिचरण को सूझा, वह भी कोई कम विचित्र और कम अभूतपूर्व न था। 'स्व. भवानी भाई मेमोरियल व्याख्यानमाला।'

मैं लालाबाजार से मल्लीबाजार की ओर लपका चला जा रहा था कि पाँव एकाएक ठिठक गए। लगा, जैसे पाँव तले जमीन के भीतर से आवाज आई हो—"लल्ला ! ओ लल्ला !"

मुझे अपने बचपन के नाम से पुकारा जाना सख्त नापसंद है। और मेरे बिना जताए ही मुहल्ले को यह पता भी चल गया है शायद, क्योंकि अब कोई मुझे उस नाम से नहीं बुलाता एक सोहन चचा को छोड़कर। हाँ, अगर किसी दिन सोहन चचा खुद मुझे मेरे असली नाम से पुकार बैठें, तो मुझे बिल्कुल अच्छा नहीं लगेगा। बहुत-बहुत अजीब लगेगा।

"किस धुन में हो लल्ला ?"—वे एकदम पास ही तो बैठे थे। वहीं बाजार के फर्श पर, पालथी मारे आराम से। उनके हाथ में तराजू था—"बस तुम्हारे लिए ही बचाके रक्खे थे। पहाड़ी आलू हैं। दो किलो होंगे बस।"

"दे दीजिए चाचाजी !" जेब से रूमाल निकालकर बिछा दिया मैंने, "कितने पैसे हुए ?"

"अरे तुमसे क्या नफा लूँ लल्ला ! बीस किलो आलू थे। पौने दो के भाव पटे थे। दो रुपए किलो बेचे। साढ़े चार रुपए जमा लिए। तुम साढ़े तीन

ही दे जाओ।''

''नहीं सोहन चचा, आप तो चार रुपए ही काटिए। काहे को नुकसान उठाएँगे ?'' मैंने पाँच का नोट उनकी तरफ बढ़ाते हुए आग्रह किया।

मगर सोहन चचा तो सोहन चचा। पूरा डेढ़ रुपया मुझे वापिस किए बिना उन्हें कैसे कल पड़े।

''और क्या हाल है लल्ला ? कहीं घूमने नहीं जा रहे हो ? भीमताल तक ही हो आओ। रेंजर साहब वहीं हैं। बढ़िया डाक बँगला रिजर्व कर देंगे।''

मैं चौंका। रेंजर साहब। सोहन चचा अपने लड़के को रेंजर साहब कब से कहने लगे !

''ये आपने अच्छा सुझाया चचा !'' मैंने कहा, ''मैं तो खुद कहीं अच्छी जगह ढूँढ़ने की फिराक में था। गणेश अपनी मदद कर सकता है; यह बात तो मुझे सूझी ही न थी। मैं आज ही उसे लिखता हूँ। चचा, आप गणेश के पास ही क्यों नहीं चले जाते ? इस उम्र में अब आपको आराम की जरूरत है।''

सोहन चचा का मुस्कुराता चेहरा एकाएक सख्त पड़ गया—''आराम की जरूरत यहाँ किसको है लल्ला ! जब तक हाथ-पैर चल रहे हैं, मुझे किसी का आसरा नहीं चाहिए।''

मैं कुछ हतप्रभ हो आया। इसमें आसरे की क्या बात है ?

''लल्ला ! मैं उन लोगों में नहीं जो औलाद के भरोसे अपना बुढ़ापा काटने की सोचते हैं। अरे, पढ़ाया-लिखाया तो क्या अहसान कर दिया ? तुम्हारी औलाद है, उसे आदमी बनाना तुम्हारा फर्ज है। फर्ज पूरा किया, छुट्टी हुई। अब वो जाने, उसका काम जाने।''

''मेरा वो मतलब नहीं था सोहन चचा !'' मैंने कहा।

''मैं तो एक बात कह रहा हूँ।'' सोहन चचा बोले, ''ऐसा है लल्ला, आदमी को स्वावलंबी होना चाहिए। मेरी तो भगवान से बस एक ही माँग रहती है। तुझे जब बुलाना हो, फौरन बुला लेना। मगर हाथ-पाँव चलते बुलाना। किसी का मोहताज मत बनाना मुझे।''

जाने सोहन चचा की आवाज में ऐसा क्या था कि मैं एकबारगी चौंक गया। कुछ बात है। जरूर कोई बात है। मगर क्या ? मैं कुछ समझ नहीं

पाया।

मैंने सोहन चचा के एक तीसरे खब्त का जिक्र किया था। वह तीसरा खब्त यही था, जिसे वे 'स्वावलंबन' कहते थे। बस यही एक भारी-भरकम शब्द हमने उनके मुँह से सुना है। पता नहीं, इस शब्द से उन्हें क्यों इतना लगाव था।

मगर मैं यह लगातार 'था' क्यों बोल रहा हूँ ? सोहन चचा इस साल पचहत्तर बरस के हो रहे हैं। 'चिलम' क्लब के अपने साथियों को मैंने ही तो सुझाया था कि अरे, सोहन चचा पचहत्तर पार करने जा रहे हैं। कुछ तो करो।"'नई बात थी ना, इसलिए वे लोग भी बड़े चक्कर में हैं कि क्या किया जाय। 'चिलम' के संविधान में—उसके क्षेत्र-विस्तार के बावजूद इस तरह का कोई प्रावधान नहीं है। मगर सचिव हरिचरण के दिल में मेरी बात बैठ गई है। समस्या मगर यह है कि इस 'स्वावलंबी' आदमी का अभिनंदन भी करें, तो कैसे करें ? उपहार वे लेंगे नहीं; खामख्वाह और बिगड़ेंगे। कैसे क्या किया जाय !

हाँ, सोहन चचा इस उम्र में भी हफ्ते में कम-से-कम एक बार गाँव-देहात का चक्कर काटते हैं। और जैसा पिछले पचास बरसों से वे करते आए हैं, उसी तरह मौसम के मुताबिक कोई एक सब्जी या दाल या कोई भी मौसमी फल एक टोकरे या बोरे में लाद लाते हैं और बाजार के फर्श पर कहीं भी बैठ जाते हैं। चार-पाँच रुपए से ज्यादा उन्हें कमाना नहीं है। अपने कुरते की जेब को वे इंपीरियल बैंक कहते हैं।

कितनी अजीब और अविश्वसनीय बात है ! सोहन चचा के बड़े भाई की आटे-चावल और घी-तेल की दुकान थी। इतनी बड़ी और इतनी चलती दुकान कि उसी के बूते पुजारी चाचा हवेली के मालिक बन बैठे। मगर सुबह से शाम तक उसी पैसे की खदान में बैल की तरह खटनेवाले सगे छोटे भाई का उसमें कोई हिस्सा नहीं। ऐसा क्यों ?

वह दुकान तो बहुत पुरानी थी। उनके बाप की जमाई हुई। बूढ़े दादा जी की भी मुझे खूब याद है। कितना चाहते थे वे सोहन चचा को। वही तो उनके लाड़ले थे। क्या उनकी कमाई तीनों भाइयों में नहीं बँटी होगी ? सोहन चचा का हिस्सा कहाँ गया ?

क्यों नहीं सोहन चचा ने अपनी अलग दुकान खोली ? क्यों उस जमाने में भी उस दुकान के चबूतरे के एक कोने में सोहन चचा का टोकरा अलग ही रक्खा रहता था—अपने अलग और बेमेल अस्तित्व की स्पष्ट घोषणा करता हुआ ?

फर्क अगर पड़ा है, तो बस इतना ही कि अब सोहन चचा को अपनी हाड़मारी की एवज में अपने भाई की दुकान के चबूतरे का वह कोना तक सुलभ नहीं। वह दुकान तो कभी की दूसरे को बेची जा चुकी। पुजारी चाचा को भला उसकी क्या जरूरत थी। वैसे तो जाने कितनी सारी दुकानें उन्होंने किराए पर उठा रक्खी हैं। और जिस कोठी में वे रहते हैं, उसमें चार-पाँच परिवार आसानी से समा सकते हैं।

क्या इतनी बड़ी दुनिया में इतनी कम जगह घेरकर भी कोई आदमी सोहन चचा की तरह जिंदा रह सकता है ?

सोहन चचा के दोनों भाई पढ़े-लिखे थे। जाने कितनी-कितनी बार खुद सोहन चचा की सिफारिश पर पुजारी चाचा ने मुझे अंग्रेजी और गणित में किनारे लगाया था। और हेडमास्टर साहब का तो कहना ही क्या ! हमारी पूरी बिरादरी में उन जैसा नहीं हुआ।

तब फिर ऐसे दो-दो भाइयों के रहते हुए भी यह छोटा भाई प्रायमरी से आगे क्यों नहीं पढ़ सका ? क्या भगवान ने उसे इतना मंदबुद्धि बनाया था ?

ऐसा कैसे कहा जाय ?

मैं भीमताल में पूरा एक पखवाड़ा बिताकर लौटा हूँ। सोहन चचा का सुझाव बहुत ही बढ़िया रहा। क्या अद्भुत डाक बँगला था वह, जिसमें गणेश ने मेरा सारा प्रबंध कर दिया था। पहली बार जीवन में ऐसा मनचाहा एकांत मिला मुझे। खूब सैर-सपाटा भी किया; ढेरों कविताएँ भी लिख डालीं।

गणेश बहुत ही अच्छा लड़का है। समझदार इतना कि कहीं मेरे एकांत में खलल न पड़े, इस डर से मुझसे मिलने भी नहीं आता था। मैं ही कभी-कभार

उसके यहाँ पहुँच जाता तो वह कितना खुश हो जाता था। वह चहल-पहल का आदी है और उसे नौकरी मिली है जंगलात की। कोई कंपनी नहीं, कुछ नहीं। बेचारा बोर न हो, तो क्या हो ! वैसे कितना सुशील और मिलनसार है। दोस्त तो वह मेरे छोटे भाई का है। मुझे बड़े भाई की तरह मानता है। मुझसे दसेक साल छोटा होगा। दाज्यू कहता है मुझे।

कई बार सोचा, उससे सोहन चचा के बारे में बात करूँ। मगर जाने क्या होता था, बात शुरू ही नहीं हो पाती थी। उनका जिक्र छिड़ते ही वह कुछ अनमना-सा हो आता था। या बात ही बदल देता था। यहाँ आने के पहले दिन खाने पर बुलाया था उसने। फिर मौका नहीं मिलेगा, सोचकर इरादतन मैंने बात छेड़ ही दी। ''यार गणेश !'' मैंने उसे उलाहना देते हुए कहा, ''इतना बड़ा घर है तेरा। चाचा जी को भी यहीं क्यों नहीं बुला लेता ?''

गणेश कुछ देर चुप रहा। फिर बोला, ''आप क्या समझते हैं दाज्यू, मैंने उन्हें बुलाया ही नहीं ? वे आते ही नहीं तो मैं क्या करूँ ? उन्हें वहीं अच्छा लगता है। यहाँ जंगल में जब मेरा ही मन नहीं लगता तो उनका कैसे लगेगा ?''

''क्यों नहीं लगेगा ?'' मैंने कहा, ''चाचा जी को तो घूमने-फिरने का शौक पहले से रहा है। इस उम्र में भी वे रोज तीनेक मील पैदल नाप आते हैं। आखिर तुम उनकी इकलौती संतान हो। उन्हें तुम्हारे पास अच्छा नहीं लगेगा तो और किसके पास लगेगा ?''

गणेश फिर अपने भीतर गुम हो गया। मुझे लगा वह कुछ असमंजस में पड़ा हुआ है। ''कहीं नाराज तो नहीं तुमसे ?'' मैंने पूछ ही लिया।

गणेश ने एकदम चौंककर मेरी ओर देखा। फिर मुँह फेर लिया। उसकी गरदन नीचे लटक आई।

''ऐसा है दाज्यू, बाबू यहाँ आए तो मैंने उनके लिए कपड़े सिलवाए। कहा, 'बाबू, अब ये पोशाक छोड़ो। भद्दा लगता है।' बस इसी पर आग-बबूला हो गए।...'मैं क्यों छोड़ूँ अपनी पोशाक ? मुझे नहीं चाहिए तुम्हारे कपड़े।' बस वही गंदे-संदे कपड़े पहने घूमते थे। डी.एफ.ओ. साहब आए तो उनके सामने भी...। नौकर के होते हुए भी खुद नाश्ता ले आए बैठक में। साहब और क्या समझते ! मेरा तो मन हुआ, धरती फट जाए तो मैं उसमें समा

जाऊँ। फिर भी, मैंने उनसे कुछ नहीं कहा। बुरा तो लगता ही है दाज्यू ! आखिर जान-बूझकर ऐसा स्वाँग करने की उन्हें जरूरत क्या है ? पता नहीं, कैसा दलिद्दर घुसा हुआ है उनके खून में। कुछ सुनना ही नहीं चाहते; समझना ही नहीं चाहते। उन्हें किस बात की कमी है ? इस उम्र में भी साग का टोकरा सिर पर उठाए भरे बाजार में फिरते रहते हैं। लोग क्या सोचते होंगे—आप ही बताइए। क्यों अपने साथ-साथ मेरी भी मिट्टी पलीद करते हैं ? मैंने तो अब उधर जाना ही छोड़ दिया। क्या मुँह दिखाऊँ ! आखिर···क्या मतलब है इस जिद का ? क्यों नहीं वे जिस तरह और सारे लोग रहते हैं, उस तरह रहते ?''

अब चुप रहने की बारी मेरी थी। पर मुझसे रहा नहीं गया। ''ऐसा है गणेश।'' मैंने कहा, ''यह कोई आज की बात तो है नहीं। जैसे तुमको उनका ढंग-ढर्रा पसंद नहीं, वैसे ही तुम्हारे ताऊ लोग भी उनसे चिढ़ते रहे होंगे। उन्होंने भी—तुम क्या समझते हो—कोई कम टोका-टोकी की होगी ? मगर···चाचाजी तब भी किसी की परवाह नहीं करते थे और अब भी नहीं करेंगे। इसे तुम उनकी जिद कह लो, आदत कह लो, कुछ भी कह लो। जब उन्होंने अपने बड़े भाइयों की नहीं मानी तो तुम्हारी कैसे मान लेंगे ?''

मुझे कल्पना भी नहीं थी कि मेरी यह बात गणेश को इस कदर उत्तेजित कर देगी। एकदम बौखला गया वह तो—''हद हो गई···आप क्या जानते हैं ? कैसे आप कहते हैं ? मुफ्त का नौकर मिला था उनको। वे क्यों टोकते उन्हें ? किसलिए ? बुरा अगर लगता था तो मुझे लगता था। माँ को लगता था, जिनके बुरा लगने की कभी कोई परवाह इस आदमी ने नहीं की। मुहल्लेवालों को तमाशा देखने को मिलता था। वे क्यों कुछ कहने लगे ! ···इज्ज़तदार लोग इज्ज़तदार की परवाह करेंगे कि ऐसे लोगों की ?··· ···सच बात तो ये है···मैं भी पहले यही समझता था कि ताऊ लोग ही जिम्मेदार हैं हमारी बदहाली के लिए। वे ही जल्लाद हैं, हैवान हैं जो मेरे सीधे-सादे पिता का खून चूस रहे हैं। मगर···अब तो मेरे सामने साफ है कि वे जैसे भी थे जो भी थे, इनमें भी कोई कम कसर नहीं थी। अपना ही माल खोटा तो परखैया का क्या दोष !···अच्छा हुआ जो भी हुआ। और होना भी क्या था इसके सिवा ! इनका हिस्सा हड़पा गया, ये कुछ नहीं बोले। उलटे, मुफ्त की बेगार

बजाते रहे भाई की। बर्दाश्त करते-करते आखिर माँ तक मुझे लेके मेरे नाना के यहाँ चली गई और पूरे साल-भर हम उस घर में नहीं लौटे। इनको कोई फर्क नहीं पड़ा। कैसे पड़ता ! इन्हें उसी में मजा आता था ना—गुलामी और दलिद्दरी में। इनको क्या फर्क पड़ता था ! मुझे तो इस दलिद्दरपन से तब भी घिन लगती थी, अब भी लगती है। दलिद्दरी आदमी लाख गुणी हो, कुछ भी हो, कौन पूछता है उसे ? आप मेरी जगह होते ना, तब पता चलता आपको, मैंने कैसा नरक भोगा है और अब भी भोग रहा हूँ।...पर उपदेश कुशल बहुतेरे..."

अचानक गणेश अपनी जगह से उठा और मेरे दोनों हाथ पकड़कर मुझसे माफी माँगने लगा। मैंने उसे वापस कुरसी पर बिठाया और कहा—"माफी की इसमें क्या बात है गणेश ? तुमने कुछ भी तो गलत नहीं कहा। गलती तो मेरी है जो खामख्वाह जिक्र छेड़ बैठा। तुम सच मानो गणेश, तुम्हारा जी दुखाने का मेरा कतई कोई इरादा न था। मुझे गलत मत समझना। मैं उपदेश नहीं दे रहा था...मगर...तुम भी ठीक कहते हो। जो भुगतता है, वही जानता है। मगर...चाचाजी..."

मुझे भावुकता बिलकुल पसंद नहीं और मेरे सामने कोई इस तरह करे तो मुझे सचमुच बड़ी घिन लगती है। मगर...उस दिन, उस घड़ी, पता नहीं, मुझे क्या हो गया—मैं सँभाल ही नहीं सका अपने को। बेचारा गणेश तो हक्का-बक्का रह गया।

अगले दिन मैंने रानीखेत की बस पकड़ ली। गणेश से वादा किया—मैं अगले साल भी आऊँगा। गणेश ने भी मुझे आश्वस्त किया कि उसका तबादला भी हो जाएगा तो कोई फर्क नहीं पड़ेगा। वह जहाँ भी रहेगा, डाक बँगले की उसके रहते कभी कमी नहीं पड़ेगी।

अब मेरे सामने फिलहाल दो-दो समस्याएँ हैं। एक तो यह कि सोहन चचा की पचहत्तरवीं वर्षगाँठ किस तरह मनाई जाए ? हरिचरण और उसके साथियों ने सबकुछ मुझी पर छोड़ा हुआ है और मेरा दिमाग काम ही नहीं कर रहा। मगर दिमाग काम करे न करे, कुछ तो निर्णय लेना ही पड़ेगा। सुझाया तो मैंने ही था। मुझी को उपाय ढूँढ़ना होगा।

दूसरी समस्या यह है कि सोहन चचा से जब भेंट होगी और वे गणेश के

बारे में पूछेंगे तो मैं उन्हें क्या बताऊँगा ? मुझे मालूम है, यह समस्या उस तरह है ही नहीं। फिर मैं क्यों इसे लेके परेशान हूँ ?

मुझे यहाँ पहुँचे भी दो दिन बीत गए—मैं अभी तक उस तरफ नहीं निकला जिस तरफ सोहन चचा से भेंट होना लाजिमी है। मैं क्यों उनसे मिलने से कतरा रहा हूँ, यह मैं खुद ही नहीं समझ पा रहा।

मगर कब तक कतराऊँगा। आज नहीं, तो कल मुझे सोहन चचा का सामना करना ही पड़ेगा। अगले इतवार को ही तो उनका जन्म-दिन पड़ रहा है। आज-कल के भीतर ही मुझे मान-पत्र तैयार करके प्रेस में छपने दे देना है।

जंगल में एक डायरी

पहला ही दिन, मेरे अपने शहर में···क्या उन छोकरों ने मुझे सैलानी समझा था ? मैंने किया क्या था उनसे ऐसा बर्ताव पाने को ? इतना ही तो कहा था कि अरे भई, पत्थर क्यों फेंक रहे हो ? तो उनमें से एक बोला, "तुम्हारे सिर पर फेंक रहे हैं क्या ? अपना रस्ता नापो !" जी में तो आया एक झापड़ रसीद कर दूँ—पर किसी तरह अपने को काबू में रखते हुए मैंने एक से कहा, "बेटा, मैं भी तुम्हारी तरह यहीं पढ़ता था। अपने स्कूल पर पत्थर काहे को बरसा रहे हो ?" उसने मेरा हाथ झटका और चिल्लाया, "होगा बे होगा ! चल हट !" और देखते-देखते वे सबके सब हाथ में पत्थर लिए मुझे घेरकर खड़े हो गए और धक्का देने लगे। मेरी तो कुछ समझ में नहीं आया कि यह हो क्या रहा है। अब वे एक ऊँची जगह पर चढ़ गए थे, और दुगुने जोश के साथ ढेले फेंक रहे थे। मैं अवाक्, हतबुद्धि-सा अपनी जगह पर गड़ा रह गया। लाल टीन की छत पर पत्थर बरस रहे थे और मुझे लग रहा था, वे मुझी पर बरस रहे हैं। पत्थरों के साथ-साथ एक से एक भद्दी गालियाँ भी।

तो क्या यह उनका दैनिक कार्यक्रम है ? और कोई उन्हें नहीं रोकता-टोकता ? सड़क पर लोग इस तरह आ-जा रहे थे जैसे किसी को इस सबसे कोई सरोकार न हो। अचानक मुझे क्या हुआ—मैंने अपने को भी नीचे झुकते और एक बड़ा-सा पत्थर उठाते देखा—एक गंदी गाली के साथ। वह तो गनीमत हुई कि मैंने तत्काल अपने पर काबू पा लिया और पत्थर हाथ से गिर जाने दिया। लड़कों ने भी मेरी यह हरकत जरूर देखी होगी, तभी तो वे "पागल है पागल है," चिल्लाते हुए जा रहे थे।

एकाएक मैंने पाया, मेरे पाँव मुझे स्कूल की ढलान पर घसीटे लिए जा

रहे हैं। जैसे ही मैं नीचे पहुँचा, दो मास्टर हाथ में रजिस्टर लिए आते दिखे। मैंने उनसे कहा, "जनाब, आपके स्कूल की छत पर दिन-दहाड़े ढेले बरसाये जा रहे हैं और आपको खबर तक नहीं ?" उन्हें सचमुच खबर नहीं थी। क्या वे बहरे थे ? मेरी बात सुनकर वे जिस तरह मजे-मजे से मुस्कुराए जा रहे थे, उससे मुझे लगा, क्या फर्क है उनमें और उन छोकरों में ? कुछ भी तो नहीं। कहने लगे, "आपकी तारीफ ?" मुझे उन्हें बताना पड़ा कि मैं इसी स्कूल में पढ़ा हूँ और आपके बड़े हॉल में जो हर साल के टौपरों के नाम खुदे हुए हैं, उनमें कहीं मेरा नाम भी होगा। वे हैरानी से मुझे ताकते रहे। फिर बोले, "अरे साहब ! कौन उन छोकरों के मुँह लगे। आप तो एक पत्थर की इमारत पर पत्थर पड़ने से परेशान हैं, यहाँ तो अपना सिर फूटने तक की नौबत आ चुकी है। परीक्षाएँ पास आ रही हैं। सामूहिक नकल चलती है। क्या आपके यहाँ नहीं होती नकल ? चलिए, इसी बहाने आपसे परिचय हो गया। प्रिंसिपल साहब से मिलेंगे ?" भला मुझे क्या करना था मिलकर ? फिर भी थोड़ा कुतूहल था मन में कि देखूँ क्या हाल हैं आजकल अपने स्कूल के—सो मिल लिया जाकर। प्रिंसिपल तो ठीक-ठाक ही लगे। नए-नए आए हैं। बाहर के हैं। सब अध्यापकों का सहयोग मिला तो नकल रोकके ही रहेंगे—कुछ ऐसी गंध मिली उनकी बातों से। कि वे तो सख्ती चाहते हैं और करेंगे भी, मगर उनके अपने साथी ही उनके खिलाफ लड़कों को भड़काते रहते हैं। मुझसे मिलके उन्हें खुशी हुई, ऐसा लगा। कहने लगे, "कभी आइए—यह तो आपका अपना स्कूल है। हमारे छात्रों को आपको सुनने का मौका दीजिए।" मैं पहले तो हिचक रहा था, फिर सोचा क्या हर्ज है ! कुछ बातचीत ही होगी इस बहाने। एक अच्छा आदमी अलग-थलग और अकेला पड़ जाए, इससे बुरी बात और क्या हो सकती है।

अब वहाँ से लौटकर अपने कमरे में बैठे-बैठे इस सारी घटना पर सोचके मुझे अजीब-सा लग रहा है। मैं उन लड़कों को नहीं रोक सका, उलटे वे ही मुझे जलील कर गये। कल और परसों भी वे उसी तरह पत्थर फेंकेंगे। क्या मेरा भाषण सुनके वे सुधर जाएँगे ? ऐसे भाषण तो वे रोज ही सुनते होंगे। तमाशा ही नहीं बनूँगा मैं एक और, उनके लिए ?

बहुत कम लोग बचे हैं जो मुझे अब भी पहचानते हैं यहाँ। और जो पहचानते हैं, वे भी क्या मेरे भीतर कोई पहचान जगाते हैं ? मैं खुद क्या उनके भीतर कोई अपनापन जगा पाता हूँ ? मेरे और उनके बीच एक तीस बरस मोटी दीवार है, जिसे न मैं सरका पाता हूँ, न वे।

मेरी हालत अजीब है। कई चीजें अब भी यहाँ ज्यों-की-त्यों दीखती हैं, मगर वही तो सबसे मुरदा हैं। कभी जिन जगहों पर सबसे ज्यादा चहल-पहल हुआ करती थी, आज वही सबसे सुनसान लगती हैं—खंडहर सरीखी। सचमुच के खंडहरों से भी ज्यादा भयावह। सचमुच के खंडहरों की तो फिर भी हिफाजत की जा सकती है और की ही जाती है, इन जिंदा खंडहरों का कोई क्या करे ! और ये केवल मंदिरों और स्कूलों और घरों के ही खंडहर होते तो भी कोई बात थी, ये तो लोगों के खंडहर हैं—मेरे अपने लोगों के—जो न पूरी तरह मर पाते हैं, न पूरी तरह जीवित ही रह पाते हैं।

प्रकाशीलाल चचा क्या मिले, एक सहारा-सा मिला। आँखों से नहीं दिखता। बहुत नजदीक जाओ, तो ही पहचान पाते हैं। अकेले बेचारे चबूतरे पर बैठे रहते हैं। लगता है हमउम्र बूढ़ों से भी उनकी कुछ पटती नहीं। उनके लड़के की दुकान पर खूब भीड़ रहती है। रंगीन पत्रिकाएँ और पॉकेटबुक्स। क्या हुलिया बना रक्खा है उनके लड़कों ने उनका ! फिर भी उन्हें कोई शिकायत नहीं। मेरे सहपाठी और हमउम्र तक अपनी जवानी के खंडहर लगते हैं। बस, यही एक आदमी मुझे साबुत मिला।

तुम कैसे साबुत रह गए प्रकाशीलाल चचा ?

प्रकाशीलाल चचा की याददाश्त कितनी तेज है ! कोई तो ऐसा होना चाहिए, जो हमारे बचपन का साक्षी रहा हो, जो हमें हमारे ही बारे में ऐसी-ऐसी बातें बताए जिनका हमें खुद ही पता न हो! हमारे ही बारे में क्यों, हमारे पिता और दादा के बारे में भी, जिन्हें हम भूल चुके हैं।

प्रकाशीलाल चचा के पास, लगता है, कोई ऐसा यंत्र है जो उन्हें कुछ भी नहीं भूलने देता। वे जब चाहें अतीत को एक चलचित्र की तरह अपनी जेब से निकालकर देख सकते हैं और दूसरे को भी दिखा सकते हैं। शायद इसीलिए अतीत के मोह से वे इस कदर मुक्त हैं और वर्तमान के प्रति इस

कदर चौकस। अपनी तकलीफों-परेशानियों के बारे में वे बात तक करना पसंद नहीं करते! उनकी आवाज भी लगता है किसी गहरे कुएँ से निकल रही है।

रात नींद नहीं आई ठीक से। रह-रहकर भ्रम हो जाता, लकड़ी की दीवार के उस पार से माँ के करवट बदलने की आवाज आ रही है। उसे अचूक पता चल जाता था जाने कैसे कि मुझे नींद नहीं आ रही है। मेरी करवट बदलने की हल्की से हल्की आवाज भी उसे दिखाई और सुनाई दे जाती थी। दीवार को भेदकर।…एकाएक मैं सयाना हो गया हूँ जैसे अभी तक बच्चा था। पचास बरस का बच्चा। मेरे सामने एक ढलान है जो दूर तक पसरती चली जा रही है। उतार ही उतार…जो अभी तक नहीं दीखा था। क्यों नहीं दीखा था ?

बिजली रात के दस बजे तक इस कदर मरियल रहती है कि कुछ पढ़ भी नहीं सकता। बगलवाली कोठरी में टी.वी. लग गया है, सो आधा मुहल्ला वहाँ शाम से ही जुट गया था। किसी तरह अपने को धकियाकर बाहर निकाला। बाजार में घुसा ही था कि चंदू ने मुझे आवाज दी और मैं वहीं बैठ गया उसकी दुकान पर। बैठे-बैठे एकाएक एक अजीब-सा अनुभव हुआ। पूरा बाजार जैसे एक बहती हुई नदी हो … और मैं उसमें नहा रहा हूँ, तैर रहा हूँ…! वही चिर-परिचित आवाजें और चेहरे…! और बिल्कुल वही गंध, वही रौनक, वही मेला…! मैं जैसे कुछ देर को अपनी सारी सुध-बुध खो बैठा था। आँखें उमड़ी आ रही थीं आपसे आप। जाने कितनी देर तक मेरी यह हालत रही होगी और जब मैं अपने में लौटा तो देखा, चंदू गद्दी पर नहीं है। मैंने अपने को संयत किया—उसे आवाज दी। हाँ, वह भीतर ही था। तब अचानक मुझे याद आया कि वह तो मुझे अपने बारे में कुछ बता रहा था। मुझे एकाएक इस तरह गुम होते देखकर, पता नहीं उसने क्या सोचा होगा। मगर…कितना समझदार है वह ! चुपचाप भीतर चला गया—मुझे अपने साथ

अकेला छोड़कर।

थोड़ी देर बाद वह बाहर आया तो बुरी तरह महक रहा था। मुझे अचरज हुआ। मगर कुछ कहा नहीं। वह भी अपराधी की तरह सिर झुकाये विनम्र भाव से बैठा रहा—बिना एक भी शब्द बोले। मुझी को उसे सहज करने के लिए अपनी ओर से बात छेड़नी पड़ी।

चंदू स्वप्न में भी नहीं सोच सकता कि मैं भी शराब पीता हूँगा। मैंने तो उसे कुछ नहीं कहा था। मगर वही, जाने क्यों, मुझे खुद अपनी तरफ से सफाई देने लगा कि वह पियक्कड़ कत्तई नहीं है, 'लिमिट' में ही रहता है और रहेगा। असल में घरवाली की लंबी बीमारी के दौरान ही उसे यह लत पड़ी। उससे देखी नहीं जाती थी उसकी तकलीफ। चंदू ने मुझे यह भी बताया कि उसके बड़े भाई ने अपनी औरत के कहने में आकर उसके हिस्से का मकान हड़प लिया और उसे और उसके परिवार को दुकान के भीतर ही अँधेरी कोठरी में ढकेल दिया। इतना ही नहीं, बाप-दादा के जमाने से मिली एक छोटी-सी जमीन के टुकड़े पर उसने मकान बनाना शुरू किया ही था कि उसे लेकर भी उसके ऊपर झूठा मुकदमा दायर कर दिया, जबकि तीन चौथाई जमीन तो पहले से ही उसके पास है। चंदू यह बात कर ही रहा था कि उसका लड़का भीतर से निकला और 'मैं बताता हूं कक्का—इनकी भली चलाई'—कहता हुआ बड़े जोर-शोर से चालू हो गया—चंदू के बार-बार टोकने पर भी उसी ने मुझे बताया कि किस तरह उसके चाचा ने घूस खिलाके सबको अपनी मुट्ठी में कर रखा है और किस तरह उसने इनके पीछे गुंडे लगा रखे हैं, जो इनके मजदूरों को डराते थे, पत्थर और बल्लियाँ भी चुरा ले जाते थे। चंदू तो हिम्मत हार ही चुका था, मगर यह लड़का था जो डटा रहा और अपने चाचा की गुंडागर्दी का जवाब अपने दोस्तों की मदद से देता रहा। एक कमरा तो फिलहाल खड़ा कर ही लिया है उसने और दोनों बाप-बेटे अब उसी में रहने चले गए हैं—इस डर से कि कहीं चाचा के गुंडे उसे भी रातों-रात न गिरा दें।

चंदू मेरा नहीं, मेरे छोटे भाई का दोस्त है। मेरा दोस्त तो श्यामू है—चंदू का बड़ा भाई और उसका जानी दुश्मन। एक दिन, बस एक दिन, उससे भी भेंट हो गई थी। वह इस कदर नकली और बनावटी लहजे में बोल रहा था

कि उससे मिलने की इच्छा ही नहीं हुई। कैसी लकदक दुकान बना ली है उसने—एकदम रँगी-चुँगी, जबकि चंदू, जो अपनी कारीगरी और ईमानदारी दोनों के लिए जाना जाता था, उसकी दुकान पर आजकल मक्खियाँ भिनकती रहती हैं। कारीगरी और ईमानदारी भी लगता है, अब किसी को नहीं चाहिए। सिर्फ तड़क-भड़क चाहिए और चिकनी-चुपड़ी बातें।

लगता है, सबको पता चल गया है कि मैं अब पूरी तरह अरक्षित और वध्य हूँ। मुझे कहीं से भी मारा और छेदा जा सकता है। मेरा कवच मुझसे छीना जा चुका है। कहीं भी, कुछ भी घट सकता है मेरे साथ।

मैं ब्राइटन कॉर्नर की बेंच पर बैठा था। काफी अँधेरा-सा था वहाँ। बिजली जाने कब की चली गई थी। मेरा ध्यान उस ओर नहीं गया था। एकाएक मेरे कान में पड़ा—"जरा सुनिए।"

मैंने सिर उठाके देखा—एक युवती बड़ी परेशान-सी मेरे सामने आकर खड़ी है। मैं उठ खड़ा हुआ। "कहिए," मैंने कहा, "क्या बात हो गई ?"

युवती ने हाथ उठाकर सड़क के उस पार एक अँधेरे कोने की ओर इशारा किया। मैंने आँख गड़ाकर देखा। पहले तो कुछ सूझा नहीं, फिर देखा कि वहाँ चार-पाँच आकृतियाँ अँधेरे में एक-दूसरे से सटी खड़ी हैं।

"मुझे औकले हॉल पहुँचना है। मैं रास्ता भूल गयी हूँ। इन लोगों से पूछा तो ये तबसे मेरे पीछे पड़े हुए हैं। गंदे-गंदे 'कमेंट्स' कर रहे हैं, और'''' युवती रोने लगी जोर से। "क्या बात है भई ?" मैं चिल्लाया। उधर से कोई आवाज नहीं आई। आकृतियाँ शायद वहीं कहीं गुम हो गई थीं अँधेरे में। "चलिए। मैं पहुँचा देता हूँ आपको। यहाँ से बहुत नजदीक है उस पगडंडी के रास्ते," मैंने उससे कहा। युवती मेरे साथ-साथ, मुझसे लगभग सटी-सटी-सी चलने लगी। वह बेहद डरी हुई थी। आगे चढ़ाई थी और एक ऊबड़-खाबड़ पगडंडी। अँधेरा भी काफी था। मैंने उसका हाथ पकड़ लिया। इतने में पीछे से आवाज आई, "अबे, कहाँ ले जा रहा है हमारा माल ?" मैं चुपचाप आगे बढ़ता रहा। वे दिखाई नहीं दे रहे थे, पर इतना तो मैंने भाँप ही लिया था कि वे हमारा पीछा कर रहे थे काफी फासला रखते हुए।

सन्नाटे को भंग करते हुए कुछ फिकरे भी बराबर मेरे कानों में पड़ रहे थे—

"अबे, ओ लालटेन !"

"हाथ छोड़ दे उसका।"

"अबे, गोद में उठा ले। फिसल जाएगी।"

"साले, तुम्हारे रहते वो उड़ा ले गया और तुम देखते रहे, लानत है।" उनमें से एक अपनी स्थानीय बोली पर उतर आया। इत्ती देर बाद मेरी समझ में आया कि ये लोग पिए हुए भी हैं। उनकी जुबान लगातार गहरे और गहरे कीचड़ में धँसती गई। चढ़ाई जरा तेज थी और मैं हाँफ रहा था। फेफड़े धोंकनी की तरह चल रहे थे। मुझे लगा, मेरी हालत उस युवती से बेहतर नहीं है। यह मेरा शहर नहीं है, कोई अजनबी शहर है और ये गुंडे कभी भी कुछ भी हरकत कर सकते हैं और इनसे निपटना मेरे बस की बात नहीं। मुझे युवती पर तरस भी आ रहा था और खीझ भी। वह बुरी तरह हाँफ रही थी, चल भी नहीं पा रही थी। बस घिसट रही थी किसी तरह, मेरा हाथ कसके थामे हुए। आखिर उसे अकेले इत्ती रात को निकलने की क्या जरूरत थी ! तत्काल मैंने अपने को याद दिलाया कि यह वही शहर है जिसके बारे में दुनिया-जहान में मशहूर था कि यहाँ के लोग अपने घरों में ताले तक नहीं लगाते। बेचारी लड़की ! उसे क्या पता ! उसके माँ-बाप भी इसी खुशफहमी में हों। तभी तो...

अपनी खुशकिस्मती ही कहूँ, कि चढ़ाई जल्द ही खत्म हो गई और औकले हॉल आ गया। लड़की झपाटे से मुझे 'थैंक्यू वेरी मच' कहके फाटक के भीतर दाखिल हो गई। मैं बजाय नीचे उतरने के ऊपर के रास्ते ही घर को लौट चला। तभी एकाएक बिजली आ गई और उस बिजली के उजाले में वे उतार पर खड़े चेहरे मेरी आँखों में कौंध गए और मैं चिल्ला पड़ा, "शत्रुघन !" सुनते ही वे लोग वहाँ से रफूचक्कर हो गए।

पर रास्ते-भर मैं अपने भीतर-ही-भीतर इस खयाल से जूझता और लहूलुहान होता रहा कि अगर मैंने उस अपने मुहल्ले के लड़के को पहचान न लिया होता तो ? पहचान तो क्या पता, उसने भी मुझे लिया हो, मगर अँधेरे और नशे का फायदा उठाते हुए वह अपने साथियों का साथ देता रहा हो। वह नहीं होता और बिजली भी न आती, तो बहुत संभव था, घर के रास्ते में ही

वे मुझ पर एक साथ टूट पड़ते तब फिर…?

इस 'फिर' से आगे मेरे पास सोचने को कुछ नहीं बचता।

…"उस दिन तू बता रहा था ना, उन लड़कों के बारे में ? तूने उन्हें टोका—मुझे यह जानकर बहुत अच्छा लगा। बीच सड़क पर उन्होंने तुझे गालियाँ दीं, तुझे धकियाया और कोई तेरी मदद को आगे नहीं आया, यह सुनकर मुझे और अच्छा लगा।"

"आप कह क्या रहे हैं प्रकाशी चचा ?" मैं जैसे सोते से जगा।

"मैं वही कह रहा हूँ जो तू सुन रहा है," प्रकाशीलाल चचा बोले, "बिल्कुल संभव था कि वे लड़के तुझे ऊपर से ही पत्थर मारके भाग जाते। लोग अंधाधुंध गोलियाँ बरसाके चले जाते हैं और उनका कुछ नहीं बिगड़ता। उन लड़कों का कोई क्या बिगाड़ लेता ? यह तो शुरुआत है बेटा ! अरे…तूने गुंडे अभी देखे कहाँ हैं जो तू गुंडों की बात करता है ? गुंडों से तो फिर भी निपटा जा सकता है। उनका क्या, जो गुंडे नहीं होते और फिर भी जघन्य-से-जघन्य कांड बिना किसी दुविधा के, अपना कर्तव्य और धर्म समझकर कर ले जाते हैं ! क्या तू समझता है कि तू अब वापस अपनी यूनिवर्सिटी में—अपनी किताबों और फाइलों के बीच चैन से बैठ सकेगा ? तेरी नींद हराम है बेटा ! उन छोकरों का अहसान मान कि उन्होंने तुझे यह सबक सिखाया—दिन-दहाड़े तुझे नंगा करके तेरी फालतू इज़्ज़त उतार ली और तुझे काठ बनाके धर दिया। समझ सिखाने से नहीं आती—खुद भुगत के ही आती है बेटा ! मैं कैसी किताबें बेचता था, तुझे मालूम ही है। अब जमाना जरूर बदल गया है मगर इतना भी नहीं बदला कि तुमको अपना और अपने परिवार का पेट पालने के लिए ये कचरा बेचना पड़े। मगर मैं…अपने लड़के को भी क्या दोष दूँ ? मुझी में कोई कमी होगी। बस, एक बार मैंने टोका था, फिर उसके बाद कभी कुछ नहीं कहा। अरे, जिसको मेरी जिंदगी भी कुछ नहीं सिखा सकी, उसे मेरा उपदेश क्या पचेगा और क्यों पचेगा ? मैं ही कौन बड़ा धर्मात्मा हूँ ! धर्मात्मा होता तो क्या उसी कमाई को खोटा कहता, जिस पर खुद पल रहा हूँ ?…"

प्रकाशी चचा एकाएक उठे और भीतर चल दिए। उनका गला भर्रा आया था या सूख गया था, मैं कुछ समझ नहीं पाया। वे जल्दी ही लौट आए, "...तू पानी पिएगा ?" उन्होंने पूछा। मैंने मना कर दिया। उन्होंने जोर से खँखारा, खिड़की से बाहर बाजार में मुँह निकाला और थूकने को हुए। फिर जाने क्या सोचकर थूक अपने भीतर ही घुटक लिया और फिर से चालू हो गए।

"...ऐसा है बेटा, कि हम, जो चीजें हमें अच्छी नहीं लगतीं, उनसे कतरा के निकल जाते हैं। हम सोचते हैं, हमें क्या पड़ी है। मुझे अच्छी तरह याद है मेरे साथ के लोग क्यों मेरे पास बैठना पसंद नहीं करते। उन्हें क्यों मेरी बातें अच्छी नहीं लगतीं। सच्ची बात तो ये है कि वे पचास साल पहले की बातों की खुराक पर ज़िंदा हैं और मुझसे भी वही उम्मीद करते हैं। मगर मैं तो अभी मरा नहीं। देख ही रहे हो किस बेहयाई के साथ जिंदा हूँ। ठीक है, मुझे भी पुरानी बातें याद आती हैं और इन लोगों से ज्यादा ही याद आती हैं, मगर मैं पूछता हूँ, अगर वे इतनी ही अच्छी थीं तो नष्ट कैसे हो गईं ? किसकी लापरवाही से ? क्या ये जिंदा लोगों के लक्षण हैं ? तुझसे मिलना मुझे अपने से मिलने जैसा लगता है। मगर तुम तो यहाँ हो नहीं। तुम बुरा तो नहीं मानोगे अगर मैं, तुमको कहूँ, कि तुम भी यहाँ इसीलिए आते हो कि तीस बरस पहले जिस दुनिया को तुम जहाँ छोड़ गए थे, वह तुम्हें जहाँ की तहाँ और ज्यों की त्यों मिलेगी ताकि तुम उसमें नहाकर, तरोताजा होकर फिर से वापस अपनी असली दुनिया में लौट सको। यानी तुम्हारी जाग्रत अवस्था तो वहाँ के लिए है और स्वप्नावस्था यहाँ के लिए। है कि नहीं ? और जब तुम्हारा स्वप्न भंग होता है तो तुम बुरी तरह चीखने लगते हो कि यह मेरा नगर नहीं, यहाँ भूत-प्रेत बसते हैं। क्यों नहीं बसेंगे यहाँ भूत-प्रेत, बताओ, जब तुम्हारे जैसे लोग—बड़ी मोहमायावाले लोग—भी इसे अपने हाल पर छोड़के चले जाते हों और फिर पीछे मुड़कर भी नहीं देखते। अब तुम अपनी समझ से चाहे जितनी अच्छी बातें करो, तुम्हारे पीछे-पीछे यही सब लोग तुम्हें एक टूरिस्ट से ज्यादा नहीं समझते। निश्चय ही यह अन्याय है, मगर सवाल तो अपनी जगह है ही बेटा, कि तुम इस नगर को, नगरवासियों को—जैसा देखना चाहते हो—उन्हें वैसा बनाए रखने की जिम्मेदारी आखिर किसकी

है ?''

प्रकाशीलाल चचा अपनी पूरी रौ में थे और अभी जाने कितना और घुमड़ते, यदि अचानक तभी नीचे से उनका लड़का उन्हें नहीं पुकारता—''…बाबू, जरा देखना—मैं बिल्टी छुड़ाने जा रहा हूँ''…प्रकाशीलाल चचा एकदम हड़बड़ाकर उठे—अजीब लज्जित और अपराधी-से। ''चल वहीं दुकान पर…चबूतरे पर बैठते हैं। दुकान पर तो मैं बैठता नहीं। तुझे देर तो नहीं हो गई। मैंने घड़ी पर नजर डाली। देर तो सचमुच हो ही गई थी। ''फिर आऊँगा चचा, परसों शाम,'' कहकर मैंने उनसे विदा ली।

जंगल। दोपहर। पेड़। पेड़ के तने पर एक कीड़ा रेंग रहा है। मस्त और बेपरवा। इसे कहाँ जाना है, क्यूँ जाना है ?…मेरे देखने से पहले वह मेरे लिए नहीं था। होकर भी नहीं था। देखते-ही-देखते एक पूरा संसार उसके भीतर झलक आया। हैरान होकर मैंने दूसरी जगह आँख गड़ाई। पहले तो कुछ नहीं दीखा, फिर कीड़े ही कीड़े अनगिनती…रंग-बिरंगे, तरह-तरह के। इतनी देर से मैं यहाँ बैठा हूँ और मेरे बिना, मुझसे बेखबर यह सारी जीवन-लीला चल रही थी। किस कदर घिर गया हूँ मैं अपने चारों ओर फूटते-फैलते इस जीवन से !…

ऐसे ही…मुझे लगता है एक वाक्य—नहीं, एक शब्द-भर चाहिए और उस पर आँख गड़ाते ही उसमें कल्ले फूटने लगते हैं। तुम उनके फूटने की नन्ही-नन्ही आवाजें सुन सकते हो…तुम्हारा सारा अस्तित्व जैसे अब उस एक शब्द में सिमट आता है। तुममें भी कल्ले फूट रहे हैं, तुम अचरज से भर उठते हो—कि तुममें आँखें उग आई हैं; कान-ही-कान उग आए हैं। तुम पेड़ हो, पहाड़ हो, घास हो, जल हो, चींटी हो, सर्प हो—क्या नहीं हो। क्या हो गया है तुम्हें अकस्मात् ? पलक झपकते ही यह कैसी सृष्टि खड़ी हो गई तुम्हारे सामने ? नहीं, तुम अभी कुछ मत बोलो। केवल इन्हें बोलने दो—इन असंख्य शब्दों को—जो उस एक शब्द की जादुई खींच के वशीभूत जाने कहाँ-कहाँ से उमड़कर तुम पर घिरे चले आ रहे हैं।

कौन हूँ मैं ? क्या हूँ ? यह कौन है जो मुझसे कह रहा है—तुम यह सबकुछ नहीं हो अगर, तो फिर तुम कुछ नहीं हो, कुछ भी नहीं; और तुमसे कहीं बेहतर, तुमसे कहीं अधिक अर्थवान् यह कीड़ा है जो जंगल की इस दुपहर में तुमसे केवल एक हाथ की दूरी पर, तुम्हारे अस्तित्व तक से अनजान उस घास की पत्ती पर रेंग रहा है।

ध्यान दो, महज तुम्हारी बेध्यानी भी तुमसे तुम्हारा जीवन छीन ले सकती है। ध्यान दो और देखो कि तुम तभी सचमुच होते हो जब इस तरह होते हो। ध्यान दो कि तुम्हारे आस-पास, तुम्हारे चारों तरफ जो कुछ घट रहा है, तुम्हारे ही घट में घट रहा है। बस, केवल तनिक ध्यान दो—क्योंकि तुम्हारी बेध्यानी ही तुम्हें होने नहीं देती। तुम्हें, यानी उन्हें, यानी सबको।

कवच

माफ कीजिएगा मुझे···किसने सोचा था, इतना वक्त बरबाद होगा ! आप बेतरह बोर हो चुके होंगे। नहीं-नहीं ! मैं जानता हूँ आपको कैसा लग रहा है। अभी आध-घंटे के अंदर हम उस जगह पहुँच जाएँगे जहाँ आपको ले जाने का मंसूबा मेरा साल-भर से टलते-टलते आज पूरा होने जा रहा है। आप आराम से बैठिए, ठाठ से टिककर। मैं आपको वैसे तो पंद्रह मिनट में पहुँचा दे सकता हूँ पर इस पहाड़ी रास्ते पर बहुत तेज जीप चलाना ठीक नहीं है···वैसे चाँदनी रात है, आप एन्ज्वॉय करते चलिए। हो सकता है कोई जंगली जानवर भी सड़क पार करते हमें दिखाई दे जाए। देखिए कितना घना जंगल है ! 'वर्जिन फॉरेस्ट' मैं कहता था इसे, जब पहली बार यहाँ आया था। अब तो खैर ये वर्जिन भी कहाँ रहा··· !

मैं कभी-कभी···कभी-कभी क्या, अक्सर ही बीच जंगल में रात को इसी तरह जीप रोक देता हूँ और सुनता रहता हूँ। हर जंगल की अपनी खास आवाजें होती हैं—सन्नाटे की आवाज, जिसे सुन पाना एक अलग ही किस्म का अनुभव होता है। आप मुस्कुरा रहे हैं ? मैं जानता हूँ, आप क्यों मुस्कुरा रहे हैं !

वो देखिए बनविलाव !!!···आप विश्वास करेंगे ? एक रात ठीक इसी जगह मुझे चीता दिखाई दिया। आपने तो देखा ही होगा चीता। नहीं ? अरे साब ! जानवर हो तो ऐसा हो। मुझे तो, पता नहीं क्यों ये कौम्बिनेशन बहुत ही अपील करता है, सुंदरता और उग्रता का। नहीं साहब, मैं आपसे सहमत नहीं। वैसे पालतू जीवों को सुंदर कहना मेरी समझ में तो सुंदरता का अपमान करना है। वो सौंदर्य क्या, जो अपनी रक्षा भी खुद न कर सके।

देखिए···वो ठीक है···पर आज जरा मैं जो कह रहा हूँ उस पर तो गौर कीजिए···ईश्वर ने एक तरफ मेमना बनाया तो दूसरी तरफ चीता भी बनाया। क्यों बनाया ? मैं आपसे पूछता हूँ, क्या उसका दिमाग खराब था ? वो क्या है विलियम ब्लेक की कविता 'टाइगर-टाइगर बर्निंग ब्राइट। इन दि फॉरेस्ट आव द नाइट'···आप बता सकते हैं इस टक्कर की एक भी कविता हिंदी में ?

माफ कीजिएगा, सच बात तो ये है कि 'वी लैक एडवेंचर।' जी ?···हो सकता है, हो सकता है। क्यूँ नहीं हो सकता, पर···आइ बैग टु डिफर···जिसे आप कल्पना कहके टाल देना चाहते हैं। अब मैं आपको क्या कह सकता हूँ, आप साहित्यकार हैं, मैं तो एक ले-मैन हूँ। पर जरा आप खुद सोचिए, इमैजिनेटिव वायलेंस के लिए भी आदमी के अंदर कुछ नेटिव वायलेंस होनी पड़ती है कि नहीं ? हम बहुत छुईमुई किस्म के लोग हैं; आप मानिए तो।

आप कुछ खोए-खोए नजर आ रहे हैं। चलिए बैठिए, मुझे मालूम था यहाँ आपको बहुत अच्छा लगेगा। दरअसल आप ही जैसों के लिए तो है यह जगह। हम तो यहाँ घुसपैठिए हैं। बस ऊपर-ऊपर से छूकर गुजर जाते हैं। आप डूब सकते हैं। क्या मैं आपको बोर कर रहा हूँ ? क्या बताऊँ, कभी तो मैं हफ्तों सुन्न खींचे रहता हूँ। कभी बोलने का ही दौरा पड़ जाता है। यूँ भी क्या मैं आज दिन-भर बकवास ही नहीं करता रहा हूँ ? आपने देखा, हम लोग किस कदर घिरे हुए हैं। यह जो सारा नाटक आपने देखा—दिस इज़ अवर रुटीन, दिस इज़ अवर लाइफ़। अजी, यह आठवाँ तबादला होगा मेरा। हर बार वही रटे जुमले, वही-वही हरकतें···हराम की लफ्फाजी और हराम की भावुकता के सिवा और है क्या हमारे पास ! हर जगह यही हाल है। अजी, साब ! मौका-वौका कुछ नहीं, यू डोंट नो दीज़ पीपुल···परले सिरे के पाखंडी हैं सब ऊपर से नीचे तक। कौन, वोऽऽ ?···क्या कहने हैं ! वो इस इलाके का सबसे बदनाम कानूनगो है। सर से पाँव तक झूठ और मक्कारी में सना हुआ।···

अरे ! आप उसे नहीं जानते। वे मगरमच्छ के आँसू थे। मन-ही-मन मेरे तबादले से जितनी खुशी उसे हो रही होगी, उतनी शायद उन्हें भी न होगी जिनके खिलाफ मैंने डी. ई. चला रक्खी है। आप कैसे जानेंगे, आपका कभी

साबका पड़ा हो इस तरह के लोगों से, तब न ? कुल जमा तीन साल मुझे यहाँ आए हुए होंगे। आपको पता है, इस बीच मैं कम-से-कम पचहत्तर पटवारियों का पटरा बिठा चुका हूँ, जिनमें से एक तिहाई तो मैंने इसी सियार की मदद से पकड़े थे। रँगे हाथ। जी हाँ, आपको ताज्जुब क्यों हो रहा है ? मैं जानता हूँ किसको कैसे मजा चखाया जाना चाहिए।

···जी हाँ, वही तो इसका चाचा है जिसने यह कालेज खुलवाया है। आप देख लीजिएगा, वो मिनिस्टर बनके रहेगा। उस प्रिंसिपल के बच्चे को तो आपने देख ही लिया। माफ कीजिए, मुझे आपके पेशे के लोगों से भी सख्त शिकायत है। नहीं, मेरे दिमाग में वैसा ऊँच-नीच है ही नहीं। मैं आज भी जब कभी अपने गाँव जाता हूँ तो हेडमास्साब के चरण छूता हूँ, जिन्होंने मुझे प्रायमरी कराया था। आदमी इस लायक तो हो। आप यकीन नहीं कर सकते, यह पूरी जमात कितनी भ्रष्ट और जलील है। खुद मैंने रँगे-हाथ पकड़ा है कइयों को तो। साले इस जिले में आके ये भी करना पड़ा।

जी नहीं, यह तो सिर्फ पचास पर चल रही है। मैं अस्सी तक प्रेम से धका ले जाता हूँ···सुनसान रास्तों पर तेज जीप दौड़ाना मुझे अच्छा लगता है। यह भी एक नशा है साहब ! यह भी एक एस्केप है। वो राय साहब हैं ना, उनसे मैंने एक दिन कहा, यह जो आपको योग अध्यात्म का चस्का लगा है, क्या यह भी एक प्रकार का एस्केप ही नहीं है ? तो क्या बोले, जानते हैं ? बोले, "आप बिलकुल ठीक कहते हैं। है तो ये भी एस्केप ही। फर्क इतना ही है कि औरों की तुलना में ये एस्केप न केवल ज्यादा महँगा है, बल्कि उतना कारगर भी नहीं है। इससे कहीं ज्यादा तगड़े और आसान एस्केप आदमी ढूँढ़ लेता है। मसलन शराब है, औरत है, फ़ास्ट ड्राइविंग है। आप ही बताइए इनके सामने धर्म का एस्केप भी भला कोई एस्केप है।" आपका क्या खयाल है ? है कोई जवाब आपके रायसाहब की इस युक्ति का ?

···लीजिए, हम पहुँच ही गए। यही है वह जगह, जो मैंने आपके लिए छाँटकर रक्खी थी और जहाँ आपके साथ दो-चार दिन एकांतवास करने की इच्छा मेरे मन में तभी से जोर मार रही थी, जब से आपसे परिचय हुआ। कल तड़के ही आपको कोलफील्ड दिखाने ले चलूँगा। उस वक्त काम शुरू

हो जाता है, बड़ा मजा आएगा और वो 'रोपवे' भी दिखाऊँगा जहाँ से कोयला उस पार उत्तर प्रदेश भेजा जाता है। रिहंड डैम भी—क्या बताऊँ, मैं आपको खुद ही ले चलता। पर मुझे हर हालत में कल दोपहर तक यहाँ से चल ही देना पड़ेगा। परसों सबेरे मुझे यह जिला छोड़ देना है।

पर आप प्रेम से यहाँ रहें। चाहे जितना लिखें-पढ़ें, ऐश करें। आप छुट्टी तो ले आए न ? मैंने कहा था आपसे। बस तो, फिर क्या है ? मैंने तहसीलदार साहब को बतला दिया है। वे आपको कोई तकलीफ नहीं होने देंगे। जी ?···अरे नहीं साहब ! इन सारे भेड़ियों की जमात में वही तो एक मेमना है। रहने दीजिए, अपना मुहावरा अपने पास ही रखिए। वही तो मैं कहता हूँ कि 'ट्रुथ इज़ आलवेज़ स्ट्रेंजर दैन फिक्शन।' रेख-वेख कुछ नहीं लगी उसको। यही समझ लीजिए कि फरिश्ता है। मगर थोड़ा मूर्ख है। इस देश की यही तो दुर्दशा है कि यहाँ जो थोड़े-से लोग सचमुच नेक होते भी हैं, वे बुद्धिमान नहीं होते, अपने काम में भी ढीले-ढाले ही होते हैं। बुद्धि नाम की चीज तो भगवान ने भारतवर्ष में सिर्फ मक्कारों और जालसाजों के नाम कर रक्खी है।

···वैल ! आइ डोंट स्पेयर माइसेल्फ़···आदर्शवादी सबसे बड़ा मूर्ख होता है, यही समझ लीजिए।···वो देखिए वो मिर्जापुर का इलाका है, इस जिले से लगा हुआ। जी हाँ, जहाँ आजकल अकाल पड़ा हुआ है। अभी पिछले हफ्ते ही तो गया हुआ था वहाँ इसी एन.एमःडी.सी. के काम से। आपको क्या बताऊँ, आप होते तो देखते।···'डैफ़ एंड डंब मिलियंस'···याद है क्या कहा था गाँधी ने टैगोर को—'आइ कांट इन्सल्ट देयर मिजरी विद ए सांग फ्राम कबीर।'···उधर रिहंड है। यह पूरा इलाका बियाबान था। अब आप देख ही लेंगे अपनी आँखों कल सुबह-सुबह। जंगल में मंगल है। यहाँ आपको महँगी शराब, आधुनिक से आधुनिक ऐशो-आराम की चीजें सब मिलेंगी। इस रेस्टहाउस को ही देखिए···मेरे जो भूतपूर्व थे ना—पता नहीं आपने उनको देखा कि नहीं—सुना, आदिवासी सौंदर्य के खासे कद्रदाँ थे···हालाँकि हम लोगों के इस तरह के मामले अमूमन सार्वजनिक नहीं हो पाते, तो भी···। आप भी चाहें तो शौक फरमा सकते हैं। कम-से-कम एक तो ऐडवेंचर आपके पल्ले भी पड़े। और नहीं तो क्या ? क्या इस मुल्क में सिर्फ लेखकों ने ही

त्याग और तपस्या का ठेका ले रक्खा है ? अरे नहीं साहब ! आपके इस मजाक पर मैं हँस भी नहीं सकता। अपन इतने दिलेर नहीं हैं। भगवान ने तबीयत भी कुछ कदर बदमजा देकर इस संसार में भेजा है कि उस तरफ मन ही नहीं चलता। यही समझ लीजिए कि एक जिद है, जब तक निभ जाय। यूँ भी…हाकिम हो गया हूँ तो क्या करूँ ! हूँ तो एक गरीब किसान का लड़का ही। अपने दिनों को कैसे भूल जाऊँ ? मेरी माँ भी—आप जानते हैं—मेरे साथ ही रहती है। वह भी एक कवच है बहुत बड़ा। पर सच मानिए, अपने को बहुत नैतिक—और सारी दुनिया से न्यारा—समझने का शौक भी अपने को नही है। मैं जानता हूँ मैं क्या हूँ, और जैसा हूँ वैसा क्यों हूँ। यह शराब भी…आप सच मानिए कभी मेरी आदत नहीं बन सकी और मैं कह सक्ता हूँ, भरोसे के साथ, कि कभी बनेगी भी नहीं। नहीं-नहीं, इसमें मेरे लिए कांशेंस की रोक-टोक कभी हुई नहीं। कांशेंस क्या इतनी छोटी चीज है ?

…आप और लीजिए न ! बहुत है। रायसाहब लाए थे मेरे लिए। इट्स ए फ्रैंड्स गिफ्ट : शराब मैं हमेशा दूसरे के पैसों की ही पीता हूँ। बहुत ही प्रायवेट किस्म के दोस्तों की। हद हो गई, आप कह क्या रहे हैं। आप उस आदमी से बात कर रहे हैं जिसने अपने बाप को भी नहीं बख्शा। कुछ ज्यादा ही चढ़ गई है आपको। खैर ठीक है। जो बात दिल में है वो जबान पर भी आ जाए तो क्या बुरा है। नशे की आड़ तो है ही। वैसे सबसे पहले लगान रायसाहब ही चुकाते हैं। वही तो मैं कह रहा हूँ कि बिना नजदीक से जाने-समझे हमें किसी पर रायजनी करने का कोई हक नहीं है।

आप तो लगता है, खासे तैराक हैं। कैसे एफोर्ड कर लेते हैं आप लोग ? मेरी समझ में नहीं आता इस मुल्क में कोई भी आदमी बिना हराम की कमाई के शराब पी कैसे सकता है ?…ओ-हो-हो ! अब समझ में आया, हम दोस्त कैसे बन गए। बहौत खूब ! बहौऽऽत खूब ! तो आप भी शराब हमेशा हराम…आयम सॉरी…दूसरों के पैसों की ही पीते हैं। क्या अद्‌भुत संयोग है ! संयोग-वंयोग मैं वैसे मानता नहीं दोस्त ! पत्ता भी हिलता है तो उसका भी कारण होता है। इसे क्या कहिएगा कि मुझ जैसे आदमी को भी—जो कि एक ऐसे पेशे को बिलांग करता है, जिसमें बहुत पर्सनल फ्रैंडशिप

भी एक अजूबा चीज समझी जाती है, उसमें भी मुझ जैसों को आप जैसे दोस्त बराबर नसीब होते रहे हैं···बाइ दि वे मिस्टर पांडे, मैं आपसे एक बात पूछूँ—दोस्त आप किसे कहेंगे !···नहीं भाई ! इतनी बारीकी अपने बूते की नहीं है। मैं तो आप जानते हैं काफ़ी क्रूड किस्म का आदमी हूँ और परिभाषाएँ भी क्रूड ही पसंद करता हूँ। दोस्त का मतलब मेरे लिए वह चिड़िया, वह रेयर बर्ड है, जिसके सामने आप सचमुच अकेले हो सकें। बाकी तो साले सब रिश्तेदार हैं। इस मुल्क में जिधर देखो उधर, जिधर न देखो उधर भी, आगे-पीछे-दाएँ-बाएँ—मुँह में—पेट में—भेजे में—कलेजे में—फेफड़े और गुर्दे तक में रिश्तेदार ही रिश्तेदार भरे पड़े हैं। मुझे तो लगता है, ऐसा कोई नरक भी नहीं है जहाँ रिश्तेदारों से निजात मिल सके।

दोस्त, प्यारे, उसी चिड़िया का नाम है जो इस नरक से यूँ उठा दे···और यूँ उड़ा दे। तुम तो जानते हो मेरा सोशल सर्किल कितना लिमिटेड है। मेरे भूतपूर्व थे ना—जिनका किस्सा अभी-अभी सुना रहा था—खासा दरबार लगाए रहते थे। वो क्या गए, जिले के मुसाहबों की एक पूरी पलटन अनाथ हो गई। मैं तो फटकने नहीं देता सालों को। सुना, मेरे बारे में कहा जाता है कि साहब ने तो अपने ड्राइंग-रूम को भी बेड-रूम बना रक्खा है। अरे सालो ! तुम्हारा बस चले तो तुम मेरे बेड-रूम को भी ड्राइंग-रूम बना दो। प्राइवेसी नाम की चीज ही नहीं अपने यहाँ। इसीलिए तो पब्लिक स्पिरिट भी लैक करती है। जी नहीं, बारीकी छाँटना आप लोगों का काम है। मैंने तो एक सीधी-सादी बात कही थी। हम न तो खुद अकेले हो सकते हैं, न दूसरों को ही अकेला छोड़ सकते हैं। हम हर जगह टाँग अड़ाना चाहते हैं, हर किसी के मामले में दखल देना चाहते हैं। क्या मैं नहीं जानता, मेरे पीठ-पीछे लोग मेरे बारे में क्या कहते हैं ?···

यह लो, आपने कैसे समझ लिया कि मैं उनकी उपेक्षा करता हूँ। दिस इज़ टू मच···लगता है आप काफी तरन्नुम में हैं। यह भी तो हो सकता है कि मैं उनकी उपेक्षा से ही तिलमिलाकर ज्यादा दौरे करने लगा हूँ। आप बड़ी जल्दी सहमत हो जाते हैं। शायद इसी को आपके यहाँ अंतर्दृष्टि कहते हैं।···ऐसा नहीं है भाई जान ! कम-से-कम आप तो ऐसा मत कहिए। खैर छोड़िए। यह एक अनइंपोर्टेंट फाइल है ! इसे दबी रहने दीजिए।

…आप ठीक कहते हैं, मुझे बहुत कर्रा कलेक्टर समझा जाता है। यह तबादला भी तरक्की जैसा ही समझिए। मगर ईश्वर ही जानता है, कैसे निभा रहा हूँ। खैर, गलती मैंने की तो सजा कौन भुगतेगा। भुगतना ही है तो रोकर क्यों भुगतूँ ?…नहीं, मेरे मन में एक जिद समा गई। मुझे चैलेंज किया गया। मैं हमेशा मीडियाकर रहा। थ्रू-आउट सेकंड डिवीजन। जी हाँ! आपको इतना ताज्जुब क्यों हो रहा है ? क्या इस मुल्क में मीडियाकर होने का ठेका सिर्फ मास्टरों और लेखकों ने ही ले रक्खा है ?…नैवर माइंड। मुझे कह लेने दीजिए। मेरी समझ में यह जरा देर से आया कि फर्स्ट कैसे हुआ जाता है और उसके क्या फायदे हैं। पर एक दिन…एक दिन मेरे अंदर भी महत्त्वाकांक्षा पैदा हो ही गई।

सुना ही दूँ ? तो सुनिए। स्कूल में हमारे एक अंग्रेजी के मास्टर थे—बहुत ही कर्रे और बदमिजाज। नाम था उनका घूरेलाल। यथा नाम तथा गुण। नहीं जी, शूद्र नहीं थे। पक्के ब्राह्मण थे चोटी-जनेऊवाले। ब्राह्मण लड़कों पर खास कृपा-दृष्टि रखते थे। उन्होंने एक दिन भरी क्लास में मेरा झोंटा पकड़के मुझे बेतरह जलील किया और कहा, 'तू तो हल चला। अंग्रेजी-वंग्रेजी तेरे बस की नहीं है। तेरे पुरखों ने भी कभी पढ़ी थी अंग्रेजी ?' बस मेरे आग लग गई। मैं पिल पड़ा अंग्रेजी पर ही। इस अंग्रेजी ने ही, सच पूछिए, तो मुझे कलेक्टर बना दिया। वर्ना…आप जानते हैं अगर मुझे मेरे हाल पर ही छोड़ दिया जाता तो मैं क्या बनता ? अरे जनाब ! वही तो मैं कह रहा था कि नियति आदमी को जहाँ ले जाना चाहती है, आदमी वहीं जाता है। मेरा सारा सपना बस चूरा होके रह गया।

बस ना ?…अब मैं भी कुछ अर्ज करूँ ? कम से कम आप जैसे समझदार तो इस गलतफहमी से दूर रहें। हम अपनी परिस्थितियाँ नहीं चुन सकते। हाँ, उनसे बदला जरूर ले सकते हैं। आप कहिए कि आप नहीं ले रहे हैं। मैं मान नहीं सकता। मैं भी ले रहा हूँ और मेरा काम आपसे कहीं ज्यादा मुश्किल है। डोंट टैल मी ! आई केयर टू हूट फॉर दीज़ ब्लडी प्रीविलेजेज़। आप लोग क्या कुछ कम सुरक्षा-पसंद हैं ? जितनी सुरक्षा हम लोगों को मिली हुई है, उससे दस गुना तो आपको यूँ ही फोकट में मिल जाती है। ये जो जिरहबख्तर आप पहने रहते हैं…जरा गहराई में जाकर सोचिए, इसके बिना

आप हैं क्या ?

फोकट की नहीं हैं साहब ! चौबीस घंटे हमारी खोपड़ी को हर ऐरा-गैरा नत्थू खैरा रौंद रहा है। मैं अपनी कह रहा हूँ, आपकी नहीं। बेशक ! बेशक !···मैं उन्हीं लोगों की बात कर रहा हूँ जिनके पास चेतना है। आप क्या समझते हैं, चेतना और संवेदना पर भी आप ही लोगों का ठेका है ? आ-हा-हा !!! यूँ तो हर पेशे में हरामखोर मिल जाएँगे। देखिए जनरलाइज़ मत करिए। घपलेबाजी अपने को पसंद नहीं। मुझे देखिए···आई हैवंट डेज़र्टेड माइ ओन क्लास। प्लीज़ डोंट बी सेंटीमैंटल। वो तो एक-दो कौड़ी की घटना थी। महज इत्तफाक ही समझिए कि वो लड़का जरा बोल्ड किस्म का था। इसलिए सीधे मेरे पास अपना दुखड़ा लेके पहुँच गया। वर्ना उसके जैसे सैकड़ों होंगे जो मीलों इसी तरह घिसटते हुए आते हैं और निराश होकर लौटते हैं। किसे पड़ी है उनकी ! आप किसी भी गाँव में जाकर देख आइए। सारी सुविधाएँ महाजनों के लिए हैं। नहर उनके बाप की है; कुआँ खुदेगा तो वह भी उनके दरवाजे पै खुदेगा। बीज पर, खाद पर, हर चीज पर उन्हीं का कब्जा है। क्या आप जानते हैं कि इस व्यवस्था में सरकारी ऋण भी उन्हीं को मिलता है जो दूसरों को सूद पर रुपया देते हैं। इतनी लंबी कार्रवाई और कागजपत्री होती है कि गरीब किसान उसी से घबड़ाकर भाग जाता है और फिर जाकर उसी सूदखोर के पाँव पकड़ता है। हमारे दफ्तर का हर आदमी उनके लिए चीन की दीवाल है। वो लड़का तीन दिन से अपने बूढ़े बाप को लेकर चक्कर काट रहा था। अरे, वो तो आपका मकान रास्ते पर ही पड़ता था इसलिए आपको भी ले लिया। सोचा, गाँव की हवा लगा दूँ आपको भी। जितना बन पड़ता है, करने की कोशिश करता हूँ। आखिर मेरी भी सीमाएँ हैं। मैं कोई सहस्रबाहु तो हूँ नहीं। दो आँखें मेरी भी हैं। हजार आँखें और हजार हाथ होते, तो भी कम थे।···आपने तो देखा, खुद, वह लड़का कितना दिलेर था। मैं नहीं मान सकता, उसके जैसे लोग हर गाँव में नहीं होंगे। हैं जरूर, पर लाचार हैं; उन्हें अपाहिज बना दिया गया है। उस बेचारे के पास कितनी कम जमीन है, आपने देखा ? क्या करेगा वह अपनी हिम्मत और आकांक्षा को लेकर ? चाटेगा ?

ओ कुछ नहीं, दो हजार का कर्ज मिला उसको। मैं बीच में नहीं टपकता

तो किसी जनम में नहीं मिल सकता था और मिलता भी तो उसके पास पहुँचते-पहुँचते आधा रह जाता। वैसे मैंने उस घटना के बाद काफी रद्दोबदल की। कुछ तो राहत हुई ही होगी लोगों को।

मेरे दफ्तर के लोगों ने भी—मेरे डर से ही सही—कुछ तो अपना ढंग बदला ही होगा। मगर सच पूछिए तो अब मैं भी पस्त हो गया हूँ। डर डर ही है; कैरेक्टर कैरेक्टर ही है। कहाँ तक आप फटकेंगे, कहाँ तक बीनेंगे-छानेंगे। हर चीज घुनी हुई। कल को दूसरा आदमी आएगा। वह अपने ढंग से काम करेगा। क्या फायदा !

लीजिए, बस यह आखिरी है···लीजिए तो। सच कहता हूँ आप नशे में बेहद प्यारे लगते हैं। मेरा खयाल है, जो सचमुच अच्छा आदमी होता है, वह नशे में और अच्छा हो जाता है। इसमें हँसने की क्या बात है ? अच्छा आदमी होना कहीं ज्यादा जरूरी है, बनिस्बत अच्छा लेखक होने के। क्या आप ऐसा नहीं समझते ? नहीं साहेब ! अव्वल तो अच्छा आदमी लेखक होना ही क्यों चाहेगा ? अच्छाई तो नपुंसक होती है। वह न अपना भला कर सकती है, न दूसरे का। अजी रहने भी दीजिए, आदर्शवादी होना एक बात है, अच्छा आदमी होना बिलकुल दूसरी। आदर्शवादी कभी भी अच्छा हो ही नहीं सकता और वह जानता है कि वह अच्छा नहीं है। इसीलिए वह दूसरों पर शासन करना चाहता है, उन्हें अपने ढंग से जीने नहीं देता। वह अधकचरा और भावुक होता है। वह क्रूर, सैडिस्ट होता है। उसमें अपने आपको धोखा देने की असीम सामर्थ्य होती है। मुझसे पूछा गया आई.ए.एस. के इंटरव्यू में,···'तुम आई.ए.एस. में क्यों आना चाहते हो ?'···मैं बिना बेईमान हुए जवाब दे सकता था, 'देश की सेवा करना चाहता हूँ। इस देश को सबसे ज्यादा जरूरत ईमानदार निष्ठावान प्रशासकों की है।' पर मैंने क्या कहा—जानते हैं ? मैंने कंधे उचकाए और सीधे पूछनेवाले की आँखों में देखा और कहा, 'यह भी कोई पूछने की बात है। यह सबसे ऊँची नौकरी है, मैं अपना भविष्य बनाना चाहता हूँ। समाज के सबसे प्रतिष्ठित वर्ग में शामिल होना चाहता हूँ।' मुझे मालूम था, मेरी यह सिनिकल साफगोई असर जमा देगी और वही हुआ।···मगर उस वक्त तो मैं सौ-फी-सदी आदर्शवादी था। मुझे झूठ बोलने की क्या जरूरत थी ? अरे, सच बोलता तो मार नहीं

खाता ? मूर्ख नहीं समझा जाता ?

कमाल है, आपका भी जवाब नहीं, शराब के साथ तंबाकू-सुपारी ! आप पहले आदमी हैं जिसे मैंने शराब के साथ तंबाकू चाभते देखा। स्मोकिंग की बात दूसरी है। पर ये सुरती ? आइ डोंट नो। नहीं, शिष्टाचार का सवाल नहीं उठता। आप तो मुझी पर व्यंग्य करने लगे। मेरी तुलना में आप कहीं ज्यादा भद्र हैं। मैं तो···क्या आप आदी हैं सचमुच ? तब कोई बात नहीं; मैंने तो सिर्फ एक बार—वह भी गलती से—पान खा लिया था। मुझे बहुत महँगा पड़ा था, इसी से मैंने बोला। वर्ना मुझे क्या पड़ी थी। स्टॉक खत्म हो गया तो क्या हुआ, आप बेफिक्र रहिए। अभी के लिए तो है ना ? बस, तो सुबह हाजिर हो जाएगा। मैंने आपको बोला ना, यहाँ सबकुछ मिलता है। जो चीज आपको हेडक्वार्टर में नहीं मिल सकती, वह यहाँ मिलेगी। कल आपको मगही पेश किया जाएगा ! जी हाँ ! यह मत भूलिए कि आप एक सुपर-पॉश कालोनी में रह रहे हैं। दीज टैक्नोक्रैट्स !···यू डोंट नो। बेचारे आई.ए.एस. तो यूँ ही खामखाह बदनाम हैं। हिंदुस्तान का हर आदमी ऐश करना चाहता है। सिर्फ मौका मिलने की देर है।

आपको मालूम है यह प्रोजेक्ट सरकार को कितना महँगा पड़ा है ? जब दस करोड़ की रकम पानी हो गई, तब जाके पता लगा कि यह तो थर्ड ग्रेड का कोयला है। कोई खरीदना ही नहीं चाहता। अब चूँकि छोड़ भी नहीं सकते, इसलिए जबर्दस्ती, शरमा-शरमी चला रहे हैं। प्रेस्टिज़ इशू जो बन गया है ! हमारी गवर्नमेंट के सारे इशू प्रेस्टिज़ इशूज़ ही हैं। कल मैं आपको एक आला इंजीनियर से मिलाऊँगा। बड़ा जिंदादिल और मस्त किस्म का आदमी है। वह बताएगा आपको सारा किस्सा।

मैं आपको इससे भी मजेदार किस्सा सुनाऊँ। किस्सा नहीं साहब, हकीकत ! किस्से-कहानी गढ़ना आप लोगों का काम है। मेरी तो समझ में ही नहीं आता, आप लोग इन हालात में लिख कैसे लेते हैं। जहाँ रोटी से लेकर इंसानियत तक हर चीज का अकाल पड़ा हुआ हो, वहाँ कल्पना को सर उठाने की गुंजाइश कहाँ है? सच पूछिए तो कायदे से यहाँ कल्पना-शक्ति का भी अकाल पड़ जाना चाहिए। मगर आप लोग धन्य हैं—मानना पड़ेगा आपके जीवट को—कि आपका कारखाना फिर भी चालू है। हर जगह

हड़ताल है, तालाबंदी है, घेराव है, प्रदर्शन है। एक आप ही हैं जो जुटे हुए हैं। वैसे सुना अब आप लोग भी यूनियन-वूनियन बनाने के चक्कर में हैं।···देखिए बहस करने चलेंगे तो मैं तो कहीं का न रहूँगा। बहस में आपको कोई नहीं हरा सकता। बहस मैं कर भी नहीं रहा हूँ। मैं तो सिर्फ अपनी भावना बता रहा हूँ। मुझे खेद है, आपकी भावनाओं को ठेस लगी।···सुनिए, छोड़िए इसे, आप जीते मैं हारा।

हाँ, तो मैं आपको बता रहा था। क्या बता रहा था ?···मैं अभी मिर्जापुर गया था। वहाँ अकस्मात् सिरी घूरेलाल जी से मुलाकात हो गई। चले जा रहे थे सड़क पर···पीछे से देखकर ही मैंने पहचान लिया। जीप रोकी, उतरा, पाँव छुए। वे तो क्या पहचानते। मैंने ही पहचनवाया। अरे नहीं भई ! मेरे मुँह से निकला ही नहीं। मन में तो था, जरूर था, पर पता नहीं क्यों ?··· उस वक्त मुझे जाने क्या हो गया ! काफी बूढ़े हो गए थे। कमर झुक गई थी। मुझे कैसा-कैसा तो लगा। सच कहता हूँ पांडे जी ! बाइ यू···मेरी आँखों में आँसू आ गए। यही वह आदमी था जिसने मेरे निर्दोष लड़कपन को एक भयानक दुःस्वप्न में बदल दिया था।

वह मुझे मिट्टी में मिला देना चाहता था।···मैं अपने नाना के यहाँ रह रहा था।···उनकी एक छोटी-सी दुकान थी।···कुछ लोग संसार में सिर्फ मार खाने के लिए ही पैदा होते हैं। मेरे नाना भी उन्हीं में एक थे।···सिधाई ऐसी कि उधार पर उधार सामान चला जा रहा है और हिसाब-किताब का कोई ठिकाना ही नहीं। उन्हें अपनी अखंड रामायण से फुर्सत मिले, तब न ? घूरेलाल जी भी उस दुकान के एक अखंड ग्राहक थे। साल-भर हो गया था उधार खाते···एक कानी कौड़ी भी चुकाई नहीं थी। ऐसे में एक दिन···शायद मेरे इम्तहान की फीस चुकानी रही होगी···तारीख निकली जा रही थी।···दुकान चौपट हो गई थी और उधर गाँव में भी सूखा पड़ा हुआ था—पिता जी एक मुकदमे में फँसे हुए थे। मेरे नाना जी ने डरते-डरते घूरेलाल से भुगतान की बात चलाई। बस तभी से···समझ लीजिए उसके मन में वो गाँठ पड़ी कि बस। उसने कुछ अंड-बंड बका होगा तो नाना जी को भी गुस्सा आ गया होगा। बाद में लगे पछताने। मैंने बहुतेरा उन्हें रोका, पर वे नहीं माने। उसके घर जाकर माफी माँगी। और वहाँ से लौटकर···वही नाना, जिन्होंने

कभी मुझे जोर से डाँटा तक नहीं था···पता नहीं उसने मेरे बारे में क्या उनके कान भरे। उन्होंने मुझे बुलाया और आव देखा न ताव, दो झाँपड़ रसीद कर दिए। मैं चोर, लफंगा, बीड़ी पीनेवाला, कामचोर, मास्टरों के मुँह लगनेवाला···क्लास से अक्सर गायब रहनेवाला, न जाने क्या-क्या एक ही दिन में बन गया। उधर घूरेलाल जी का उधारखाता बदस्तूर चलता रहा, इधर मेरी शामत आ गई। एक दिन उसने मुझे सुपारी खाते देख लिया। वो भी क्लास से बाहर···खाली पीरियड में। बस क्या था, कान पकड़कर अंधाधुंध पीटने लगा। वो भी गनीमत—बिना बात पिटने की तो हमारी परंपरा ही थी।···हमारे कस्बे में ब्राह्मणों का बोलबाला था। स्कूल में भी। जी हाँ ! सरकारी स्कूल होने से क्या होता है ? मैंटेलिटी तो वही है। काम करनेवाले भी वही हैं। वर्मा का लड़का भला ब्राह्मण के लड़के की बराबरी करेगा ?···जी हाँ, लिखता तो मैं भी क्षत्रिय था फार्म भरते वक्त। पर उधर के ब्राह्मण हमको शूद्र ही समझते थे। और उसी मुताबिक बरतते भी थे।···नहीं साहब ! मैं अपने कुल स्कूली जीवन में सिर्फ एक बार फर्स्ट आया। पाँचवीं क्लास में। पता नहीं कैसे आ गया ? जब मेरा नाम पुकारा गया तो जो दूसरे नंबर पर था···क्या नाम था उसका, भूल गया, कोई ब्राह्मण-पुत्र ही था···वह धाड़ मारकर रोने लगा। वजीफा लेकर छुट्टी के बाद घर लौट रहा था तो दो लड़के मेरे पीछे पड गए। मैं जब घर पहुँचा तो मेरे कपड़े फटे हुए थे···नाक से खून निकल रहा था। मैं अकेला था। फिर भी उनकी खासी धुनाई मैंने कर दी थी। एक का तो सर ही फोड़ दिया था···उस दिन के बाद किसी की हिम्मत नहीं हुई। मगर साहब, लड़कों से तो निपट लो, अध्यापक खिलाफ हो जाए तो क्या करोगे। हमें तो यही सिखाया गया था कि बाप को चाहे जवाब दे दो, मगर अध्यापक लात भी मारे तो उसकी मिट्टी सर पै धर लो। उसने मुझसे क्या कहा, 'खाए जा बेटा सुपारी। जब शादी होगी तब पता चलेगा। किसी काम के नहीं रहोगे।'

वह काफी बूढ़ा हो गया है। मैं उसके सामने खड़ा हुआ तो मुझे लगा, मैं फिर वहीं पहुँच गया हूँ। मैं अपने को अजीब लगने लगा। मेरे भीतर सहसा वह अपनी उसी अथॉरिटी में तन आया। नहीं, वह पहचान गया था। कैसे न पहचानता ! मैं कलेक्टर हूँ, यह जानकर उसकी शक्ल देखने लायक हो

गई थी ! पर मुझे···बाइ यू···मुझे अच्छा नहीं लगा। आखिर वह मेरा डिक्टेटर था। मैंने कहा, सब आपका आशीर्वाद है। और सच मानिए, मैं न तो झूठ बोल रहा था, न व्यंग्य कर रहा था। उस क्षण सचमुच एक अजीब कृतज्ञता मेरे मन में उमड़ आई थी। उस उम्र में, जब लड़के रट्टू तोतों के सिवा कुछ नहीं होते, उसने मुझे जिंदगी का सबसे कड़वा सबक सिखा दिया था। कौन जानता है, उस अनुभव के बिना मैं मैं भी होता कि नहीं।

पता नहीं आपका बचपन-लड़कपन कैसा रहा। नहीं ! मैं आपको उकसाऊँगा नहीं। आप लोग सच-सच बोल ही नहीं सकते। या तो कम बताएँगे या ज्यादा। इस मामले में आप लोग सब रहस्यवादी होते हैं, मैं अच्छी तरह जानता हूँ। पर मुझे आप धोखा नहीं दे सकते। मैं बहुत जल्दी सयाना हो गया था। शायद यह भी एक कारण होगा। अब मुझे लगता है कि क्यों मेरी वे रचनाएँ कहीं छपी नहीं।···ये लो जिंदा संग्रहालय आपके सामने है, उस बचकाने स्टफ़ से क्या करेंगे ? वे तो मैंने कभी की नष्ट कर दीं। पर वह सारी इमोशनल वायलेंस, अब भी मुझमें जिंदा है। इसलिए···इसलिए कि मैंने उसे शब्दों में जकड़कर पालतू बनाने की कोशिश नहीं की। जी हाँ ! मैंने भरसक अपने 'अनुभव' को शब्दों से बचाने की कोशिश की है। जहाँ तक बन पड़ा, सीधे-सीधे कर्म में ही उसका निकास खोजा है। अब चूँकि कर्म के संसार में आदर्श स्थितियाँ तो कभी होती नहीं हैं—जैसी कि शब्दों के जरिए आप लोग आसानी से पैदा कर लेते हैं···लिहाजा मैं दावे के साथ कह सकता हूँ कि मेरा संघर्ष आपके संघर्ष से कहीं ज्यादा बड़ा है।

आपने कई बार पूछा होगा मुझसे उस अरायजनवीसवाले कांड के बारे में। मैं क्या कहता···टाल गया। ईश्वर ही जानता है, इस पूरे महीने मैं कैसी-कैसी मनःस्थितियों से गुजरा हूँ। आप बताइए इस तकलीफ को मैं कहाँ बहा दूँ, क्या करूँ इसका ?···मुक्ति क्या इतनी आसानी से मिल जाती है ! आप सुरक्षा की बात कर रहे थे। इतना अरक्षित मैंने कभी अपने को अनुभव नहीं किया। क्या कहेंगे आप इसे ? घटना क्या होती है साहब, घटना कुछ नहीं होती। जो होना होता है वही होता है और फिर भी आप उससे अलग नहीं हो सकते। इस ग्लानि से छुटकारा नहीं है। मैं सोच भी

नहीं सकता था। उसने क्या किया था ? उसने जो किया और मैंने जो किया, उसमें फर्क क्या है, यही तो मेरी समझ में नहीं आ रहा है। उसने नाजायज तौर पर चार रुपए हड़प लिए थे जबकि अर्जी लिखने की वाजिब फीस दो रुपए होती है। उस गधे को भी जाने क्या सूझी, सीधे मुझसे आकर रिपोर्ट कर दी। मैं आपे से बाहर हो गया। बुलाया उसको—उस अरायजनवीस को। वह साफ इनकार कर गया। मैंने आव देखा न ताव, एक झापड़ उसके रसीद कर दिया। वह कुछ नहीं तो, मेरे बाप की उम्र का होगा। जिले-भर में आग की तरह खबर फैल गई होगी। वैसे ही मेरी इमेज जल्लाद की है। उसके बाद तो न जाने क्या हो गई होगी। इमेज की यहाँ किसको पड़ी है। मगर कितनी वाहियात बात है ! हजारों रुपए डकारने के बाद भी न जाने कितने हरामजादे यहाँ पाक-साफ बने फिर रहे हैं। उस गरीब ने दो ही रुपए तो लिए। आखिर मुझे उस पर हाथ उठाने का क्या हक था। न जाने कितनी पार्टियाँ मैंने अटेंड की होंगी। जाने किस-किसकी। क्या वह सब ईमान-धरम की कमाई थी ? क्या वह हराम का अन्न मुझे नहीं पचा ? वह एक बुजुर्ग आदमी है, बाल-बच्चेदार। वह मेरी कुंठा थी। इस विराट् भ्रष्टाचार से लड़ सकने की अपनी असमर्थता की तिलमिलाहट थी। और नहीं तो क्या ? वह मेरे बाप की उम्र का था। मैंने अपने बाप को भी झूठ बोलते देखा है। मेरी अंतरात्मा बुरी तरह बौखला गई है। मेरा विवेक मेरी कोई मदद नहीं करता। वह सिर्फ एक बोझ लगता है। वह सिर्फ ग्लानि उपजाता है। मैं नष्ट हो रहा हूँ। मैं कुछ नहीं कर सकता। न ही मैं यह नौकरी छोड़कर बाप-दादों के रास्ते लौट सकता हूँ। आप खुशकिस्मत हैं। आपके पास जीने के पर्याप्त कारण हैं। मैं गले-गले तक नरक में धँसा हुआ हूँ और छुटकारे के सारे रास्ते बंद हैं। मुझे लगता है मेरी सारी जिंदगी एक फूहड़ मजाक है। बहुत रात बीत गई, चलिए अब सोया जाय। आपको कैसा लग रहा है ? कुछ ज्यादा ड़ी हो गया लगता है। आइए, थोड़ी देर बाहर टहलें। उससे आपकी तबीयत भी हल्की हो जाएगी और नींद भी अच्छी आएगी। अब एकदम सुबह तो नींद खुलने से रही। सुबह निकल सकते तो सारा ऑपरेशन देख सकते थे। वो एकदम तड़के में होता है। ठीक है, आपको नींद आ जाएगी, ऐसा आप समझते हैं तो सो जाइए। मैं थोड़ा बाहर टहलना पसंद करूँगा। अच्छा, गुडनाइट ! स्लीप वैल।

• • •